U0518252

高建群全集

西 地 平 线

高建群 著

陕西师范大学出版总社

图书代号：WX22N1917

图书在版编目（CIP）数据

西地平线／高建群著. —西安：陕西师范大学出版总社
有限公司，2023.1
（高建群全集）
ISBN 978-7-5695-3386-6

Ⅰ.①西…　Ⅱ.①高…　Ⅲ.①散文集—中国—当代
Ⅳ.①I267

中国版本图书馆CIP数据核字（2022）第247851号

西 地 平 线
XI DIPINGXIAN

高建群　著

出 版 人	刘东风
总 策 划	孙留伟
责任编辑	雷亚妮
责任校对	庄婧卿

出版发行　陕西师范大学出版总社
　　　　　（西安市长安南路199号　邮编710062）

网　　址	http://www.snupg.com
印　　刷	北京天宇万达印刷有限公司
开　　本	880 mm×1230 mm　1/32
印　　张	10.625
插　　页	2
字　　数	252千
版　　次	2023年1月第1版
印　　次	2023年1月第1次印刷
书　　号	ISBN 978-7-5695-3386-6
定　　价	69.00元

读者购书、书店添货或发现印刷装订问题，请与本公司营销部联系、调换。
电话：（029）85307864　85303629　传真：（029）85303879

总　序

　　文稿一旦变成铅字，一旦成为一本装帧得或粗糙或精美的书本，那它就是一个独立的存在了。它将离你而去。它将行走于世间。它将开始它自己的宿命。它或被读者供之于殿堂，视为经典，视为对这个时代的一份备忘录；或被读者弃之于茅厕；或被垃圾处理厂重新化为纸浆，以期待新的人在上面书写新的东西。凡此种种，那就看这本书它自己的命运了。

　　这时，于作者本人来说，倒是没有太大的干系了。于是他成了一个旁观者。他和这本书唯一的联系是，那书本的额头上，还顶着他卑微的名字。知道《一千零一夜》中的《渔夫和魔鬼的故事》吗？渔夫打开铅封的所罗门王的瓶子，于是一缕青烟腾起，魔鬼从瓶子里走出来，开始在世界上游荡，开始在暗夜里敲打你的门扉。渔夫这时候唯一能做的事情，是一手拿着空瓶子，一手捏着瓶子盖儿，傻乎乎地看着他放出的魔鬼，横行于世界。

　　此一刻，在这二十五卷本的"高建群全集"即将付梓出版之际，我感到我的已日渐衰老的身躯，便宛如那个已经被掏空的——或者换言之——魔鬼已经离你而去的空瓶子一样。此一刻，我是多么虚弱而疲惫呀。

人生一场大梦，世事几度秋凉。一想到这个名叫高建群的写作者，在有限的人生岁月中，竟然写出这么多的文字，我就有些惊讶。一切都宛如一场梦魇！这是一笔一画写出来的呀！如果我不援笔写出，它们将胎死腹中。但是很好，我把它们写出来了，把它们落实到了纸上。

那每一本书的写作过程，都是作者的一部精神受难史。

建于西安航空学院的高建群文学艺术馆，要我给一进馆的墙壁上写一段话，于是我思忖了一个星期，最后选定帕乌斯托夫斯基《金蔷薇》中的一段话，写在那上面。那么请允许我，也将这一段话写在这里：

> 是什么东西迫使一个作家，从事这种庄严的但却又是异常艰辛的劳动呢？首先是心灵的震撼，是良心的声音。不允许一个写作者在这块土地上，像谎花一样虚度一生，而不把洋溢在他心中的，那种庞杂的感情，慷慨地献给人类。

谎花是一种虽然开放得十分艳丽，但是花落之后底部不会坐上果实的花。植物学上叫它"雄花"，民间则叫它"谎花"。

我们光荣的乡贤，以大半辈子的人生履历，驰骋于京华批评界，晚年则琴书卒岁，归老北方的阎纲老先生说：

> 相形于当代其他作家，高建群是一个马拉松式的长跑者，他以六十年为一个单元，在自己的斗室里，像小孩子玩积木一样，一砖一石地建筑着自己的艺术帝国。他有耐性，有定力。喧嚣的世界在他面前，徒唤其何。

当我听到阎老的这段话时，我在那一刻真的很感动。感动的原因是世界上还有人在关注着这个不善经营不懂交际的我。诗人殷夫说："我在无数人的心灵中摸索，摸索到的是一颗颗冷酷的心！"现在我知道了，长者们一直作为艺术良心站在那里，为当代中国文学保留着它最后的尊严。

"有些故事还没讲完那就算了吧！"这是一首流行歌曲里的话，如果这个名叫"总序"的文字，需要拿出来单独发表的话，建议用这句话作为标题。

我们这一代人行将老去，这场宴席将接待下一批饕餮客！人在吃完宴席后，要懂得把碗放下，是不是这样？！

2020年10月11日早晨6点

写于西安

目录
CONTENTS

第一辑　西地平线

第三辑　生活培养出作家

第一辑　西地平线

西地平线上的三次落日

这几年，我每年都要去一趟新疆。中亚细亚独特的地貌，奇丽的风光，每每令我惊骇，叫我明白了"世间有大美"这句话，绝不是一时偶然而发的诳语。而在所有"雄伟的风景"中，落日大约是最令我震撼的了。我见过许多次的落日景象，这里只简约地记述三次。

我们的车在甘肃的定西高原盘旋。天色已经有些暗淡了，头顶上甚至隐隐约约地有几颗星星。汽车转过一个垭口。这时，眼界突然开阔起来，在苍茫的远方，弧状的群山之巅，一轮血红的落日像一辆勒勒车的轮子，静静地停驻在那里。

它没有了光焰，颜色像我们写春联时用的那种红纸。柔和、美丽、安谧，甚至给人一种不真实的感觉。像民间剪纸。它大极了。我说它像勒勒车的轮子，只是一个顺手撷来的想法，它当然较这轮子要大得多。它停驻在那里，模糊的群山轮廓线托扶着它。

面对这落日，我们全都在那一刻惊呆了。我们的车停下来，依托着一棵树，架起机位直拍到这落日消失。

做背景的这棵西行路上的树，亦是一棵大有讲究的树。它叫左公柳。一百多年前，左宗棠率领他的湘军子弟兵，一边栽树，一边望乡，一边抬着一口棺材前往新疆。他去新疆时走了八个月的时间，而在他身后从，西安近郊的凤翔县东湖起，直抵新疆的伊犁，路途上便留下了两行树木。

落日在沉入西地平线以下那一刻，跳跃着，颤抖着，降落着。它先是纹丝不动，突然，它颤抖了两下，往下一跃，于是只剩下了半个。半个的它继续依恋地、慈爱地注视着人间，好像有些贪恋，不愿离去，或者说不愿离去正在注视着它的我们。但是，在停驻了片刻以后，它突然又一跃，当我们揉揉眼睛，再往西看时，它已经消失了。一切都为雾霭所取代，我们刚才见到的那一场奇异的风景，恍若一场梦境。

第二次带给我巨大影响和深刻记忆的是在罗布淖尔荒原上看落日。

我们是从迪坎尔方向进入罗布泊的，走的是被斯文·赫定称为"凶险的鲁克沁小道"的那条道路。这样，车去的方向是东南，而落日的方向是西北，我们只是在匆匆的行旅中，偶尔地回头关注一下身后的落日景象。

中午一过，太阳刚偏西，就变得不怎么显明了。像一枚灰白色的五分钱的硬币，容易被人忽视地停驻在西边天空。罗布淖尔荒原上的大地和天空，混沌一片，灰蒙蒙的，因此，太阳的存在甚至被我们遗忘了。况且，那枚硬币的四周边缘，也不太清晰。

我们向"死亡之海"罗布泊行进。这里是无人区，没有任何的生命存在，荒凉空旷如同月球的表面。四周瘴气雾霭弥漫，我们感到自己如同走入地狱，走入鬼域。为了打破这漫天压抑，越野车司机放起了用萨克斯吹出来的《泰坦尼克号》的音乐，这音乐更给人带来一种梦幻般的死亡感觉。

整个一个下午，太阳就这样不死不活地在我们的车屁股的地方照耀着。说是白天吧，但是恍如晚上；说是夜间吧，在我们匆匆的回头中，分明有一个物什，在西天半空悬着。

最辉煌的罗布泊的落日出现在黄昏。那一刻，我们的越野车已经来到距古湖盆二十公里的龟背山。当时，在我们不经意地一次回头中，突然看见在一平如抹的西地平线上，一轮血红的落日停驻在那里。

它是那样鲜艳、温柔，就像早年间，我家里的墙壁上画着的一个姑娘的红脸蛋。记得每个可以偷懒的星期天，我都要躺在被窝里，瞅着那胭脂脸蛋出神。

这时我们的车停了下来，包括陪同我们一起进罗布泊的"老地质"，也都被西地平线上那辉煌的一幕震撼了。我们下了车。我们，我们的车，还有刚才那死气沉沉的罗布淖尔荒原的黑戈壁，此刻都罩在这一片回光返照中。我们互相看着对方的脸，每个人的脸上都泛着红光。我们感到自己像在画中。

萨克斯管吹奏的《泰坦尼克号》的音乐，这时候适当其时地在放着。在那一刻我突然掉下泪来，我感到，死亡原来也可以是一件充满庄严和尊严的事啊！

记得，罗曼·罗兰在构思他心目中的约翰·克利斯朵夫形象时，他焦躁不安了半年，有一天早晨，他登上山顶，看见一轮太阳正在喷薄而出，于是，罗曼·罗兰心目中久久酝酿的英雄在东地平线上出现了。罗曼·罗兰因此而热泪盈眶，"让我把你抓紧，亲爱的约翰·克利斯朵夫！"罗曼·罗兰叫道。

与罗曼·罗兰不同，我看到的是落日，是西地平线。不过，它们一样都是大自然伟大造化的杰作，而且较之日出，落日景象更庄严、神圣和具有悲剧感。西地平线上那一轮胭脂色的物什，终于从我们的眼前魔术般地消失，一切又重归于死寂。我们上车，翻过龟背山，进入罗布泊古湖盆。

我要告诉你的第三次落日，是我在阿勒泰草原遇到的。那次实际上并没有看到落日，落日隐在云背后去了。我只看到了火烧云。那火烧云，灿烂地、热烈地、夸张地烤红了西边半个天空，烧红了大地上的一切物什，给我留下一个惊骇的印象。但是，我明白这一切的制造者仍是落日，是落日在云的背后挥舞着魔杖。

我在那一块地面当过五年兵，中国的那个西北角，曾吞没过我的全部的激情和青春。我的白房子的故事，就是从那里来的。还记得，有一次，我骑着马从阴霾四布的边界上走过，一户兵团人家的土坯房前，有一位七岁的戴着红领巾的小女孩刚刚放学回来，她向我挥手致敬。这一次，我专门到那土坯房前叩门。门开处，当年的小女孩已经三十二岁了，她的孩子已经七岁，都上学了。我感慨地望着岁月。

我们是从一个叫"顶山"的地方，向西走时，遇到那一次落日的。

顶山是一个荒凉空旷的地方，典型的戈壁滩地貌。这里是兵团一八三团的驻地，地球上"无中生有"生出的一座小城。新疆有许多这种兵团人建立的城市，只是仅仅因了顶山的旁边有一条浅浅的乌伦古河，这些兵团人才能够勉强地活下来。

西天那吞没一切的大片火烧云，是在太阳坠入云层以后，突然出现的。我们的汽车的去向是正西，因此，我们感到自己正向那一片红光走去。记得我赶忙唤司机停车，然后，请随行的摄影家以路旁一座土坯房为视角，拍下那西地平线上的辉煌的落日景象。

身处平庸的卑微的环境中，我以手扶墙，仰望着西地平线上那一团火焰。

那辽远的西地平线的地方，火烧云映照的地方，被历史学家称为"欧亚大平原",被地理学家称为"小亚细亚"。在那炫目的红光中,我看到一些匆匆的背影,正向历史的深处走去。

曾经在东北亚草原上游荡过许多年的匈奴民族,就是在某一个早晨或黄昏,循着西地平线远去的。还有另外一位叫成吉思汗的英雄,在那炫目的红光中,我也看到了他的背影。正是在此处,在我脚下的这个地方,他召开了誓师大会,后兵分两路,一路打通伊犁河谷,一路翻越阿尔泰山最高峰——友谊峰,西征花剌子模,进入欧洲,进入非洲。

我多么的卑微呀!我多么的平庸呀!感谢落日,它让我看见了他们远去的背影,它把世间惊世骇俗的一幕展现在我的眼前。

火烧云持久地停驻在西天。直到太阳已经落下去很久了,还将最后的一抹光辉像扫帚一样扫向就近的云彩。直到最后,又贪恋了一阵后,西边天空终于恢复了它平庸的色彩。接着,就是中亚细亚那著名的白夜了。

这是我三次见到西地平线上落日的情景。我不敢独享那一幕,所以将它诉诸笔端,带给更多的人。我会写一本叫《西地平线》的书,来记录我这几年西部行旅的感受。末了要说的话是,"雄伟的风景"和"世间有大美"这两句话并不是我的,前者是一个日本画家叫东山魁夷说的,后者则是中国画家张大千在看了敦煌壁画以后发出的一声感叹。

2001年11月28日

凌晨3时至上午10时

额尔齐斯河流域的坟墓

额尔齐斯河是一条国际河流。它发源于阿尔泰山，横穿阿勒泰草原，然后从我当年驻守的白房子边防站，流入哈萨克斯坦。在哈境注入一个叫斋桑泊的湖泊，而后继续前行，进入俄罗斯。在俄罗斯境内它易名鄂毕河，最后注入北冰洋。

诗人白桦前几年曾到过这地方，面对这滔滔向西的一河春水，他称这是中国境内唯一敢于不向东流淌的河流。

据传当年出生在碎叶城的中国大诗人李白，就是溯额尔齐斯河而上，进入中国内地的。这当然是传说，我们只有无凭的猜测，而无从考证。

不过，发现楼兰古城、确定罗布泊位置的瑞典探险家斯文·赫定，倒真的是在回程的路上，取道额尔齐斯河，顺流而下，途经莫斯科，回到斯德哥尔摩的。这个，有赫定氏的《我的探险生涯》为证。

当年，我曾经端着半自动步枪，在这条河边站过五年。我想说，这是我见过的最美丽的河流。冬天，它是一河坚冰，北冰洋的鲤鱼、狗鱼在冰下笨头笨脑地游着。夜里，冰河上不时地会有一长串猛烈的爆响，那是冰冻得炸了缝子。而在春天和夏天，河水在收容了条条涓流之后，河面会在一夜间突然宽上许多倍。这就是屠格涅夫笔下所说的"春潮"。一河蔚蓝色的春水，从戈壁滩上缓缓地、仪态万方地流过，两岸的白桦林、白杨林，半截身子都埋在水中，只把它的树冠倒映在水面。

这春潮通常从5月初开始，到8月初结束。额尔齐斯河两岸的林木，主要靠这三个月的潮水供养，维持一年的生存。河水通常还会倒灌到小河汊。三个月后，在春潮退去的地方，便会形成沼泽地、芦苇丛、草场、草原。也就是说，荒凉的戈壁滩和干草原因为河水的倒灌，出现了一些零星的可适宜人类居住的地方。

于是在额尔齐斯河的两岸，便有白色的帐篷出现，便有用柳条和牛粪搭起的毡房矗立，便有人类居住，便有牛群、羊群、马群、骆驼群游弋其间。这就是中亚细亚地面人们"逐水草而居"的全部概念。试想，如果没有这条美丽的母亲河，这一切都无从谈起。

人离开这世界以后，他留给这个世界的最后标志是坟墓，这里的人们当然也不例外。

在我当年的驻守中，在我近些年在额尔齐斯河流域匆匆的行走中，我的脚步许多次地与这些坟墓相遇，而每一次相遇都会勾起我心中的惆怅。无论是维吾尔人的"玛扎"，或是回族人的"拱北"，或是蒙古人的"敖包"，或是兵团人的"十三连"，它们都会令我生出一种感觉。"我把他们都当作祖先！我感到自己和地下的他们息息相通！"我对随行的朋友说。

四十多年前，有一次我骑着马迷路了，顺着额尔齐斯河往下走。突然，翻过几个大的沙包之后，眼前是一片低洼的旷地。那是一个黄昏，在昏暗的光线下，我的眼前出现了一片坟墓群。坟墓是用圆木搭成的，茬口和茬口之间好像是用斧子砍的，很粗糙地咬在一起。坟墓的底部宽些，然后慢慢收缩，至顶部呈金字塔形。坟墓大约是有些年月了，那些圆木黑魆魆的，干燥得很，像铁路上早年间用过的那种枕木。这坟墓群很大，我的马在其间穿行了约有半个小时。而那些塔状的坟墓则不算高，大约刚好与我的马头持平。

你无法想象，当我孤身一人，与这些坟墓群狭路相逢时，它带给我的那种惊骇。而在日暮之际，从那片孤寂的墓地穿过时，我那惊悸的心，可谓一步一惊。不独是我，我胯下的马也在那一刻四蹄发软，鼻孔里发出一阵低沉的哀鸣。

嗣后，我曾不止一次地请教过那些人类学家和中亚史研究者，问这些坟墓是哪个民族的，是哪个年代的，可是都不能得到明晰的回答。不过唯一能够判断得出的是，它十分久远。在这干燥的戈壁滩上，这木头永远不会腐烂。它是属于中亚古族大迁徙年代，那些从这块地面上匆匆而过的某一古族留给大地的标志物吗？我不知道。我只知道在两千多年前，欧洲一个古老的族群曾从此经过，并且在罗布泊岸边建起那个被称为"楼兰"的国家；而在一千六百多年前，一个叫匈奴的民族曾从伊犁河流域的乌孙游牧地区，经中亚的康居地区、阿兰（又译奄蔡）地区，最终进入欧洲。那么，这个坟墓群是这些匆匆而过的民族留下来的吗？我亦不知道！我后来曾试图去寻找这个神秘墓地，但是没能找到。是流沙将它掩埋了，还是大地将它重新藏起以免世俗去打搅它的宁静？我不知道。我记得它的大致位置是在额尔齐斯河与一条从阿尔泰山流下来的叫比利斯河的交汇处，但是当我骑马重新走到这地方时，眼前只有绵延起伏的沙包和零星挺立的胡杨树、沙枣树，这让我怀疑那天的那一场遭遇也许是梦境。

还有那静静地兀立在草原上，千百年来享受着阳光和风雨的草原石人，据说它们是突厥人的坟墓标志。关于这个，我请教过一些中亚史学者，认为坟墓标志是说法之一。当然还有另外几种说法，一种是，这是突厥人祭奠草原神的一个标志物，一年一度，游牧者集中到就近的一个草原石人前祭奠。另一种说法是，这是一个类似农耕文化中界桩之类的东西，即突厥一个部落与另一个部落放牧草原时的界线。这里还有一种说法，即草原石人是牧人从额尔齐斯河边的牧场向阿尔泰山高山牧场迁徙时，竖在迁徙路途上的路标。

在以上说法中，我宁肯相信第一种。在天十分高，地十分阔，而你一个人寂寞地行走时，马儿有时候会把你带到一个草原石人的跟前。它兀立在那里，凝重、孤独、永恒，这时你唯一能做的事是脱帽以礼，向历史致敬，向岁月、向那个像风一样曾经从这块土地上掠过的民族致敬。

之前看中央电视台的一个关于契诃夫的专题片，片中除了草原、白桦林、西伯利亚原野上的路之外，频频出现的就是一个草原石人。在那如泣如诉的音乐中，影片以草原石人开头，最后结束时，又以石人退出我们的视野。那石人，孤独地站在一片深色的草原上，像玛雅人一样热泪涟涟地守望着岁月。当然石人不会流泪，流泪的是看着草原石人的我。

阿勒泰草原上主要的居住者是哈萨克人。哈萨克是一个游牧民族，驮牛背上一束支架、一顶帐篷，便是他们永恒的家。家是简陋的，是移动的，但是坟墓是富丽堂皇的，是永远固守的。额尔齐斯河两岸，有着许多哈萨克人的坟墓群。这坟墓成为河流、绿色林荫长廊、牛羊群和流动的帐篷以外，草原上一道美丽的风景。

楼兰人将亡人栖息地叫"玛扎"，维吾尔人也这样叫，哈萨克人我不太清楚，大约也叫"玛扎"吧。由于长期生活在同一地域，对事物的许多叫法应该都是一致的。

哈萨克人的坟墓，迎门的地方，通常有一座高大的碑，上面简略地记录着死者的生平。墓碑后边，是一座用水泥做成的白色棺材，与墓碑成"丁"字状平整地安放在地面上。我曾到阿勒泰拜谒过三座这样的坟墓，一座是在阿勒泰城附近的额尔齐斯河边，一座是在布尔津城的城郊，一座是在比利斯河边。我虔诚地走上前，献上我的祝福，我对他们说，你们是人类的祖先，也就是我的祖先。

比利斯河距我的白房子，直线距离是十千米。那个村子曾有一个叫赛力克的人是我的朋友。许多年前，我从边防站的菜地里往回走，这时背后赶来一位脚蹬马靴，下身穿着动物血染色的皮裤，上身穿着宽大的黑灯芯绒上衣，头戴一顶三耳皮帽的哈萨克牧人。他颤巍巍地骑着马过来，背后辽阔的草原做他的背景。他像一座活动的山峰。"你是内地来的巴郎子吗？我叫赛力克，我和你们站长认识！"赛力克过来，没有下马，只轻轻一提，便把我提到他的马背上了。我坐在马背上，抱着赛力克的腰。小黄马颠着碎步，蹚着沙子，向边防站奔去。

赛力克已经去世。在比利斯河边，当我向路旁的一个哈萨克小孩询问赛力克在哪里时，他指了指那片墓地。沙土很虚，车子无法开过去，于是我下了车，孤身一人向那片还残留着一点夕阳余晖的墓地走去。河边那个被称作萨尔布拉克的小村，隐在胡杨林中，墓地就在村子的旁边。我走到赛力克的墓地跟前，手扶着那白色的雕花栏杆，一个人待了好长时间。恍惚中，耳畔响着赛力克的声音："你是内地来的巴郎子吗？"眼泪就这样流下来。直到暮色四合，我才离开。临离开时我点燃了一支烟，然后将烟夹在那雕花栏杆上，以此作为对赛力克的祭奠。

回族迁徙中原，如果走旱路，这里也是他们频频光顾的地方。回族零星的迁徙是在唐，而大规模的迁徙是在元。明时，丝绸之路荒废，他们就改走水路。

在额尔齐斯河流域，零星地还可以见到一些回族人的坟墓群。回族人将墓地叫"拱北"。我所见到的拱北，大约不是当年迁徙者留下来的，而是后世这些仍然在额尔齐斯河流域定居的回族兄弟留下的。回族人的拱北，它的地面上的标志物通常是用土坯垒成的。这土坯经些风，经些雨，经些雪，便会坍塌，重新与大地融为一体。

我写过一部叫《白房子》的小说。小说中的男主人公马镰刀，就是一个回族人。小说是小说，不可当真，不过我的这部小说，却几乎没有虚构的成分。比如说吧，白房子边防站的第一任站长，确实姓马，确实是回族人，确实曾在边界线上留下一个悲壮的故事。

边防站的后门外边有一条喀拉苏干沟。干沟的岸上有一片回族人的坟墓群。墓群不大，每一个墓穴都是用土坯墙围起的，墓穴上面用土坯垒成很矮的菱形。我在白房子的那些年月，短墙大部分已经坍塌，只留下些墙根，证明这里原来曾经是墙。墓穴上的土坯也几乎都坍塌了，亡人埋得很浅，能看见已经发灰的裹尸布。

我在小说中曾经写过老站长和他的属下们的死亡。我现在已经忘记了这是虚构还是真实的。既然他们死去了，总该有个归宿才对。当年，我几乎每天都要骑着马从这座拱北经过，可是我就是没有把它和当年那场边界冲突联系起来。那一次，也就是 2000 年重返白房子时，当年轻的、朝气蓬勃的站长领我来到这里，问我喀拉苏干沟这一块废墟是什么时，我的身体突然像被电击了一样，我说："那也许是你的第一任站长，马镰刀及其他二十个士兵的坟墓。"

较当年，那拱北已经完全坍塌，与大地混淆不清，只有一堆堆白色的碱土堆在那里。而在拱北的旁边，喀拉苏干沟的堤岸上，一棵白杨树斜斜地站在那里。

很遗憾，在我的额尔齐斯河流域行旅中，没有能见到蒙古人的坟墓。我不知道这是因为我的脚力有限，还是那敖包建在更高更远的草原深处。历史上，成吉思汗的马蹄在这里留下了深深的足迹，成吉思汗就是从这里进入欧亚大陆的。我在新疆的日子里，一个从台湾来的由七人组成的"追寻成吉思汗足迹"考察团，正在额尔齐斯河流域活动。他们是步行的，先在蒙古国境内跑了半年，接着在中国境内跑了半年，然后从吉木乃口岸进入哈萨克斯坦，再到俄罗斯、土耳其，最后到达历史上的东罗马。

如今被称为喀纳斯湖的地方，据说，当年是成吉思汗的军马场。这里居住的蒙古族的一支图瓦人。在喀纳斯湖美丽的西伯利亚冷杉树下，我与一位叫金巧玲的图瓦小姑娘交谈。小姑娘正在采草莓，她的父亲是看林人，叫金刚。当我问金巧玲蒙古人的敖包在哪里时，金巧玲指了指三十千米外那座银光闪闪的阿尔泰山主峰——友谊峰。敖包是在那里吗？或者说这座巍峨的山峰就是一个敖包吗？我不清楚。

最后，在这个描写额尔齐斯河流域的坟墓的短文中，允许我把最高的礼赞给兵团的"十三连"。

啥叫十三连？按照建制，一个团队通常只有十二个连队，这样，兵团人便将有人死去叫作"调到十三连去了"。继而，那散布在荒凉的戈壁滩上的兵团人的墓地，就被称作十三连。

在荒凉的黑戈壁、红戈壁、白戈壁之上，在起伏不定的大沙包之后，你的眼前会突然出现一片偌大的条田。条田的尽头是灌水渠，距灌水渠一箭之地通常会有一片馒头一样的坟墓群，那就是兵团的十三连。

它平凡、朴素、卑微，静静地摊在一片戈壁滩上。坟头不高，是土坟，像内地平原上的那种用土垒的家族墓。没有一朵鲜花，没有一丝绿色，它静静地躺在天穹下面。坟墓上也没有装饰物，通常只有一块简陋的木牌，那上面写着亡人的名字和他遥远的家乡名。那家乡或是贵州赤水，或是山东昌邑，或是上海杨浦，或是天津静海。苍鹰在天边翱翔着，稍稍地给这十三连带来一点生气。如果这苍鹰突然一声长唳的话，这声定会令人陡然一惊。

兵团人一部分是当年进疆时的士兵，就地转业屯垦的。另一部分人则是20世纪50年代末转业到新疆的复员军人，他们中以山东人居多。还有一部分是1964年、1965年赴新疆的上海、天津支边青年。

当然，除这三拨人之外，在兵团成立之时和运转期间，还接纳了大量从内地盲流到新疆的人。例如，我回阿勒泰时，接待我的农十师文联主席杜元铎先生，就是1962年从安徽盲流到新疆的。又例如，我的一位哈萨克族朋友，他的爷爷是山东人，当年徒步从山东一直走到额尔齐斯河边，入赘到一家哈萨克族人家。

如今，二百多万兵团人已经成为这块土地上一支稳定的力量，一支建设的力量。他们一个个都像怀着崇高理想的堂吉诃德，生活在回忆中、光荣中和梦想中。因为他们，在荒凉的戈壁滩上出现了许多"无中生有"的城市。如今，活着的人已经是第三代和第四代了，而亡人则永远地被编入了十三连。

他们不是孤魂野鬼。十三连和玛扎、拱北、敖包一样，共同躺在额尔齐斯河母亲的怀抱里，倾听着春潮年年的歌声，并且注视着每一个来到这里的旅行者，例如我。我以儿子般的庄严和虔诚向他们致敬。每当我向他们走近的时候，我就感到像走近自己的某一位祖先。

关于坟墓，这里的坟墓，英国历史学家汤因比曾说过："假如让我重新出生一次，我愿意出生在中亚，出生在中国的新疆，出生在阿尔泰山山脉。那是一块多么神奇的地方。那里是世界上200多个古游牧民族最后消失的地方，是世界的人种博物馆。"

文末，我还想着重介绍一位清朝的官员，他叫徐松。他被流放到新疆伊犁的时间比林则徐的还要早三十年。徐松是清代著名的地理学家，他曾对中亚地面各条河流的发源、流域、所入湖泊等都进行了详细的考察，并据此撰写了有关西域历史、地理的名作《西域水道记》。我在阅读这本书，看到额尔齐斯河以及它的支流哈巴河、布尔津河等河流的历史时，内心陡然升起一种奇异的感觉。"萧条异代不同时"，原来我们曾经也是历史的一部分。

2001年5月
2020年改

阿拉干的胡杨

"罗布人有许多东西遗落在路上了，但是，有一条关于胡杨的俚语，我还记着，这就是：'胡杨有三条命，生长不死一千年，死后不倒一千年，倒地不朽一千年！'"一位叫热合曼的老人对我说。

"胡杨在我们的叫法中，还有一个名字，叫三叶树。它的底部长的是窄长的柳叶，中间长的则是圆圆的大杨叶，顶部是椭圆形的小杨叶。三种树叶奇怪地长在一棵树上，所以我们叫它三叶树！"另一位叫亚生的老人对我说。

两位老人向我说这话时，那个叫热合曼的老人一百零五岁，那个叫亚生的老人一百零二岁。说话的地点是在阿拉干一片死亡的胡杨林里。

通常，他们被认为是最后的两个罗布人，换言之，是两千年前曾经建立辉煌的楼兰文明的楼兰人，尚且留在这个世界上的最后两个后裔。尽管，几年前在哈密以南靠近库鲁克塔格山的地方，有一个村庄的人自称是罗布人，而在我们前往罗布泊途中经过的那个叫迪坎尔的小村，据说也是从罗布泊迁徙出来的，但是，专家的说法和民间的说法，都认为现存世上的罗布人，只剩下最后两个了，他们就是居住在米兰的热合曼和亚生。

米兰与楼兰一样，是一座废弃了的城市。历史上，它与楼兰互为犄角之势，一个是国都，一个是屯兵和屯田的地方。20世纪中叶，兵团人来到这里，在这里建立了新疆生产建设兵团第二师的一个团场，这里重新成为塔克拉玛干沙漠南面的一个绿洲城市。

团部在成立时，收容了散居在米兰河边的一些当地居民，组成一个民族连。热合曼和亚生，就是这样结束了他们世世代代的渔猎生活，融入现代社会中的。据说，当时收容的这一拨人中有几十个后来纷纷谢世了，只剩下了热合曼和亚生。

这是中亚细亚灼热阳光下的最后两滴水，他们也许会像罗布泊的水一样，完全干涸。这是我面对这两张沧桑的脸时的感觉。在这曾经建立辉煌的楼兰绿洲文明的楼兰人消亡之前，我是见过他们两个最后幸存者的人。这对我是一次重要的经历。我此生注定会遇到一些重要人物，这次算是一次。

据说在来到米兰河之前，最后的罗布人住在一个叫"阿不且"的地方。所谓的"阿不且"，它翻译过来，就是适宜于人类居住的有水的地方。清朝末年，当英国人斯坦因深入罗布泊腹地时，他曾经到过"阿不且"，那时罗布人还有几百之众，分别居住在两个小村子里。

在罗布泊一年一年的盈亏中，在罗布泊像钟摆一样一次一次的位移中，逐水而居的罗布人总是在不停地搬迁。他们将他们的每一个新建的村庄都叫作"阿不且"，在这里建立起新生活的愿望，并希望这一次搬迁是最后的搬迁。当然，这只是他们的一厢情愿，少则几十年，多则上百年，随着罗布泊的继续收束和碱化，他们又得循着塔里木河水系，向上游走，继续寻找他们的新的"阿不且"。

也许在几千年的岁月中罗布人就是这样过来的，辉煌的楼兰绿洲文明，就是这样延捱着日月，最后只剩下这两滴闪烁在 20 世纪末阳光下的水滴。

瞩望岁月，瞩望从楼兰人到罗布人这一段黑暗的、为历史所遮掩和残酷遗忘的岁月，真令人不寒而栗。

那么，遥远年代的楼兰人，那个曾在塔克拉玛干沙漠以北、罗布泊以南建立起中亚细亚绿洲文明的楼兰人，他们又是从哪里来的呢？史学家们说，楼兰人可能属于欧洲一支古老族群，由于一场战争的失败，于是举族开始向亚洲迁徙，后来到罗布泊。他们发现这水草丰美、鸥飞鱼跃的罗布泊，和他们的故乡爱琴海很相似，于是决定在这里定居。他们中农耕渔猎的一支，建立楼兰国，游牧的一支建立大月氏。

对于史学家言之凿凿地为我们提供的这一段楼兰前史，我不敢妄加评论。史学家是根据小河墓地金发碧眼的楼兰木乃伊美女推测的，还是根据楼兰城出土的布帛木简推测的，抑或是根据宗教残迹的犍陀罗风格推测的，这些我都不懂。我这里只想说的是，在这片土地上，当时应该还生活着一些贵霜王朝的遗民。这贵霜王朝，就建在阿富汗高原上。当时世界的格局是这样的：东方有中华帝国汉王朝；西方有分裂为二的罗马帝国；而在中间地带，即被英国历史学家汤因比称为欧亚大平原的地方，有两个帝国，一是在今天伊朗地面建立的安息王朝，一是上面提到的贵霜王朝。

贵霜王朝在一夜间突然神秘地灭亡了。它的国家，它的民众，它的文字和语言，都从历史进程中消失。然而一些年后，那个被称为"佉卢文"的发源于古印度、并作为贵霜王朝官方语言之一的文字，重新在楼兰以及附近的和田、喀什出现，并且成为与汉语并行在楼兰国使用的官方文字。

据此我们可以想见，楼兰国当时的规模。

一个居落只剩下这最后的两个人了，要靠名叫热合曼和亚生的这两个风烛残年的老人，来承担整个居落的记忆，那是一件太沉重的事。所以在阿拉干，在那狰狞万状的死亡胡杨林里，热合曼说，他把许多的记忆都遗忘在路上了。

但是有一件关于胡杨的俚语没有遗忘。这俚语上面说了，它就是："胡杨有三条命，生长不死一千年，死后不倒一千年，倒地不朽一千年！"

胡杨是苦难的树木，和与它伴生的楼兰居民一样苦难。在这里，水到哪里，胡杨便生长到哪里。因此，塔里木河两岸是两条绿色的胡杨林带。但是往事如烟，随着塔里木河的断流，随着风沙一年一年的侵蚀，胡杨林正在大片大片地死亡。

我曾经在塔里木盆地中部，见过一大片死亡的胡杨林。它们还没有完全死亡，只是处于濒死状态。粗壮的树木，奇形怪状地扑倒一地。记得有一棵树已经死了，但在树身一人高的地方，却令人感动地生出几片绿叶。那是柳叶，正像亚生告诉我的那样。

我还在一个叫雅通古斯的地方见过一片死亡的胡杨林。"雅通古斯"翻译成汉语则叫野猪沟。那地方当年也许是一个湫，但如今已经完全干涸，为四面的沙丘所包围。那一片胡杨林，皮全部蜕了，像白骨的颜色，就连最细小的枝条也蜕成白色，但它们仍端端地立在地上。穿行其间，给人一种世界末日般的凄凉情景。我们在那死亡了的胡杨林里曾歇息过一夜。夜里有些冷，生篝火的时候，我们折了些胡杨的细枝。这细枝就像火柴棒一样，一点就着。自然，在翌日早晨离开时我们没有忘记用沙子将灰烬掩埋起来，因为只要有一星火星，这座"死后不倒一千年"的胡杨林，就会从地面上消失。

但是带给我巨大刺激的，或者说带给我最大感动的，还是这阿拉干的胡杨。

　　我不知道这是不是有最后的两个罗布人在我身边，充当我向导的缘故。

　　这里的太阳，在正午的时候，很亮很白，亮得炫目，白得刺眼，但正午一过，太阳稍稍西斜一点，林中便昏暗了起来。

　　有些树木倒毙了，横躺在那里，你得迈过去。有些树木虽然死了许多年了，但是还端端地立在那里，在完成着它们早已确定的宿命。这些树木或站或立，模样都十分地庞大、粗糙、丑陋、可怕。那些像狮、像虎、像蟒蛇的丑陋外形，是时间的刀功，是岁月的产物。它们仿佛我们在侏罗纪公园中看到的那些史前怪兽，或者像高烧病人梦境中出现的令人恐怖的场面一样。

　　出了林子，透一口气，向远处望去。流动的黄沙已经将塔里木河古河道填满，流沙呈现出一层一层的波浪，那是风的形状。远处有些沙包，那沙包也许是当年塔里木河高高的堤岸。沙包子上，偶尔会有一棵高大的胡杨，只剩下斑驳的树身了，像某种动物的生殖器一样直翘翘地立在那里，苍凉、悲壮。

　　对我个人来说，距离死亡大约还有一段路程，但是在阿拉干，我看到了进程中的死亡和死亡中的进程，包括树，包括人，及属于这拨人的一个族群。

　　当然最大的死亡还是关于闻名遐迩的罗布泊。它就在这阿拉干的胡杨之侧静静地躺着，完成着它沧海桑田的宿命。

　　它现在是一点水也没有了，成为死亡之海。但是在两千年以前，它有十万平方千米的水面，司马迁在《史记》里称它"蒲昌海"。如果再要向上追溯，那么在五亿年之前的古生代初期，它所在的地方还是一个大洋。只是在后来的地壳运动中，洋底拱起，水才被逼到罗布泊这一隅。那涌起的地壳，形成两个大的盆地。天山北麓的盆地叫准噶尔，盆地的中心包着一个古尔班通古特沙漠；天山南麓的盆地叫塔里木，盆地的中心包着一个塔克拉玛干沙漠。

有一种坚硬的、冰冷的东西，它叫时间，它在主宰着功造和毁灭。

关于胡杨，我还想啰嗦两句。据说在内蒙古自治区的额济纳旗，即古代的边塞诗人们喜欢咏叹的那个"居延海"，或是西夏史上那有名的"黑城"，或者再直观一些说吧，就是2000年春夏之交的那几次沙袭击北京的沙尘暴的策源地，还有少许活着的胡杨林，但是我没有去过那里，所以不便在此饶舌。而我的不便饶舌也是有理由的，因为它们已经不是阿拉干的胡杨了。

末了，还有一点关于胡杨的知识要谈，这也是热合曼和亚生告诉我的，他们说，活着的胡杨，在整个夏天，叶子会是一种纯粹的墨绿，但是等到每年的10月25日这一天中午12点的时候，如果有太阳，好像接收到一项指令似的，所有的胡杨树叶会在那一刻变得金碧辉煌。

2001年12月29日

西部的车舆

我们去看昌耀的时候，他大约已经有病。不过我们不知道，他自己似乎也不知道。那个西宁的夏天一切都有些怪，天是灰白色的，街区里乱糟糟的建筑是灰白色的，昌耀先生那件洗旧了的白衬衫也是灰白色的，当然，灰白色的还有他的脸色。他住在一间破旧的房子里，面前搁着一张破旧的桌子，桌子上搁着几张白纸和一支笔。他大约意识到了自己的寒酸，所以自言自语地说："有一口饭吃，有一张桌子写作，对一个诗人来说这就足够了！"

我们要给他录像，要他在白纸上写上几行诗，然后朗诵。那朗诵时的语调也很奇怪，南方口音，但是嗓子里像呛了一口沙尘一样，有一种西部人才有的沧桑感。那天他朗诵的大约是《高车》。这诗是这位西部诗王的成名作和代表作。

一年以后昌耀先生去世。据说他是得了癌症以后，一因为疼痛难忍，二因为无钱医治，于是从医院三楼的阳台上跳下去，自行结束生命的。我是在乌鲁木齐的旅程中，得知他死去的消息的。尚留有文坛的最后一点真诚和激情的新疆诗人们，惺惺相惜，在一个叫"一心书店"的地方开一个"昌耀之死报告会"，悼念他和研究他。这样我便知道昌耀死了，因他的死而形成的文坛的空虚感我立即就感觉到了。我向这些新疆的朋友们致敬。我在那时还想：这个世界真不公平，有的人从文学这个行当中获得了那么多的好处，有的人却贫病至死。

又过了一年后，北京开一个会，陕西作家恰好和青海作家分在一个组讨论。这样，我得到了青海代表团送给我的一本书，书名叫《昌耀诗文总集》。我几乎是怀着膜拜的心，打开这本厚书的。在开始阅读之前，我请青海的作家们在书页上签名，我说昌耀先生已经不可能签名了，那么你们来签吧。这样，书的扉页就留下了曹萍、董生龙、风马、梅卓、班果、察森敖拉、陈堆、高宁诸位朋友们珍贵的手迹。而我，在空白的地方写下下面这段话：

> 2001年12月20日参加作代六次会，青海代表团送我
> 《昌耀诗集》。握诗集在手，不胜感慨。遂请青海代表团
> 的朋友们悉数签名，以志纪念。
>
> 高建群
> 京丰宾馆

这些事做完以后，我打开这本书。我从目录上找到了《高车》，然后直奔它。

> 从地平线渐次隆起者是青海的高车。
> 从北斗星宫之侧悄然轧过者是青海的高车。
> 而从岁月间摇撼着远去者仍还是青海的高车呀。
> 高车的青海于我是威武的巨人。
> 青海的高车于我是巨人之轶诗。

我读着这些诗，眼前出现他那用南方口音、拖着腔、沙哑着喉咙，抑扬顿挫地诵读这诗的情景。俄罗斯诗人普希金说："我用诗歌建立了一座非人工的纪念碑，在通向那儿的道路上，青草不再生长！"而我在这里想说的是，我们的有着悲惨身世的诗人昌耀，他亦为自己建立了一座纪念碑，这就是青海高车的形象。

当我读到"青海的高车于我是巨人之轶诗"的话时，这种感觉更加强烈。有些人是能够预知自己的死亡的，比如昌耀，他早在年轻的时候就知道自己的命运如那颠沛流离的青海高车。

我这篇文章写的是西部车舆，这文章从青海高车谈起。谁知道一接触昌耀先生这个话题我竟在其间流连了这么长时间。车在走着，缺了滑润油的车轴吱吱作响，我得往前走了。关于昌耀先生这个沉重的话题留在别的地方再说吧！

青海高车，它有着两个极大的木轮子。那木轮子是什么木质的，我不太清楚，不过一定是那种最坚硬的木质吧。这轮子还包着一些用铸铁打造的铁环，以增加它的坚固度。车轮上的辐条，也是木质的。有一个木的横杆，从两个车轮的圆心穿过，这叫车轴。一个小小的木车厢就架在横杆上。车的尾巴很短，车的辕杆则很长。两根辕杆，夸张地向前伸去。那辕杆里通常塞着的是一头大驮牛，有时候还会是一匹步履蹒跚的马，或者一头马骡或驴骡。

在我的北方行旅中，我许多次看到过这青海高车，从远处的地平线上蠕动着驶过。距离将次要的东西简化了，我的眼前只留下满地的鹅卵石，不太清晰的地平线，然后是远处缓缓行走的两只大轮子，两根长辕杆。那时我曾经想，为什么要夸张地造这么大的轮子呢？

我的结论是：一，青海乱石大如牛头，在这样的乱石中行走，轮子得大一点才不会被卡住；二，轮子大了能碾出路，天地太辽阔了路途太遥远了，什么时候才能到头呢？所以匠人们造出这样大的轮子来。至于青海高车的辕为什么那么长，我则一直想到今天，还没有想明白。

我第一次见到青海高车，是在整整三十年前。列车向西走着，在快要到达嘉峪关的那一块大戈壁上时，右侧的方向缓缓地驶过一辆青海高车。这是牛拉车。那轮子好大好大哟！因为轮子很大，将车身托得很高，所以这也许就是"高车"这个称谓的由来吧。那时血红的落日，正停在嘉峪关的楼头，我们是透过高车那缓缓转动的车轮的缝隙，看那落日西沉的。

我后来还许多次看到高车，但是没有一次能够走近它。这是不是因为缘分未到？正如你可以抬头望见草原上空那高高飞翔的鹰，但是永远无法走近它一样。只有一次，是在宁夏张贤亮先生办的那座影视城里，我看到一辆高车的轮子。那轮子被孤零零地挂在墙上，承受着游人的指点点点，回味着自己曾经在路上的日子。

蒙古草原上的勒勒车，和青海高车相似，只是由于草原较之戈壁滩平坦一些，所以这车轮造得小一些，而车厢则要大一些，好装东西。青海高车给人一种暴戾的感觉，勒勒车则很平和，它也不要那么坚固，造车的木质也相对普通一点，杨木即可。

在湿漉漉的草原上，一个蒙古汉子赶着勒勒车行走。他坐在车辕与车厢相接的那个部位，两只脚垂下来，不时地拍打着地面。草原如墨，他多喝了两口酒，于是有一些醉意。半醉的他含糊不清地哼着那蒙古古歌。

哈萨克人在漫长的历史中，大约没有"车"这个概念。因为他们生活的地面，有着起伏不定的沙丘，有着一望无垠的戈壁滩，有着足以阻止任何车轮通过的条条河流。虽然这里也被叫作草原，例如伊犁草原、阿勒泰草原，但是草场一般都很小，被分割成一块一块的。

哈萨克人靠什么来运载东西呢？靠驮牛。他们每户人家都养着几头到几十头驮牛，在向高山牧场转场的时候，整整的一个家，就在这驮牛背上。牛背上有帐篷的支架、锅、手摇缝纫机、面粉等。如果说哈萨克人有"车"的话，那也是那种没有轮子的车，人们叫它"爬犁子"。爬犁子分两种，一种叫"旱爬犁"，一种叫"雪爬犁"。

旱爬犁实际上是两杆直直的木棒，这木棒的一头用轭驾在驮牛的脖子上，另一头的支点则在地上。木棒的中间再横着钉几根木头，就是一个旱爬犁了。这物什通常被用来拉马草和拉柴火。这项苦差事往往是健硕的驮牛担当的。

雪爬犁则轻巧得多了。雪爬犁完全贴在地上，靠在雪地上滑行而走。拉它的往往是马。马拉着雪爬犁，在雪地上和冰面上健步如飞。我曾经许多次坐过这种雪爬犁。我不晕车，但是晕爬犁子。坐在上面，离地面太近了，像传说中的那种缩地法一样，雪地倒退着往后走，一会儿你就头晕目眩，就会呕吐起来。

在哈萨克族古老的民间传说中，就有一个关于雪爬犁的故事。一个哈萨克牧人乘着爬犁子，从陡峭的阿尔泰山往家里拉木头。雪爬犁在雪道上行驶得飞快，简直不是马拉，而是爬犁子推着马在走。突然，马失前蹄，牧人从马头上栽了下来。这里要说明一句，哈萨克人在驾驭爬犁子时，是骑在马上的。驾驭旱爬犁也是这样地骑在牛背上的。甚至驾驭马车时，驭手最初也是骑在梢马上的，只是后来才站在了车上。这样，马失前蹄时，这个雪爬犁的驾驭者便顺理成章地从马头上栽了下来。眼看着整整一爬犁子沉重的树木将要从这牧人的身上碾过。就在这时，马努力地站起来，然后，就在爬犁子要压上主人的那一刻，它伸出嘴，叼住一只胳膊将主人拉起来。爬犁子一直滑到了谷底，才停下来。爬犁子翻了，牧人的一只胳膊断了，而那匹忠诚而勇敢的马，它全身的每一个毛孔都在喷血，最后倒毙在路旁，累死了。哈萨克牧人在阿尔泰山脚下，为这匹忠诚而高贵的马建立了一座坟墓。

记得我在中篇小说《伊犁马》里，曾经夸张地写过这个故事。说哈萨克人不用车，那是老话，现在在哈萨克牧区，你可以经常碰到一种马车。前几年我去喀纳斯湖的途中，在阿尔泰山高高的山顶，就见过一位哈萨克人赶着马车。马车是胶皮轱辘的，较内地的马车要小一号，一匹辕马拉着。车厢只是平铺的一块大板。车厢的前头，交叉着竖两根木棍，驭手就是这样站在车上，手拄木棍，驾驭车辆的。那一次，我来了兴致，跳上这辆哈萨克人的马车，驾驭了一阵子。

在果戈理的《死魂灵》中，曾经写过一个叫乞乞科夫的外省地主驾着俄罗斯式的三驾马车，在广袤的原野上奔驰的景象。果戈理那天才的句子这样说：

　　哪一个俄国人不喜欢疾走呢？他的灵魂，无时无地不神往于懵腾和颠倒，而且时常要高喊出"管他妈的"来……我的三驾马车呵，……是谁发明你的呢？……真的，你不是用铁攀来勾连起来的，乖巧地弄成的车子。却是迅速地，随随便便地，单单用了斧凿，一个敏捷的耶罗斯拉夫的农人做你成功的。……马就旋风似的飞跑。车轴闪成一枚圆圆的平板。道路隆隆鸣动。行路人吓得发喊……"车子飞过去了，飞呀飞呀！"只看见在远地里好像一阵浓密的烟云，后面旋转着空气。

　　你不是也在飞跑，俄国呵，好像大胆的，总是追不着的三驾马车吗？地面在你底下扬尘；桥在发吼。一切都留在你后面了，远远地留在你后面。被上帝的奇迹所震悚似的，吃惊的旁观者站了下来。这是出自云间的闪电吗？这令人恐怖的动作，是什么意义？而且在这世所未见的马里，是蓄着怎样的不可思议的力量的呢？唉唉，你们马呵！你们神奇的马呵！有旋风住在你们的鬃毛上面吗？在每条血管里，都颤动着一只留神的耳朵吗？……俄国呵！你奔到那里去给一个回答吧！

我之所以不厌其烦地抄上上面这些句子，是因为实在不能割爱。果戈理从口中吐出的那些魔咒般的语句，当初在我第一次阅读时就令年轻的我热血沸腾。经历了大半生的人生历练以后，我以为我已经平静得像一段槁木了，然而此刻，在一边回忆，一边吟诵，一边把这些句子落实到纸上时，我感到自己的血又像年轻时那样在沸腾。

我之所以抄下这些句子，还因为我本人就曾经驾着这种俄式的三驾马车在冰河里，在戈壁滩，在涌涌不退的沙丘上，在开满鲜花的草原上，狂奔而过。那时候我多么的年轻啊！

边防站就有一辆这样的马车。

我们用它来拉牧草。秋天的时候，花儿都变成了果实，草肥了，于是我们适时地用大刈镰将牧草割倒。割倒以后，在阳光下暴晒上几个小时，草有些蔫了，然后圈堆、装车，运往边防站，垛成干草堆，冬天时给马吃。承担这运输任务的就是这马车。马车拉着山一样的一车干草，颤悠悠地从草原上驶过。驭手爬在草垛的顶端，一只手拽着曳绳，一只手挥舞着长鞭。草堆真大，一直装到车辕的顶端。那辕马的身子全在草垛里，只露出个头来。

另一项工作是冬天拉木材。额尔齐斯河两岸有着遮天蔽日的原始森林，砍柴是为了边防站冬天的烤火取暖。冻得僵硬的树木，很好砍。树木砍倒以后，截成几节，就用这马车往回拉。三驾马车呼啸着，顺着额尔齐斯河的冰面嗒嗒而过，河谷掀起一股风暴。

　　这些都是世俗的用途。更世俗的用途则是到距边防站百余千米的一个叫萨尔布拉克的哈萨克人集镇去买鸡；或者边防站菜地里的大白菜成熟了，需要冬贮了，用这马车去拉；等等。

　　驭手则通常是不固定的。每一茬新兵中都会涌现出一两个上等的驭手来。我刚到边防站那阵，驭手是一个小个子的河南灵宝人，他在家当过铁匠，到部队后便自告奋勇给马钉马掌，钉完马掌又当马倌，当马倌时又兼做驭手。这位河南老兵复员后，驭手换成一个哈萨克新兵了。他站在车上，一手扒着前面那个"×"形的扶手，一手摇动着马鞭，三驾马车在草原上狂奔。不过驾马车是一件简单的事，而且草原上到处都是道路，因此，我们人人几乎都做过驭手，只是在我的记忆中，他们两个做得多一点罢了。

　　那匹驾辕的辕马十分壮硕，平展展的脊梁像一座山脉，浑圆的屁股像两只鼓起来的气球，四条腿像四根柱子。总之，它的形象活像一头大象。它是边防站资格最老的一匹马，由于腰身硬，背上已经不适宜骑人了，于是被塞进辕里拉车。而拉车生涯又使它的腰身更坚硬，因此就只有永远拉车的份了。不过偶然的时候，人们会骑骑它。比如我，就骑过它几次。骑它是配不上鞍子了，只能骑光背马。骑在它背上，它似乎一点感觉也没有，该走该停，该低头吃草，都是由着它，你只是骑着它而已。

　　辕马很善良，但是那匹拉梢者之一的老白马，却是一个又狡猾又凶恶的家伙。人老了会成精的，马老了也是一样，这是我的一个经验之谈。另一个经验之谈则是，马和人一样，也有聪明和笨拙之分，智商高与智商低之分，恶马与善马之分。这老白马，当你要用车去草原时，会很快找到它，因为它总是在离马号不远的地方吃草。但是你要走近它和驱赶它，却是一件危险的事。它明明看见你来了，却佯装不知，继续低头吃它的草。你以为它没有发现你，其实，它早就发觉了。虽然它的整个身子还保持着原来的姿势，一动不动，但是它的两个耳朵像风向标一样在三百六十度旋转。你到跟前，还没来得及驱赶，它忽然向你调过屁股来，然后屁股一扬，两只带着铁掌的蹄子会结结实实地落在你的身上。我就遭过老白马两次这样的暗算，好在当老白马扬起蹄子的那一刻，我迅速地把前腿收了回来，因此老白马的蹄子只踢到我的坐骑上。立即，我的马的前颊上血迹斑斑，如果我躲得慢一点的话，我的腿非断了不可。

但是，当这些性格各异的马被塞进辕里、拴进套里之后，一踏上道路，激情出现了，它们便成为大家眼中看到的那三驾马车整体，奔跑令它们全都变得高尚起来，成为最优秀的马。

这篇文字谈的是西部的车舆，在经过上面那一番语言之后，我们的目光还得转向新疆南疆，因为那是一块如此辽阔的地域，且曾生活着好些个西域民族。但是我承认这是我的一个空白点。南疆我去过几次，唯一给我留下浅浅印象的，是道路两旁的白杨树，和从道路中间轧轧驶过的驴车。驴车风一样地过去了，眼前只留下维吾尔族妇女的花头巾在摆动，并且伴随着一阵阵有些放肆的笑声。

我没有到过那些古城遗址，比如说且末古城、龟兹古城，及帕米尔高原深处的柯尔克孜人居住地等。根据一位画家为我提供的照片，那里道路上奔跑的，仍然是这种轻快、平庸的驴车。我们无法走入那些古城居民昨日的历史，不知道在那漫长的岁月中，他们的车舆会是什么样的。我们只看到延续到今天的这种驴车。

这里是西域文化中的农耕文化部分。匍匐在土地上的生活是平实的、平凡的和平庸的，因此这注定了他们的运载工具，较之青海高车，较之蒙古人的勒勒车，较之俄式的三驾马车，少了张扬，而多了实用的因素。

末了，我想说说我的家乡的车舆。我的家在西安远郊农村的渭河边上，从理论上讲它亦属于西部的范畴，因此我的叙述不算跑题。且那里是农耕文化，因此也许对于我们研究这一地域的车舆，具有认知的价值。一个自然村通常有一辆到三辆大车。村子里的远程运载，通常靠这种车辆完成，例如往地里运肥和从地里拉回庄稼，例如交公粮，有时候它还会成为接新娘的彩车。那时乡间的道路，通常是以两辆车能够错开为宽度。蝉在鸣着，一辆牛车缓缓地行进在乡间土路上，车辙碾出两行塘土。在我的记忆中，行进中的牛车永远是在"咯哇咯哇"地叫着。尽管车夫给辕上挂了一个油葫芦，不时地跳下来给车轴上膏油（陕西方言，即抹油），但是那车的叫声永远没有停止过。

打造一辆牛车对一个家庭来说是一件大事。这事和盖新房、打庄基、做一口棺材、儿女婚嫁几乎一样重要。先得有一棵槐树，待到这槐树长到三十年，长得三把粗的时候，把它伐倒，用来做辕杆。将树从中间一分为二，两根辕杆都有了。树弯曲不怕，有弯弯木头就有弯弯匠人，辕杆有时候恰好弯曲些好。那车厢，那车轮，也都是清一色的槐木，因为槐木是平原上最坚硬的木头。不过，还有比槐木更坚硬的，那就是枣木。车轴通常用的是枣木。

铁匠在打造一辆牛车时起着和木匠同等的作用。木匠做木活，铁匠则升起炉火打铁。牛车上布满了铆钉。那车轮的一圈圆周上，铆钉几乎一个挨一个地布满。因此这牛车自身就极为沉重，那锋利的车轮轧在地上，会将路面轧出一道深深的车辙。而这车轮轧到人的肚子上的时候，大约会像铡刀一样将身子一分为二。

我突然有这个想法，是因为我曾经看过这样的牛车轧死人。那时候我大约三岁，和邻家的小男孩在门口的官道上玩塘土。这时一辆牛车咯哇咯哇地从渭河老崖上过来了。我们贪玩，没有听到车的叫唤声。直到牛的蹄子踩到那邻家男孩，他才哇的一声哭起来。赶车的是一介生手，十六岁的农村少年，从辈分上讲是我的堂爷。他听到小孩哭了，吓坏了，将牛绳使劲地往怀里一揽，这样，牛车原地转了个弯子。如果这牛车笔直地走，那轧到的会是我，现在它兜了个弯子，我没有被轧着，但是在路中间玩塘土的邻家男孩被轧着了。锋利的车轮从男孩的肚子上横切过去。那一幕真可怕。

这样的牛车现在在平原上已经绝迹了。偶尔，在那些老户人家的院子里，你还能看到一根车辕、一扇单个的车轮这样的物什。它已经退出了使役，成为平原历史的一部分。

末了，我还想啰嗦两句，谈谈独轮车。

独轮车是一个轮子。那轮子在车的最前面。轮子上面罩一个四方木架，像羊的犄角，后边是车身。两个把手。把手上通常会有一根绳，这样，人在提起把手向前推车的时候，绳子便会担在肩上，分担双手的重量。那车身靠近把手的部分，还有两根木柱，这样当人放下车子时，用来支撑。这种独轮车，我们那里的人叫它"推推车儿"。

我家当年就有一辆这样的车子。推它上路，车轮吱吱呀呀地叫着，只要会推，很是轻巧。我们家早年随黄泛区的河南人逃荒到陕北的黄龙山，后来家乡解放，爷爷便是推着这样的小车回到家乡的。据我母亲说，爷爷将家里的所有积蓄，换成几个银圆，将独轮车把手的那地方掏空，把银圆塞进去，藏好，就这样穿过土匪出没的黄龙山，回到家乡。那独轮车上，则坐着我的小脚奶奶。

2002年1月

友谊峰与喀纳斯湖

友谊峰是阿尔泰山第一高峰。东西走向的阿尔泰山，至这里，结成了一个海拔四千三百七十四米高度的冰疙瘩，寒光闪闪地横亘在中亚细亚地面，成为阿勒泰草原上的一景。

友谊峰的西侧，是一个三十公里长的大峡谷。这大峡谷自峰顶向西，连转六个弯子。在这六个湾子里，友谊峰消融的雪水积水成湖，形成六个湖泊。这六个湖泊是连在一起的，像一串项链。湖泊的名字叫喀纳斯湖。

湖水继续向下面流去。下面当然还是峡谷，只是较那形成湖泊的三十公里峡谷，少了些突兀而已。水流继续向正西流去，现在它的名字叫布尔津河了。布尔津河在经过一百多公里的流程之后，在那个美丽的小城布尔津左近，与另一条大一些的河流交汇。

这大一点的河流叫额尔齐斯河。我们知道，这大河同样是源于阿尔泰山深处的一条河流，它在接纳了布尔津河、哈巴河、比利斯河等等以后，流出国境，并最终与鄂毕河交汇，穿过西伯利亚，注入北冰洋。

我在冬天和夏天的时候，曾经两度到过布尔津城。夏天的布尔津城，阳光十分耀眼，林荫树的叶子在阳光下绿黑，各色鲜花则热烈地开放着。这座袖珍小城一切的建筑都是白色的，白得给人一种童话中的城市的感觉。而在冬天，像中亚所有那些在严寒侵袭下的小城一样，布尔津收敛了浪漫，在有暖墙的房间里把自己冬贮起来。记得，我曾经到布尔津河与额尔齐斯河交汇处去过。那里生长着一大片白桦林，白桦树的半截身子在冰层底下，半截身子则矗立在冰层之外的空中，那景给人一种奇异的感觉。

友谊峰在历史的年代里，它的东西南北四面都是中国领土。19世纪末20世纪初在沙皇尼古拉二世的"黄俄罗斯"计划的策动下，蒙古宣布脱离中国而独立，这样，友谊峰的东北方，便成为蒙古国的领土。到了20世纪90年代初，苏联解体之后，这一段国界线又有了一些调整。从中、蒙、俄三国交界处，即友谊峰峰顶，向西北方向走五十四公里，至中方的白哈巴边防站，仍为中俄边界，五十四公里以下，则成为中国和哈萨克斯坦边界了。

因此说，这个阿尔泰山第一峰，现在为四国交界处。

20世纪70年代初，我在这一带当兵期间，那时因为珍宝岛和铁列克提事件，中苏两国交恶，于是这友谊峰再次易名叫"三国交界处"。再到20世纪80年代，中、苏、蒙三国通好，于是在中国地图上，又恢复了"友谊峰"这个名字。

这是一段史实，你只有到过这里，其间的历史沿革、名称转换，你才能略知一二。

现在我们见到的中国地图，像一只雄鸡，雄鸡鸡屁股那个尖顶，就是友谊峰。这样一说，你一下子就能想到它的具体位置了。

我是在2000年7月的最后几天去造访喀纳斯湖的。

其实对这块地面，我并不陌生。我当年当兵的地方在额尔齐斯河河口，那里距喀纳斯湖的直线距离就是一百公里吧，即使从那里顺哈巴河河谷，到哈巴河县城，再到河口，也不过二百公里远近。

我们是三连，驻扎在喀纳斯湖边的是五连，与我们同属于一个边防营。五连又叫白哈巴边防站。它的得名，是因为友谊峰下的哈巴河从边防站门前流过。哈巴河在这里也是界河。哈巴河的全称是阿克哈巴河，"阿克"是哈萨克语"白色"的意思，因此边防站叫成"白哈巴"就是顺理成章的事。

白哈巴边防站距友谊峰峰顶三十公里。峰顶的另外一侧，那个位于中蒙边界的中方边防站，叫红山嘴边防站。友谊峰寒气逼人道路不通，尽管边防站尽可能地靠近峰顶设立，但距海拔四千三百七十四米高度的那个峰顶，还有约三百公里之遥。

在那个年代里，这两个边防站每年要定期地在友谊峰峰顶会一次哨。会哨的目的，仅仅是表明这是中国领土。因为这里既没有道路，也没有人烟，脚下都是冰大坂和陡峭的冰山雪峰，所以只是象征性地走一走，行使一次主权而已。

从白哈巴这边往峰顶走，虽然陡峭，但毕竟只有三十公里的路程，所以只要马好，骑手身体强壮，只需一天就可以到达。而从红山嘴那边上山，则是一年中最大的一件事，得选一年中最好的季节，选最好的战士最好的马，准备足给养然后上路。巡逻队晚上歇息时，就支起帐篷，燃起篝火。

红山嘴那地方我没有去过，但是关于它的传闻，我当兵那一阵子，听到得最多。

那里所有的动物都是雄性，因为雌性在那里根本无法活下来。这次2000年我的喀纳斯湖之行中，驻扎在当地的李贵华上校还给我说过一件事。他说在经过整整一个冬天的压抑之后，春天到了。这一天，红山嘴边防站的所有动物，都出现了异常：狗在疯狂地叫着，马在马号里，牛在牛圈中，羊在羊栅里，都骚动不安，并且用各自的声音在叫着。李上校在这里没有谈到人，其实人何尝不是如此呢？在这里，我用我五年的边防站生涯来证明。上校说，当时大家都不知道将要生什么事，都以为这是地震的前兆。到了中午，事情才有了答案。突然，从远处的峡谷中，像云彩一样，飘来了一群群游牧过来的哈萨克的畜群。边防站这边，最先冲下山的是自由的狗，接着，马群、牛群、羊群就像开了锅的水一样，纷纷从栏里跃出，向山下奔去。在这里，李上校出于军人的严谨，没有说明它们奔下山去干什么了，他的话只到这里打住，然后用一句"它们真可怜呀"作结。我是在回味这个故事时，才突然明白，它们是去交配，这是一群雄性土地上的性饥渴者。

"你千万不要相信'雄性的土地'这句话，这是小说家和诗人们杜撰的！一旦这块土地仅仅只适宜于雄性生存，那根本就没有什么阳刚一说，男人会憔悴，就连花也不再开放，水流也不再唱歌，野生动物的踪迹也不会光顾这里！"李上校感慨地说。

说起士兵，我想起一个我的同乡来。他就在红山嘴当兵。当年，顶着铁列克提尚在弥漫的硝烟，一辆满载新兵的铁闷子车在向西驶着，车上就有他和我。记得，车行至河西走廊某一处的时候，停下来错车。值星排长吹着哨子，从车头跳下来，顺着路基跑去，嘴里喊着"男左女右"要大家下来解大手。铁闷子车上没有厕所，解小手是从铁门的缝隙里向外撒尿，解大手则就只有等车停下来的时候。好在那时兰新线是单行线，因此这火车经常停。

记得，当年一个男兵在火车停下来以后，分不清左右，于是跑到女兵那边去了。路基上黑压压地蹲着一群女兵，这小伙子吓坏了，在值星排长的训斥声和我们的哄笑声中，这小伙子从火车底下钻了过来。

后来在乌鲁木齐换乘汽车。汽车行进到阿勒泰草原以后，我们中的一部分被拉到中蒙边界，充填到各边防站去；一部分被拉到中苏边界，同样地被充填到各边防站去。

这个给我们留下深刻记忆的男兵姓梁，是陕西省合阳县人。他在被分到红山嘴边防站以后，为边防站放牛。在到边防站的第二年或第三年，他在一次放牛中失踪了。

我们那一拨兵中，尽管没有发生大的边境冲突，但还是死了好几个人。例如我所在的边防站，就有一位姓韦的老乡，在横渡额尔齐斯河时溺水而亡。当然减员中还有这位老梁。有关部门曾经给他的家乡寄去烈属通知书，因此，当时对我们来说，他也是被算作死亡之列的。

关于他，这个农村青年，我们知道得实在不多，光知道他姓梁，他分不清左右，另外唯一知道的，就是他在穿上军装，离开家乡的这三天时间中，匆匆地结了婚。这个可怜的人，在新婚之夜，竟然没有敢动一下他的新娘，只是在早上就要动身时胆怯地用手摸了一下新娘的头发。

在我的这次喀纳斯之行中，我意外地知道了这个已经成为"烈士"的"华侨老梁"的消息。老梁并没有死，1991年，他被邻国遣送了回来，现在在阿勒泰军分区营房科当军工。

为我提供这一消息的是一位叫张连枢的大校。张大校曾是铁列克提边防站的老兵。他到边防站时，铁列克提事件刚刚结束。他向我详细地讲述了整个铁列克提事件的情况，并且说等他告老还乡之后，要做一件重要的事，这就是为铁列克提事件中三十一个死难者（其中有二十九名军人，两名新华社记者）写一本书。

他还说，军分区大院里现在有个"华侨老梁"，他的故事你也许会感兴趣的。这样，时隔将近三十年之后，我得到了我的这位同乡最近的消息。

那一年，老梁在冲突中被抓去邻国，关了三年。释放出来以后，他便在街头流浪，给人打工。后来，他遇到了一位中国老兵，这老兵也是不知什么年代流落到邻国的。老兵帮他要回了被当地地痞流氓诈走的一点辛苦钱，还帮助他成了一个家。20世纪90年代初，老梁听人说，两国现在通好，他该向中国驻该国使馆谈谈他这件事。于是，老梁便给大使馆写了一封信。这信寄出后约半个月，老梁就奇迹般地回到了他的合阳老家。他来到家门口的时候，门口挂着一块"革命烈属"的牌子。在他成为"烈士"的这些年中，他当年的新婚妻子自然是改嫁走了，他的父母也因为思念他而过早去世。老梁现在是回到了家中了，不过，家乡似乎并不欢迎他。

　　他的哥嫂面对眼前这个满脸胡须、只会说几个简单的汉话单词的中年人说，他们的弟弟已经在许多年前死去。为了证实自己的言之不虚，他们还拿出当年部队寄来的"死亡通知书"和当地民政部门颁的"烈士证"。

　　这样，"华侨老梁"结束了在邻国的流浪之后，又开始在中国流浪。最后，鬼使神差，他竟循着当年当兵的路线，来到新疆，来到阿勒泰，来到红山嘴，然后，坐在他当年失踪的那个河流边上痛哭。

　　这时候，有个老军人在前往红山嘴边防站视察，坐着吉普车路过这里。他见一个人坐在这河边，哭得这么伤心，于是停下车来询问。老军人是老边防，所以他知道当年那件事，现在，在听完老梁的陈述之后，他也落泪了，于是将老梁带回他家中。

　　这位老军人姓周，当时好像是在阿勒泰军分区的司令部任职，现在则是新疆军区的政委吧。我所以知道他姓周，是因为我将"华侨老梁"的故事写成文章在一个叫《家庭》的发行量颇大的杂志上表后，一位周姓姑娘曾给我打过电话，她说我文章中那老军人说的是她的父亲，还说老梁在她家住了三个月，来时还不太会说汉话，走时已经能说一些汉话了。她还说"华侨老梁"后来被安排在军分区大院当军工。她的说法恰好与张大校给我说的情况吻合。

张大校告诉我，"华侨老梁"现在在分区大院里生活得很好，他平时轻易不与人搭话，干起活来像一头闷牛一样。在大家的撮合下，又为老梁在阿勒泰城找了个汉族妻子，现在他们已经有一个女儿了。

这个可怜的坎坷的人能有这样一个结局，也是一件叫人欣慰的事。

还有一件事是我想知道的，那就是"华侨老梁"的邻国妻子，他们有孩子没有？他们现在还有联系没有？

张大校沉默了一阵，说：没有联系，怎么联系呢？老梁和他的邻国妻子共生了三个娃，二女一子。

我是在谈红山嘴和白哈巴，谈友谊峰东北和西北这段边界线，谁知道话题一旦扯开，竟说了上面这么多。

在我，这是没有法子的事。原谅我，对于我这个老兵来说，我是根本不可能以平静的旅游者的心态走近这里。在一个旅游者看来这只是一座死气沉沉的冰峰，一串波光粼粼的湖泊，但是对我来说，这是我青春的一部分，生命的一部分。

但是我努力地使自己轻松，把这山峰，把这湖泊仅仅看作一块没有历史背景的风景。

我的那一次新疆之行，本来目的只有一个，那就是重返我的白房子边防站。但是在乌鲁木齐时朋友们都对我说，一定要到喀纳斯湖去一下，反正也绕不了多少路的。他们说，有一个高级官员，可谓见多识广，走过世界上许多名山大川，最后他到喀纳斯湖一看，说这是世界上最美的地方。

促使我喀纳斯湖之行的另一个原因，是我在乌鲁木齐的一心书店，遇到了一个台湾来的"追寻成吉思汗足迹"考察团。他们是属于一个叫"山河探险协会"的民间组织的。据他们的负责人许先生介绍，他们一行七人，将徒步沿着成吉思汗当年西征的道路，走上一遭。当时他们已经在蒙古国境内走了半年，又在新疆的北疆地面，走了半年。现在，他们将稍事休整，然后从中哈边界的吉木乃边防口岸，进入哈萨克斯坦，继续他们的迢迢路程。

他们中有几个是蒙古族人，有几个是汉族人。

历史书告诉我们，成吉思汗在西征花剌子模之前曾经在阿勒泰城附近的额尔齐斯河边，停驻三年。他停驻的目的，一是整顿和调集他的军队，二是用三年的时间来打通伊犁河谷。三年后准备工作完成，于是在额尔齐斯河边一个叫"平顶山"的地方，召开了西征誓师大会，后兵分两路：一路是明攻，从伊犁河谷直扑小亚细亚；一路则是奇兵，从我上面谈到的友谊峰的峰顶，翻越过去。从而形成钳形攻势，合围花剌子模。

那时的喀纳斯湖，这个世外桃源般的地方，是成吉思汗的军马场。蒙古族中一支叫图瓦人的部落，在这里担当着为西征军饲育良马的任务。现在，那支图瓦人还住在喀纳斯湖的旁边。

我是在一个盛夏的早晨，取道哈巴河河谷，来到喀纳斯湖的。

通往喀纳斯湖的道路有两条：一条是从布尔津县城出，穿越布尔津河谷抵达；一条是从哈巴河县城出，穿越阿克哈巴河河谷抵达。我们去时，布尔津的那条路正在加宽，不通，因此我们只好走哈巴河这条路。这条路稍远一点。

在哈巴河县城办了边防证以后，我们向就近的那座阿尔泰山登去。上了山，再下山。穿过一个叫铁列克的峡谷，汽车开始在山腰间盘旋。这就是那个有名的十八盘，当年我就知道的，现在，路宽了一些，大约没有十八盘了，但是还是有许多的弯道。这些弯道又急又陡，一边是高耸的山，一边是深深的峡谷。

后来，车从最急的一个弯道转下来，再下一个陡坡，便进入了阿克哈巴河河谷。在河谷的上游，有一座白色建筑，它就是上面提到的白哈巴边防站。

哈巴河在这一处是一条界河。汽车路的旁边，就是湍急的河水，河水那边，则是一列又一列高大险峻的山。那里已经是哈萨克斯坦境内了。

在抵达喀纳斯湖之前，我顺道在白哈巴停了半个小时。边防站正在修营房，士兵们都在忙碌着。我告诉他们：我是一个老兵，我在离这里不远的白房子边防站服役过，而就在这个白哈巴，我也有一些老乡在这里当过兵，所以我代表他们来看一看，然后回去向他们汇报。说完这些以后，又照了几张相，我才恋恋不舍地离开。

边防站旁边就有一个图瓦人的村子，这个村子也叫白哈巴。先前我们只知道这些人是蒙古族兄弟，并不知道他们还有那么一段历史，不过现在是知道了。

四周是遮天蔽日的西伯利亚冷杉。村子建在哈巴河的旁边，淙淙流水从木房子的底下流过。阳光从树冠的缝隙中射下来，分成一缕一缕，洒在绿茵上。这个村子的景色真美。

其实，自我们登上阿尔泰山，景色就一截美似一截。整个世界被那些叫作西伯利亚白松、西伯利亚落叶松、西伯利亚冷杉西伯利亚云杉的树木充满。它们站在路的两旁，几十米高，亮着长长的躯干，头顶上顶着一个针叶状的树冠。

但是最美的风景，还是在喀纳斯湖。如果对过去茫然不知，仅从一个偶然兴之所至来到这里的旅游者的眼光来看，这里确实是人间仙境。难怪那位高级官员说，这里比他看到的北欧风光还要美。

从友谊峰往下，一连串六个湖，像串糖葫芦一样，从主峰一直蜿蜒而下。如今这湖只开了三个，供人驾着汽艇在湖上飞驶。另外靠近里边的三个湖，被封了。据说湖中有一种红鱼，被称为"喀纳斯湖水怪"，可以跳到岸上来，将岸边吃草的牛犊吞下肚子里去。那三个湖之所以被封，就是为了保持生态，令这种稀有动物不致灭绝。红鱼的一个标本，后来我在湖边的博物馆里见了，它的个头像一个十二三岁的孩子差不多，形状像黄河鲤鱼，不同的是，它的嘴唇内侧满是牙齿。

在这片河谷里，还有不少的图瓦人家，他们用粗壮的圆木砌成的房子或在溪流的边上，或在林荫半遮半掩处。不时地有马蹄声从河谷呼啸而过，那是一群图瓦孩子，他们胯下的马以每小时十元钱的价格租给游人。

河谷静极了，只有溪流在永远地喧嚣着，白天声音小一点，夜晚则声音奇大。在这样的响声中入梦，你也许会梦见童年的时光。那种叫西伯利亚冷杉的高大乔木，一片一片，长在湖边、河谷和四周的山上。阳光慵懒地照耀着树林和树林下的空地。所有的只要有空地的地方，都野生着花草。那个采野草莓的图瓦小女孩金巧玲告诉我，那一簇一簇的花叫野牡丹，而在每一棵野牡丹的旁边，都会长着冬虫夏草，它们是伴生的。

金巧玲是一个上小学二年级的女孩，她的父亲叫金刚，是这一块的看林人。这里是他们的家乡，不过，他们全家已经搬到布尔津城居住。因为现在是暑假，她和姑姑来到这里。她的姑姑，在湖边设了个卖奶茶的摊子，一块床单往草地上一铺，一热水瓶奶茶两元钱，而她这个可爱的小女孩，闲着无事，于是到林间来采草莓。

女孩从作业本上撕下一张纸，为我写上她的名字、她父亲的名字和她家的电话。我说也许在我的文字中，要写她一笔的。有一天，当这个蒙古族小姑娘偶尔走进书店，打开一本书时，于是在书中看到自己的名字。

在喀纳斯湖边我还遇到一位女老板。每一个新疆人都有一堆故事，这姓侯的女老板也不例外。她的老公公是东北军老兵，随张学良撤退到西安，又随杨增新撤退到乌鲁木齐。她是汉族，丈夫则是满族。她的丈夫好像有些神思恍惚，整天地坐在蒙古包外的一把白色椅子上，一言不发。这女人很能干，她曾是一家国有银行的会计，后来代人受过，在乌市坐过三年牢，出来后，来到这湖边做生意。我们一行在喀纳斯湖住过两宿，就是住在她开的蒙古包旅馆中的。她是阿勒泰城人，旅游季节结束后，她又将回到那里去。她希望我冬天的时候到阿勒泰城来，那时她也闲了，她会坐在火墙边，详细地为我讲她的故事。

我们站的地方，离海拔四千三百七十四米的友谊峰主峰已经很近了。空气中有一股寒冽的味道，那湖水和河水也刺骨的冰凉。夜来，人们得加上几件衣服，那位女老板甚至穿了一件军用棉大衣。

在喀纳斯湖的旁边，有一座游人可以登上去的陡峭的山。山顶上有一个小亭，那里的地名叫观云亭。据说，从那里就可以看见友谊峰那带着银色头盔的主峰。而在成吉思汗的年代里，这观云亭其实是图瓦人设的一个了望台，因为从那里可以俯视这六个湖泊和湖泊下游的一段河谷。那次，我曾经从图瓦小孩手中租了一匹马，准备到观云亭上去，只是行到半途，我放弃了，因为坡实在是太陡。虽然远处有那银光闪闪的冰峰在吸引着我，可是，我的臃肿的身体，已经不适宜于这马背的颠簸了。

2001年7月

把自己交给道路

　　骑上一匹马，你踏上道路。对于马来说，这条道路通向哪里，路的尽头是什么，这些并不重要。重要的是脱离了拴马桩的约束，它有了相对的自由了。你最好骑一匹走马，或者说你最好把自己交给一匹走马。大走马，四条腿弯曲交替，马头前伸，马尾巴平拖在身后，脊梁骨则像龙一样游动。小走马，马身是平稳的，腰身只稍稍摇晃，柔软有如摇篮或吊床，那马的四只蹄子，后蹄窝压着前蹄窝，四蹄翻起时，像四只银碗，正如蒙古民歌里唱的那样。所以在选择走马的时候，你最好选择小走马。

　　在踏上道路的那一刻，你的心和马的心一样，也会感到一种轻松。我们无法猜测，在那遥远的年代里，当那马背上的民族，有一天脱离了马背，开始定居，开始卑微地在大地上匍匐行走时，他会是一种什么感觉，他又是如何将那高贵的心灵和那漂泊的情绪一代一代最终消磨掉的。我们不知道，我们真的不知道。而现代人用今天的思维方式来推测那么久远年代的事，也许距离真实很近，也许谬之万里。但是，我这里想说的是，在我每一次跨上马背、踏上道路的时候，我都像从一种长梦中醒来，我能体会到一个定居者把自己交给马，交给道路、交给漂泊时的心。

在草原上，我曾经许多次骑上马，以这样的心情踏上道路。

我向草原的另一头走去，有一丝惆怅袭来。马蹄踩在沙砾上，发出"嚓嚓"的响声。马的鼻孔一耸一耸，不时打出一两个响鼻。

你是自由的，你的马也是自由的。起码在从甲地到乙地这个旅途阶段是自由的。你可以选择一天、两天或一个礼拜时间抵达，你可以选择不同的道路抵达，你甚至可以不走路，而拍马从草最深、花最艳的那一块草原穿过。那是你的事。

"可是在人生的路途上，又有多少机缘，向星空瞭望！"这是诗人郭小川的诗。骑在马上，我常常想起这句诗。如果将这诗变通一下，这样说，也许可以表达我此时的心境："在人生的路途上，又有多少机缘，骑在马上自由地在天地间行走！"草原上的道路，严格地讲那不叫道路。只是马蹄、牛蹄或昌耀笔下那青海的高车在此之前踩出的一个若有若无的白色细径。草踩倒了，地皮因为变硬而成白色，仅此而已。

这道路的尽头也许是一座蒙古包，一间哈萨克毡房，一个回族同胞的拱北，或是维吾尔人的玛札。在草原上，最重要的道路是什么呢？是从平原牧场上通向高山牧场的那被称为"牧道"的东西。我曾经随一户哈萨克人家，参加过从额尔齐斯河谷到阿尔泰山高山牧场的转场的全过程，历时三个月。那牧道是神圣的，因为它是和生存联系在一起的。道路穿越一条一条河流，穿越阿尔泰山的道道隘口，路途上不时可以见到那些兀立在路旁、斑驳苍老的草原石人。

草原上偶尔也会有一条通衢大道。这道路也许是历史上的丝绸之路，也许不是。因为丝绸之路是如此的飘忽不定，历朝历代都会有所变更。

那么这通衢大道是什么呢？在普希金的《欧根·奥涅金》中最

好的诗句是附在结尾处那些残章。"在他面前，玛卡尔叶夫喧腾着它的富饶。印度人将珍珠，欧罗巴人将冒牌的酒带到这里。牧场的主人从草原上起来挑剩下的马群，赌博的带来自己的纸牌和一把听话的骰子，地主——带来成熟的女儿，而女儿——是去年的时式。每个人都在忙碌，撒着两个人的谎，到处都是商人的气息！"普希金以这些天才的句子描绘了一个欧亚非大集市一年一度的聚会。事实上，在中亚细亚地面，这样的通衢大道，正是为这样的大集市而准备的。

当然在草原上，没有道路的时候居多。所以你的马可以自由地驰骋。所以你不妨放松缰绳，让马儿自己走。马的四蹄就是道路。

穿行其间，秋天的草原会呈现出一种惊世骇俗的大美。云雀在碧蓝的天的高处飞着，间或有一两声鸣啾。铃铛刺在你的身前身后卖力地摇着铃铛，从而让整个草原铺天盖地布满了音乐。忽然有一股又苦又涩又浓烈的香味袭来，令你的马连打三个响鼻。这是来到一片苦艾草原上了。苦艾被牧人用大刈镰割倒，摊在地上，还没有被杈起、剁起，秋天的中亚细亚的太阳暖烘烘地照耀着它，香味被逼出来了，于是弥漫开来，浓烈得竟有点像臭味。偶尔你会穿过一条河流，水清澈见底，来自北冰洋的狗鱼在呆头呆脑地游着。白桦树则像一群长腰仙女，脚在水里，身子在透明的如蓝玻璃的晴空里。

当然，在我的经验中，踏上道路的最好的季节是冬天。一个礼拜落一场大雪，草原被尺把厚的大雪封住了。这时候所有的道路都没有了，从而也就是说，所有的雪面都可以是道路了。这时你抓住一匹马，向白茫茫的远方走去。马踩着雪，嚓嚓作响。马蹄只踩透新落的雪，而旧雪已经坐实了，或者在有太阳的日子里一冻一消结成了硬壳，因此马蹄落在这硬壳上。只消片刻行走，马身上散发出的热气便会结成冰凌，会令所有毛色的马都变成纯白色。人也一样，你的服饰，尤其是你服饰上露在外面的皮毛部分，你的胡须，你的眼睫毛，都挂上冰凌，成为白色的了。这时候，不管你愿意不愿意，大自然事实上已经将你吞没了。世界一片空白，你也成为这空白的一部分。

在此之前，没有历史；在此之后，也没有历史——即便有历史，那也是以后的事。你现在完成了一次逃逸，逃离人类代代相传的链条，你现在是前无古人后无来者的孤零零的一个了。你想说自己是什么就是什么，你是你，你既是伟大，又是渺小，你既是巨人，又是侏儒，你可以把自己说成是任何事物，你可以给一切重新估价和命名，你可以肆无忌惮地这样做。

你就这样在路上完成了自我。

你就这样在路上走着。

关于路——草原上的路、以高贵的马作为人类脚力的路，先贤们对它的描写很多。而最叫我感动的是俄罗斯民间传说中道伯雷尼亚的故事。那时候在俄罗斯漫长的边界线上，骑着马挥动着矛执着盾，走着三个勇士。第一个勇士叫伊利亚，第二个勇士叫道伯雷尼亚，第三个勇士叫阿辽沙。伊利亚和阿辽沙是怎么最后归宿的，传说中没有叙述。道伯雷尼亚则是这样走向归宿的：

道伯雷尼亚已经老了，很老很老了，他从沙皇看他的眼光中，已经看出有些嫌弃的意思了。于是他决定从服务祖国的岗位上离开。选择了某一天，苍老的道伯雷尼亚骑着同样苍老的老马，向草原深处走去。他不知道走向那里，他只是松开缰绳，信马由缰。

后来，他来到一个三岔路口上。现在他的面前出现了三条道路，每一条道路的路口都栽着一块红石头。那第一块红石头上写着：从这条道路上走过去，你将获得死亡；第二块石头上写着：从这条道路上走过去，你将获得爱；第三块石头上写着：从这条道路上走过去，你将获得财富。

"让我选择死亡吧！"道伯雷尼亚叩一叩马的肚子，沿着第一条路走去。在路的尽头，有四十个强盗，他们握着刀，扑了上来。道伯雷尼亚从头上取下希腊式的塔帽，向前一挥，世界上少了二十个强盗，向后一挥，又有二十个强盗消失了。道伯雷尼亚叹息了一声，拨转马头，重新回到了三岔路口。他抹去第一块红石头上的字，用矛尖刻下如下的字：我从这条路上走过了，并没有被杀死！

"现在，让我选择爱情吧，如果这世界上有'爱情'这两个字的话！"道伯雷尼亚向第二条道路走去，在路的尽头，有一座辉煌宫殿。妖冶的女王吩咐道伯雷尼亚，要他先在那张合欢床上躺下，她去冲个澡就来。老道伯雷尼亚想：我一个糟老头子，有什么地方能让这位女王心仪的呢？这里面肯定有阴谋。于是，当女王再一次出现的时候，道伯雷尼亚伸出一只手，捉住她的小蛮腰，轻轻一提便将那女王扔到了合欢床上。只听"吱呀"一声，那合欢床翻了个个儿，女王掉进了暗室里。愤怒的道伯雷尼亚伸出双手，将柱子推倒，宫殿塌了。他又拧开暗室的门。暗室里，关着四十个国家的王子，他们都是风闻女王的美艳而来到这里，中了机关后掉到了暗室。道伯雷尼亚救出了他们。他重新来到三岔路口，在第二块红石头上重新刻上这样的字：我从这条路上走过了，很遗憾我没有获得爱。

"财富是个好东西，现在，让我去追求它吧！"道伯雷尼亚于是重新抖起精神，向第三条道路走去。这次行走比较简单。道路的尽头是一座山一样的大石头。大石头上写着"所罗门王的宝库"这样的字眼。道伯雷尼亚翻身下马，列开架式，用肩膀去推那块石头。他站在地上的双脚踩出了两口井，他的额头流出的是血而不是汗。大石头推开了，一座金光灿灿的宝库出现在他面前。道伯雷尼亚唤来草原上所有的穷人，让他们来拿宝藏，然后自己径直走了。他给三岔路口的第三块红石头上刻下下面的话：我从这条道路走过了，我还是一个穷光蛋！

接触这个俄罗斯民间传说，已经是许多年前的事了。自那以后，这传说便像一条毒蛇一样盘踞在我的心头，并且随着我身体的成长、思想的成长而成长。我不知道这个传说究竟告诉了我什么，无限凄凉的路的尽头那幻灭感吗？或是别的，我不知道。因此我只能把我的"不知道"告诉读者。那骑一匹老马的忧郁骑士的形象，如此哀恸，如此孤独，又如此全知全觉地出现在天与地相接的远处。尤其是当我不是在路上，而是在停驻和滞留的时候，那形象似乎就在城市的阳台外召唤。于是我决定终生把自己交给道路，交给漂泊的命运。正如莱蒙托夫笔下那在海盗船上生活惯了的水手一样，不管岸怎么诱惑他，一旦那船的双桅杆出现在海平线上，他便狂喜地不顾一切地向它奔去。

在路上我才能得到安宁。至于用什么作为脚力，徒步、骑马、乘坐青海的高车，或者乘坐现代人的汽车，那都是无所谓的事。

2001 年 3 月

罗布泊札记

我们迷路了

我们是从"凶险的鲁克沁小道"进入罗布泊的。

顺着鲁克沁小道，自离开迪坎尔绿洲之后便进入无生命状况，仿佛在月球表面行走，像走向地狱一样。在这样的地面上坐车行驶是什么感觉？我们感到像一群孤儿，一群人类社会的弃儿。

我们一共有六辆车，一辆拉水，一辆拉蔬菜，一辆拉帐篷和煤，其余三辆坐人。我和地质队的陈总乘坐的三菱越野，缓缓地跟在拉水车的后边。司机老任对我说："记住，永远跟着拉水车走，这样心里才踏实。"

有一天清晨，车走了一阵，凭第六感觉，陈总觉得方向不对。车队停下来，判断方向，寻找道路。我们在戈壁滩上转着一个一个的圆，寻找去年的车辙。圆一个一个地转着，越来越大，终于发现一道旧的车辙，众人一阵欢呼，车队重新启程。

戈壁滩上突然出现了一匹马的骸骨，白色的头骨后面拖着一节节正在散开架的雪白肋骨。时值傍晚，我们围着这骸骨打尖，吃着馕，喝着杯子里的水。这马是因为干渴而死的吗？我将几滴水洒在那白色的骨架上，干渴的骨架迅速地将水吸吮进去了。

罗布泊第一夜

半夜一时半，车灯一闪，前面空旷的地面上出现了几座山崖（又称"雅丹"），汽车停下来，我们将基地建在这里。

第一件事永远是水。地质队给每人一个塑料桶，让大家从水罐里接满水带在身边。这样做也许是多余的，但是人们担心，罐里的水会突然漏掉，渗进土里。好像只有每人身边都放一桶水，心里才会踏实。天太黑，大家也太累，没有架帐篷。只是将帐篷平摊在一片流沙上，然后在上面铺上被褥。生火太麻烦，于是炊事员用汽车的喷灯将一锅水烧开。每人泡了一包方便面，饭量大的人再就上几块馕。我泡了一包方便面，还吃了几块馕。吃时，我下意识地将半块馕塞进背包里藏起来，并且给保温杯里灌满了水。这样做似乎有些贪婪，但这是下意识的动作，由不得人。天真冷，我穿着棉袄钻进被窝。此时正是凌晨三点钟，上面这段文字，是我在被窝里，把本儿放在枕头上，用手电照着光写的。我写文章的本子是一种薄薄的小学生生字本。我在本子的封面上端端正正地写上《穿越绝地》几个字。在"班级"栏里写上"学前班"字样——因为面对罗布泊，我确实是无知的；而在"学校"栏里，我写上"罗布泊学校"字样。

第二天早晨起来，搭起帐篷，架炉子，支电台，忙活了半天之后，一个叫罗布泊基地的家算建起来了。

我们将要在这里生活一段日子，什么时候导演认为拍摄得满意了，才能走。而地质队将要待更长的时间，他们中的两位，将要在这里熬过冬天。

手抓饭吃坏了我的胃

一群粗心的大大咧咧的男人，在这简陋得只有一口大锅、一架炉子的条件下，饮食永远是汤面条。可有一天，我们吃的是抓饭。二十一岁的小厨师被拨拉到一边，抓饭是司机老任做的。

他先煮烂了肉，又给肉里添了些胡萝卜、洋葱，然后将泡好的大米堆在上面，堆得像一座小山一样。正好我去厨房打水，看见老任像个艺术家一样，一面拍打着他的小山一边眯起眼睛欣赏："再能有一点葡萄干，就好了！"老任遗憾地说。

正好，我的包里有一斤葡萄干，于是，我跑去将葡萄干拿来。老任将葡萄干星星点点，镶嵌到小山上。

老任做的抓饭真好吃。我吃了三碗，而别人只吃一碗。吃完第一碗，我又厚着脸皮去伙房，让老任盛了第二碗。为了掩饰我的馋相，我对老任说"这抓饭真好吃！"吃完第二碗，我的肚子里还觉得有些不够，在帐篷里，我对摄制组的人说，我真想再吃一碗，只是不好意思去打了。摄制组的制片小许说，他去打，他抢过我的碗，又去打了一碗。这一碗我吃到最后，有些吃不下去了，但是在众目睽睽之下，我还是将它吃完了。

我后来肚子难受了三天，有两顿饭没有吃，还让小许到地质队要了三片胃舒平。

可怕的狂风

我们早晨八点半从营地出，前往罗布泊腹心地带钻井的地点。我不知道自己该穿什么衣服，因为罗布泊中午温度高达五十摄氏度，而晚上温度会降到零下。糊里糊涂地，我上身穿了件棉袄，下身穿了件短裤，脚下蹬一双皮鞋。

我对自己说，我的短裤是针对中午而言，我的棉袄则是针对晚上而言。大家笑我不伦不类。我问：你们说我该怎么穿？说罢，我看看地质队队长陈总，陈总永远是那一件土红色的夹克衫；再看张作家，他下身仅穿了件三角游泳裤衩，两条瘦腿在寒风中打颤，那情景，仿佛要到罗布泊游泳似的。"彼此彼此。"我们苦笑了一阵，上路。

终于到达罗布泊第一井开钻的地方了。钻机前传来一阵欢呼，原来是一米多厚的盐壳已经钻透，到了卤水层了，现在生了井喷。

从罗布泊腹心回来后，起风了。夜里，风更大了，雅丹那个豁口的沙子，像河流一样随风流过来，从雅丹的顶上，石子像被投掷一般"噼噼啪啪"往下落。

我的折叠床在帐篷最里边，风把帐篷布吹得鼓起来，"啪啪"打在我脸上，像有人在扇耳光。整个帐篷风雨飘摇。我蹲在折叠床上，感到自己像钻进风箱里的老鼠一样；或者说风鼓起帐篷的时候，感到自己像坐在波斯"飞毯"上一样。风没能把我的帐篷吹走，这是因为好心的地质队员给我的帐篷四边压满了似牛头或羊只一样大的碱壳，这些碱壳是风从雅丹上吹落的。地质队王工程师的帐篷，则在夜半时被风吹上了天，接着又抛入罗布泊深处。

我觉得这风可怕极了。但是地质队员说这风并不大，才八级，比起黄风暴、黑风暴差远了。

唯一让我激动的是麻将

我趴在行军床上写字。天和地灰蒙蒙的一片，太阳在这如瘴气如雾霭的背后无力地照耀着，四处布满一种死寂的气氛。每个人的脸上都挂着一种悲凉的、凝重的表情。大家都不再说话，因为所有该说的话都已经说完；大家在擦身而过时，也互相不打招呼，甚至连看一眼也不看。

世界在这些天都生了什么事，我们也不知道。世界和我们之间隔了一道黑幕。我们感到自己像被人类大家庭开除了的一群孤儿一样；或者像世界突然生了一场大劫难，仅剩下我们这些幸存者一样。

好在还有麻将可以打发时光。从进入罗布泊的第二天开始，麻将摊子就支起来了，摄制组除了工作之外，余下的全部时间都用来打麻将。

我也是个"赌徒"。世界上只有两样东西，能叫我深深地沉湎其中，一件是写作，另一件就是麻将。开始我还能把握住自己，我对自己说，我抛弃家小，远离人类，到这荒凉的罗布泊干什么来了？我就是要来这里记录所经所历和自己的感受。如果要打麻将，我待在西安城里不就对了，何必要跑出来？

可是道理虽然这样讲，我还是抵挡不住那哗哗的诱惑声。我终于扔下手中的笔，坐到牌桌上来。浪心难拘，自此打牌成了主要的事，写作成了副业。

恐慌：没有水了

我进罗布泊带的那三条烟全抽完了，这使我有些心虚。可怜的我，现在是在帐篷内外捡烟把儿抽。帐篷里白花花地落了一层烟把上，帐篷外也有一些，因此我还不到恐慌的程度。更大的恐慌是水，水已经快没有了。

来时拉的那一罐子水，是二千公斤，一路连洒带漏，到罗布泊时只剩下一千公斤了，这一千公斤水经过十多天的食用，已经基本完了。水罐里只剩下底儿，倒出来的水都是黄的，一股锈味。

我十三天没有洗脸、刷牙、刮胡子，光这一点就够我受了，况且我带的是假牙，一天不清洗就会有味道。记得我在罗布泊奢侈过一次：那天实在忍受不住了，于是我拿着饭碗，偷偷地到水罐上接了一碗水，然后转到雅丹后面，先用这碗水漱口、刷牙，接着又用毛巾沾着水往脸上拍，拍了一阵后，擦上肥皂刮掉胡子。碗底还剩一点浊水，我就把它倒在毛巾上，然后把毛巾盖在乱糟糟的头上。在我干这些事儿的时候，几个地质队员默默地站在远处看着，这令我很羞愧。而现在，当淡水几近用完，人心惶惶的时候，我的羞愧感又增加了几分。

好在摄制组终于完成了拍摄任务。9月30日的晚餐，是我们在罗布泊的最后的晚餐。地质队打开了他们带来的各种罐头，摄制组则搬出了剩下的半箱白酒，酒一直喝到夜半更深。

如飞的车轮带着我们在那一天黄昏到达迪坎尔绿洲。一过觉罗塔格山的山口，风便变得柔和起来；空气也有些湿意了，我们贪婪地呼吸着这风。

突然，张作家端起自己的保温杯，"哗哗"地将水倒出了窗外，我吓了一跳，说："你疯了？这是水！"张作家往前一指说："已经看到绿洲了，这红色的铁锈水不用再喝了！"

从迪坎尔到连木沁，短短的二十公里，我们洗了四次澡：一进迪坎尔，看见了白杨、葡萄架、路边的蒿草，大家的眼睛就变得湿汪汪的。路旁出现了一条小渠，张作家一见水，就大叫停车。车没停稳，他就跳了下去，鞋子也没有来得及脱，衣服也没来得及脱，就爬在了水渠里。他先"咕嘟咕嘟"地喝了一肚子水，然后又将脑袋半浸在水里，洗那毡片一样的头。路过一条美丽的小河时，蓝汪汪的水流诱使我们停留下来洗澡。汽车又驶过一条小河，我们停车洗了第三次。第四次是大洗。这天晚上回到了连木沁地质一大队的驻地，我们每个人都在浴室的热水龙头下站了一个多小时。

2000年8月

一个去过罗布泊的人如是说

在人满为患的地球上，居然还有一个去处，能让人失踪（个例，如彭加木），这地方就是死亡之海罗布泊。足迹踏遍中国的名山大川，无数次与死神擦肩而过，最后，仍然没有能逃脱命运的劫数（个例，如余纯顺），吞没探险家的这地方，也是死亡之海罗布泊。

在那遥远的年代里，中国的西部有一片大洋，它的名字叫准噶尔大洋。后来，大洋浓缩成海，叫蒲昌海。再后来，大海浓缩成湖，叫罗布泊，或者叫罗布淖尔。1972年尼克松访华，拿出地球物理卫星拍摄的照片，告诉中国人，罗布泊已经完全干涸，一滴水也没有了。

两年前，我在罗布泊古湖盆的一个雅丹底下待了十三天。这十三天改变了我对世界的许多看法。我感到自己经历了一次死亡和再生，好像佛家说的凤凰涅槃一样。在罗布泊我悟觉了宗教产生的原因，即在凶险硕大的大自然面前，人是如此渺小、卑微、软弱和无助，他需要寻找一种超自然的力量来慰藉自己，于是宗教产生了。我还明白了人类用五千年的时间所煞费苦心建立起来的道德和秩序的大厦，其实是幼稚可笑的，是伪善的。在这里什么包装都不需要了，一切都被剥去外壳，只留下本质。

罗布泊还叫我重新估价一些惯常的思维，例如，钱在这里毫无价值，是一张擦屁股都嫌硬的废纸；水在这里是第一需要，水在你居住的城市里，也许是两块钱或七块钱这样的概念，但是在这里，它是一切。

在记述我的罗布泊之行的《穿越绝地》一书中，我称我的一生如果能用阶段来划分的话，它将分为两个阶段，即罗布泊之前的阶段和罗布泊之后的阶段。

楼兰古城位于罗布泊东南岸。这座被考古学家称为"沙埋的庞贝城"的古城，1900年被瑞典探险家斯文·赫定和他的向导罗布泊人奥尔得克发现，从而揭开了长达一个世纪的楼兰热和丝绸之路热。这座两千年来只出现在史书中、传说中和浪漫诗人吟唱中的神秘的中亚古城，今天我们已经能够亲历。

在扑朔迷离的历史中，楼兰国地面发生过许多传奇。第一件传奇是张骞出使西域，第二件传奇是傅介子千里刺杀楼兰王，第三件传奇是班超在楼兰城火烧匈奴使团。

当然在这三大传奇之外，还有一个更大的传奇，这就是李陵兵败匈奴。李陵率三千疲兵归降匈奴，司马迁为之辩护，于是被汉武帝处以宫刑。失去男根的司马迁蒙羞愤而疾书，于是有"史家之绝唱，无韵之离骚"的中华第一大书《史记》的出现。你看，楼兰竟是如此深刻地楔入我们的历史和文化中。

现在的楼兰、现今的罗布泊还有几十个大谜，这些谜有待后来的探险家们揭开。揭开谜底的人也许就会是你。

例如黄河重源说之谜。张骞出使西域，回来报告说，我们门前的黄河，它的前身叫塔里木河。河发源于昆仑，至罗布泊，聚而成海，潜入地下，又从山的另一面流出来了。

例如楼兰国的猝然灭亡之谜。例如楼兰人的最后消失之谜。例如楼兰人最后的居住地阿不旦和老阿不旦的位置之谜。

例如佉卢文。佉卢文是源于古印度的一种古文字，盛行于阿育王时期，后来泯灭，转而在公元2世纪时，风行于贵霜王朝。贵霜王朝灭亡之后，它又神秘地在中亚地面出现，成为楼兰国的官方文字之一。这是怎么回事呢？这里面，也许透露出中亚古族大位移的许多蛛丝马迹。

例如"千棺之山"楼兰皇家公墓。1934年，沃尔克·贝格曼在罗布泊奇人奥尔得克的向导下，曾穿过小河河床，造访过它。那里竖着一千多根高杆，每个高杆下都放着一口棺材，每个棺材里都躺着一个木乃伊。贝格曼在他的文章中说，他打开就近的一口棺材，于是一位楼兰美女，向他露出穿越两千年岁月的梦境一般的微笑。他称那美女是他的楼兰女王，是被施了魔法的灰姑娘。自贝格曼以后，虽有后来人千觅百访，但千棺之山又重新坠入历史深处，茫茫无踪。

还有许多许多的大神秘，我这里只是信手拈来几件而已。这些大神秘都有待于后来者给一个谜底。谜底就在那等着，揭开谜底的人也许会是你。

走进罗布泊，走进楼兰，走进中亚细亚的各种大神秘，走进地球的一个死角。

我们的古人说："纸上得来终觉浅，绝知此事要躬行。"古人还说"过而知之"，意思是你要经历过，你才会知道。父母给了我们两只脚，为的就是用它来丈量天下，寻找未知，享受感官。

那么，上路吧，朋友，现在正是远行的季节。

2000年8月

木橛子和三角旗

　　在我家的阳台上，堆着一些杂物。杂物中，有一个木橛子，一个三角旗。这两样东西，是我从死亡之海罗布泊带回来的纪念品。它们是罗布泊第一井井位上的标志物。

　　我是1998年9月18日，随新疆地质三大队去罗布泊的。三大队的主要任务是在罗布泊探测钾盐的储量。他们从1992年开始，年年9月、10月来一趟古湖盆，进行探测。

　　罗布泊存在大型钾盐矿的理论根据是这样的：百川入海，亿万年以来，塔里木河、开都河、孔雀河，以及这一块地面上的所有河流，都汇入罗布泊这个死海，然后水在这里蒸发，到1972年时罗布泊完全干涸。因此，河流一定给这个干涸的海里带来了巨大的钾盐储量。

　　这个根据得到了地球物理卫星观测结果的支持。卫星显示，在罗布泊古湖盆地区，或者换而言之，在罗布泊最后干涸的地方，出现了强烈的钾反应异常。这样，地质三大队开进了罗布泊，对这些钾盐的具体储量、罗布泊地下水质一年四季的变化，进行探测和观察。

　　在我们之前，地质队员们几年来已经在罗布泊三万平方公里的地面上打了几十口浅井。我们这次去，是在这些浅井的基础上，开始钻深井。地质队没有钻深井的设备和技术，因此，招标招来了青海格尔木物探大队的一支钻井队。他们来自青海的冷湖，那里也有一个小小的钾盐矿，物探队以前接触过这种地层。当然，说冷湖的钾盐矿是小型矿，是相对而言，在罗布泊钾盐矿还没有建起来的况下，它目前还是全国最大的。

罗布泊古湖盆地面，阴霾四布，瘴气缭绕，日月惨淡无光。我们在古湖盆边缘的一个雅丹底下，扎下营盘。第三日的时候，青海钻井队从格尔木绕道敦煌，赶到了罗布泊，和我们会合以后，又马不停蹄，星夜赶到湖心的一个样井旁边。他们在井旁支起架子，将钻透罗布泊一百米深的地层，开钻第一井。

就在第一井在湖心开钻的时候，我们也从雅丹营盘赶往那里。即使是在这样的荒野上，也象征性地举行了一个仪式。仪式过后，钻机便隆隆地开动起来了，钻向这死亡之海那未知的神秘地层。

罗布泊古湖盆的地质结构是这样子的：在偌大的湖面上，罩着一层盐壳。盐壳厚的地方是一米八，比如我们的雅丹营盘那地方；薄的地方是一米五，比如现在罗布泊第一井这地方。为什么叫它"盐壳"呢？这是一个地质学名词，它的构成物是钾盐，但是地表上，像坟堆那样鼓起一个一个一望无际的土包。

盐壳下面，是一百米深的卤水。这卤水，就是我们通常点豆腐用的卤水，也就是《白毛女》中苦大仇深的杨白劳自杀时喝的那种卤水。将来，这卤水就是生产钾盐用的主要原料。

我感觉罗布泊这座内陆湖的储水其实并没有消失，而是在它偌大的水面上，飘浮了一层盐壳而已。

这盐壳极其坚硬，勇猛的钻头每次下去哼唧半天，才能啃下去一点。青海人说，这盐壳比岩石还要坚硬。但是地质三大队的总工说，一旦下雨，这盐壳立即会变成稀泥，变成沼泽，人一脚踩下去，就会掉进一百米深的卤水中。

为什么要把第一井选在这里呢？我问三大队的总工程师。陈总说，这是他们几年前选好的井位，一个野外作业小组先来到这里，打了一个浅井，用以观察罗布泊水质的变化，取得数据，为将来建造钾盐厂做准备。现在，浅井已经完成任务了，所以要钻深井，继续观测。

浅井，或者叫样井在哪里呢？陈总领着我来到距井位五十米远的地方，指着那里说，这就是那口样井。

样井的旁边，插着一个三角形的小旗。小旗上浸满了盐碱，十分僵硬，尽管有小风，但是它已经不能随风摆动。小旗的旁边，是一个露出地面的木橛子。木橛子是用罗布淖尔荒原上历经苦难的树木——胡杨的木片做成的。

三角旗与木橛的旁边，便是那样井。样井的井口用几块盐壳遮着，揭开盐壳，能看见深处蓝汪汪的、谜一样的罗布泊的卤水。

我发现那木橛子上和三角旗上，都写有字。于是我单腿跪下来，凑到跟前，用手抹去物什上沾着的盐碱粉末，细细辨认。木橛子上的字是这样的："开孔1997年12月6日；终孔1997年12月12日；孔深23.36。新疆地勘局第三地质大队。"

那面三角旗实际上是红白两色，即上半部分是红的下半部分是白的，用细帆布做成。它的正面，红色的部分，用粗壮的碳素笔写上"2K1203"字样。我想这该是他们给这个样井取的名。下方白色的部分，写着"新疆地质局第三地质大队地调所罗布泊五分队。1997年12月5日—12月12日"字样。

同样，在三角旗正面白色的角上，还写有两句诗。诗曰："今日大风起兮沙四扬，安得大赦兮回故乡！"

我想这些字，一定是书写者在进行完必要的工作程序之后，见这里还有一点空隙，于是顺手写下的，抒发自己的心情。在书写的那一刻，罗布泊正遭遇到沙尘暴的袭击，于是书写者在他的诗中如是说。

我在罗布泊的十三天中，曾经就经历过一次沙尘暴。持续时间是一天两夜。风呼啸着，卷起沙砾和碱壳，重重地砸在帐篷上。帐篷像鼓起的帆一样，被风一张一张，帐篷里面的我，感到自己像坐在阿拉伯民间传说中的那种飞毯上一样，或者像中国民间俚语中那种"老鼠钻风箱，两头受气"一样。斯文·赫定曾经惊恐万状地谈到这罗布泊的风，并称这大风为"魔鬼的乐曲"。我遭遇的这一场大风才八级，已经是这样子了，那个地质队员遭遇的大风是几级呢？我真不能想象！这一天两夜中，我一步也不敢出帐篷，怕被风刮走。我不能想象，这位书写者当时是如何工作的。

我转过身，去看三角旗的背后。它的背后仍然是一首诗。

看来，这位地质队员还是一位业余的诗人。那诗从红布到白布，一句一行，满满地写满了三角旗。如今，当我坐在家里写这篇短文的时候，我能够平心静气地将这诗全文抄下来：

> 唤醒了罗布泊的沉睡
>
> 驱赶走罗布泊的恐惧
>
> 迎来了死亡海的歌声
>
> 捧起了大盐漠的风雪
>
> 是我们
>
> 勇敢的地质队员
>
> 钻机高歌荒漠欢唱
>
> 是我们的勇士——地质队员

重塑罗布泊的形象

为了让生命歌唱，让万物在此复苏

我们明年再见，罗布泊！

现在在我的家里，我揉搓掉那三角旗上的盐碱，然后把旗帜放到台灯光下，细细辨认这些字，并把它们记录在上面。

虽然已经过去两年了，但至今面对这些字的时候，我心里仍然慌得难受，有一种想哭的感觉。

记得当时，我对地质队陈总说，已经有好些年，我没有听到这么崇高的声音了。我还说，前面那两句话，再加上现在这首诗，它们是统一的，它们构成了一个地质队员在此刻的感情的两个方面。不论是前一首的忧伤感，还是后一首的崇高感，它们都是真诚和真实的。我当过兵，在中苏边界站过岗，我清楚。

我问陈总，这些诗是哪个地质队员写的。陈总说，这些大学生人人都能写诗，每个样井打成后，在最后书写时，他们都会信笔由之，在三角旗面的空隙处胡扯上几句话。

陈总不能断定这是哪个地质队员写的。

我请求他们同意我将这木橛子、这三角小旗带走，作为我对罗布泊永远的怀念，对地质队员永远的敬礼。陈总同意了，他说深井开钻以后，这口样井的使命已经结束了。

这样，我将那三角小旗取下来，将那个木橛子拔出来，先带到雅丹营地，后来打入行囊，带到乌鲁木齐，最后又带回我西安的家里。

青海人的井在我离开时还在打。他们遇到了极大的困难。一个困难是，这一米五厚的盐壳地面虽然钻透了，但是每一次将钻头提升到这一段地层时，都会被卡一阵，因为盐壳太坚硬了。另一个困难是生了井喷，怎么止也止不住，他们从青海带来的抑制井喷的黏土，在这里根本不适用。

回到雅丹营盘以后，我手里拿着这木橛子和三角旗，见人就问，问这是谁写的。后来大家讨论了一阵，有人告诉我，是一个叫陈建忠的助理工程师写的。我问陈建忠是哪一个，大家说，我见过他，他和我们这一次一起来到罗布泊，来了以后，就带着一个作业小组，像往常一样，到罗布泊古湖盆深处打样井去了。他是长春地质学院毕业的，到地质队已经三年了。

我想起了这位优秀的青年。他瘦瘦的，头发长长的，戴着一副深度近视眼镜，穿一身土红色的野外工作服。他给我最深的印象是，整天一句话也不说，手里拿一个袖珍收录机，用耳机在听广播。罗布泊和外界完全隔绝，唯一能接收到外部信息的就是收音机。在我离开罗布泊的时候，陈建忠那个小组还没有回来。我走了，地质队还将在这里继续他们的工作。告别前的那一刻，我登上雅丹顶，望着像坟堆一样密密麻麻排向远方的罗布泊古湖盆，想象着这个地质队员在什么地方？是不是一口样井已经完成了，又在三角旗上写字作诗？

一个地质队员指着东南方向告诉我说，陈建忠小组这几天在白龙堆雅丹。什么是白龙堆雅丹呢？这地质队员说，那是罗布泊一个有名的地方，当年唐僧取经、意大利探险家马可·波罗横穿罗布泊，都曾在那里歇息过。

昨晚上看中央电视台新闻。新闻联播说罗布泊发现了一个特大型钾盐矿。看完新闻的我，默默地走到阳台上，拿起木橛子，拿起那三角旗，我在那一刻强烈地想念那些年轻的地质队员们。我的眼泪流了下来，打湿了手中这来自罗布泊的珍藏。

2001年6月17日

百变面孔罗布泊

我写了一本叫《穿越绝地》的书。书中写了我不久前在死亡之海罗布泊十三天的亲历。书出来以后，不断地有熟人和生人打电话来，向我询问各种关于罗布泊的问题。我接电话都接烦了。后来突然灵机一动，我想，把这些稀奇古怪的罗布泊问题写出来，交给一本杂志去表，谁要再打电话来，我就说：你去看杂志好了。

一、罗布泊是怎么形成的？

一亿五千万年以前，我们的西边有一片大洋，它叫准噶尔大洋。后来地壳变动，沧海桑田，大洋浓缩成一个海，叫蒲昌海，后来海再浓缩成一个湖，叫罗布泊。洋底露出地面以后，形成现在的塔里木盆地和准噶尔盆地。这两块盆地原来是连在一起的，天山山脉的隆起将它一分为二。

二、罗布泊的具体位置在哪里？面积有多大？怎么进去？

罗布泊的具体位置在天山的南面，塔克拉玛干大沙漠的北面。它的面积是三万平方公里，据说相当于一个浙江省大。罗布泊怎么进去，从理论的意义上讲，罗布泊四周无遮无拦，从任何一个位置上都可以进去，但是由于这里是"进去出不来"的生命禁区，所以人们只跟着前人探出来的道路走。现在人们探出来的道路有四条：一条是从敦煌，走阳关，过疏勒河谷、阿尔金山山口，进入罗布泊；一条是从若羌县沿孔雀河古河道进入罗布泊，余纯顺就是这样走的；一条是从马兰原子弹试验基地进入罗布泊，彭加木就是这样走的；一条是从鄯善县的鲁克沁小道，翻越库鲁克塔格山进入罗布泊。

三、你是从哪一条道路进入的？

我是从"凶险的鲁克沁小道"进入的。这是一条古道，相信在罗布泊人还兴旺稠密时，这条道是他们通往高昌古城、交河古城的一条商道。但是在近几百年中，它已经湮灭于荒野，无人敢走——因为要穿过几百公里的生命禁区地带，还因为横着一个库鲁克塔格山（干山）。近150年，所有的那些外国探险家们都不敢走这条道路。有个俄国人叫科兹洛夫，他只走到干山，就打马返回了。著名的瑞典探险家斯文·赫定，从不同方向进入过罗布泊，但是始终没有敢走这条道路，这也是他一生最大的遗憾。他称这条道路为"凶险的鲁克沁小道"。我是随新疆地质三大队一起从这条道路进去的。地质三大队这几年在罗布泊古湖盆勘探钾盐，已经将这条路走通。

四、鲁克沁小道是不是十分凶险？

较之别的进入罗布泊的道路，这里当然十分凶险。别的道路还有些沙漠，有点骆驼刺、红柳、胡杨，偶尔在地面上还能见到蜥蜴，空中还能见到几只苍鹰。而鲁克沁小道自离开迪坎尔绿洲之后，便进入无生命状况，你仿佛在月球表面行走，在走向地狱一样。在这没有任何标志，只以死人死马死骆驼的白骨为标识的地方，你很可能迷路，而一旦迷路，你也许就永远离开人类社会，再也回不来了。我们就曾经迷过三次路，好在地质队员有经验，一有感觉不对，就停下来，开着车在地上画圆圈，圆圈越画越大，直到找到去年的车辙为止。

五、在这样的地面上行驶是什么感觉？

感到自己像一群孤儿，一群人类社会的弃儿，尤其是车里放出萨克斯管吹奏出的《泰坦尼克号》的音乐时，这种感觉更强烈。我们的车上还放过李娜的《青藏高原》，在这种场合听这支歌，感觉像是一只母狼在对着暴戾的大自然一声声狂喉。而腾格尔的《父亲》令人想哭，想在一副宽阔的肩膀上靠一靠，想掉转车头回去；德德玛的充满母性的歌声，像日暮黄昏之际，一头母牛在呼唤草原上贪嘴的牛犊归圈。

六、进罗布泊都做了哪些准备？

在乌鲁木齐时，有人说罗布泊的中午很热，地表温度五十多度，于是我买了短袖和短裤。又有人说，罗布泊的晚上很冷，零度以下，于是我又买了棉衣和毛皮鞋。其实这些话都对，我的这些装束都用上了。我还买了三条烟，我嗜烟如命，我想：到罗布泊没有烟抽怎么办呀？后来果然把烟抽完了。我还在吐鲁番买了两斤葡萄干带上，我想，到了关键时刻，这葡萄干也可以充饥，救我一命。智者千虑，必有一失，其实我最应该带的是一盒擦脸油，因为罗布泊古湖盆的气候干燥得像要着火。当然，能带上一些女人用的"湿纸"更好。

七、你的家人支持你去冒险吗？

他们当然揪心，但是没有办法。他们明白，一个执意要远行的男人，就是九头牛也拉不回头的。在鲁克沁镇，这进罗布泊之前最后一个可以通电话的地方，我给老婆打电话说，此后的一段日子我就消失了，和外界隔绝了，你注意看新闻联播，如果我真的有什么不测，电视上会及时报道出来的。到时候，你领着孩子，站在阳台上，面对太阳落山的那个地方，哭三声。此外，我还给我的一些好朋友打了电话，此一刻，我才感到，我是多么地爱他们！

八、谈一谈你第一眼看到的罗布泊。我们虽然不能身临其境，但是听一听也是一种享受。

我们是在一天深夜的两点钟，进入罗布泊古湖盆的。月光暗淡，瘴气缭绕，如同鬼域。我们在一座雅丹下面拉开帐篷扎营。眼前的罗布泊，像我在青岛、在大连、在秦皇岛那里见到的真正的海一样，颜色是蔚蓝色的，波涛汹涌，一个一个的大浪头浪浪相叠，直向我涌来。眼前的大海，莽莽苍苍，直铺天际。我的左手和右手，是清晰的海岸线，像括弧一样。那著名的龟背山，则在海与陆地的相接处隐隐约约。记得，我当时确实以为这真的是海，我甚至还举步向海里走去，但是，我的脚下坚硬如铁，那尖利的盐壳划破了我的皮鞋。我这才想起罗布泊是死亡之海，这里的海水已经凝固了。

九、什么是盐壳？

盐壳是罗布泊古湖盆唯一的地貌特征。除了盐壳，别的什么都没有。罗布泊上面覆盖的盐壳，厚的地方是一米八，薄的地方是一米五。盐壳下面，就是一百米深的卤水。想当初，罗布泊最初凝固时，这盐壳是平的，后来底下的卤水遇热遇冷，遇潮遇干，都会往地面上拱，于是将盐壳拱成了一个一个密密麻麻的土堆，像平原上的那种乡间公墓。我所以误认为这是海上的浪头，就是这原因。盐壳平日坚硬如铁，但一遇气候变化，便又会松软如泥，人不小心就会掉下去。这是我离开罗布泊以后，一个罗布泊专家告诉我的。这句话叫我听了以后，出了一身冷汗。

十、什么叫雅丹？

"雅丹"是世界地质学通用的一个名词，来自维语"雅尔丹"。维语"雅尔丹"是陡峭的小山的意思。我们扎下营盘的这个雅丹，是一座孤立的小山，高约五十米。上面是一层一层的碱化物质堆砌而成。一层沙粒，一层岩石，一层水晶石，一层碱层，就这样堆砌着。我们这个雅丹，从近处看，像一头狮子，从罗布泊深处往这儿看像古龙小说里写的那个龙门客栈。这客栈，有笔直的白色墙壁，有屋顶，有门楼，仿佛是横亘在罗布泊与大陆板块交界处的一座海市蜃楼。罗布泊湖心还有一个白龙堆雅丹。这个雅丹在丝绸之路兴盛时期十分有名，过往的商人去楼兰时都要在那里歇息。七百多年前，马可·波罗走丝绸之路时，也在那里歇息过。白龙堆雅丹从远处看，像一个平和的哈萨克村落：一溜的平房，白色的墙壁，错落有致地排列着。这次我足迹曾到过白龙堆，身陷其中，但见鬼气森森，像诸葛亮摆下的一个八卦阵。有的雅丹，像一座烽燧。当然也许真的是烽燧。因为照专家的说法，长城并不是至嘉峪关便停止的，而是穿过敦煌、阳关，一直向西域三十六国延伸。我们还见到另一个有名的雅丹——龙城雅丹。从罗布泊湖心往西北方向看，有一个大的雅丹群，从远处看像一支拖了很长距离的驼队，从近处看像一座森严的中世纪城堡。我们的古人不知道这奇异的雅丹是如何形成的，所以郦道元在《水经注》中说，龙城雅丹原来是一座古老城池，后来被罗布泊淹没，当它重新露出水面时，便成现在这个样子了。斯文·赫定认为雅丹是这样形成的：这地方原来有一片树林，风把别的地方的土都吹走了，这地方的土没有被吹走，便形成了这种奇异的平地高山。

十一、水的问题是怎么解决的？罗布泊真的找不到一点水了吗？

水是我们来时从迪坎尔绿洲拉来的，正如吃食也是从迪坎尔拉来的一样。罗布泊只有卤水，这水有毒，淡水是一点也没有的。当然，在过去的罗布荒原上，曾有"六十泉"一说，就是说在这荒原上有六十眼只有野骆驼和罗布土著人才能找到的泉子。但现在这些泉子一个也没有了。

十二、彭加木就是因为找水才失踪的，那是不是说那时候还有泉子？

要回答这个问题，先得确定这样一个概念，即罗布泊与罗布淖尔荒原的概念。严格地说，探险家余纯顺的足迹并没有进入罗布泊，他只是在罗布泊边缘的荒原地带走了几步而已。彭加木虽然到过罗布泊，但是他失踪的地点是在罗布泊边缘的荒原地带，即马兰原子弹试验基地附近。那块地面有流沙，有少许的红柳和麻黄草，也许会有泉水。所以，彭加木在考察队断水的情况下，早晨起来留了一张字条："我去找水，中午吃饭不要等我。"然后便只身进入沙海，茫茫不知所终。关于这"六十泉"，应当说它不是传说，斯文·赫定在寻找楼兰古城时，就是因为侥幸遇到了一眼泉水，才不致死亡。

十三、既然谈到了彭加木，能谈一谈他失踪的原因吗？还有，他有可能生还吗？

关于彭加木失踪的原因，在罗布泊，我请教过那些地质队员。老地质张师傅认为，彭加木肯定遇上了黄风暴，这种黄风暴，新疆人又叫它"闹海风"，风暴起时，飞沙走石，天昏地暗。彭加木遇到这黄风暴，慌了，他认为他是往营盘的方向走，结果丧失了方位感，风沙先把他击倒，流沙再把他掩埋，于是这个大活人就没有了。地质队的司机任旭生则认为，彭加木是遇上了黑风暴，他说这种黑风暴，较黄风暴更厉害，黑黑的像一堵墙一样，你站在墙外边，没事，你站在墙里边，风会把你撕成碎片。任师傅说他有一次遇到黑风暴，出于好奇，他把手伸进黑墙里，结果"啪"的一声，手被弹了回来。张师傅和任师傅说的彭加木失踪的原因，我都同意，但是我想也可能有第三种原因。这原因就是彭加木走到罗布泊古湖盆地带，一脚踩进了沼泽里，结果，被一百米深的卤水吞没。我这话是有根据的。因为我们的摄制组曾从若羌方向进过罗布泊，在那些断层上，我们还能看到那些一手提着筐子、一手拿着镰刀的人形，他们就是失足掉进罗布泊的。

十四、这么说，彭加木没有生还的可能了？

是的，没有任何生还的可能了。彭加木为人所知在于他失踪了。其实，那次随彭加木一起进罗布泊的新疆科学家还有几位，他们现在都还默默无闻。后来还有几位科学家进去过，比如中国地质科学院的院长王珥力女士。

十五、谈谈余纯顺之死吧，好像你给一家杂志上写过一篇文章，名字叫《谁害死了余纯顺》。你认为是新闻媒体害死了余纯顺，是这样吗？

我的文章中有一点点这个意思，但不是全部，是杂志编辑为了"危言耸听"，改成这个名字的。余纯顺走过遥远的路程，到达若羌县以后，或者有一种不祥的预感，或者感到那几天身体有些不适，于是要求推迟几天再去。但是，若羌县已经张罗着为他开了万人大会（若羌县一共才四万人，就有一万人参加，可见声势之大）保险公司还免费提供了一百五十万的保险金。那时，各种媒介（尤其是电视台）云集若羌，大家不断地给余纯顺戴高帽子，督促着让他上路。余纯顺为了不致使大家扫兴，只好踏上征途。媒体之所以督促余纯顺成行，据说是因为听说一个外国旅行团也要徒步穿越罗布泊，这样，余纯顺务必要在外国人之前完成探险，拿下这项纪录。而据说外国人在得知余纯顺的失败后，放弃了这件事。然而不管怎么说，余纯顺是死了，死亡令他成为英雄，成为罗布泊长长的殉难者中的又一名。只要人们谈起罗布泊，就要谈到余纯顺，并向这位徒步穿越罗布泊的第一人献上敬意。

十六、余纯顺还没有走入真正的罗布泊吗？

是的，没有。余纯顺出了若羌县，向正北方向的罗布泊古湖盆走。前面有一辆东风车为他碾路，东风车还每隔三公里，在沙窝里为余纯顺埋些食物、矿泉水、帐篷之类的东西。余只要顺着车辙走，就行了。要命的是余纯顺在走到八十公里的时候，迷路了，偏离了车辙。又向前走了十几公里路时，心脏病发作，倒毙在了路途。那里离罗布泊古湖盆，即我脚下的盐壳地面，还有相当远的路程。跟我们一起去罗布泊的地质三大队队员，曾经在余纯顺死亡的那块地面工作过。他们说那里都是大沙包子，间或还有几个雅丹。有一次，一个民工报告说，大沙包子上现了一个"大"字形的人形，他们跑过去一刨，从里面刨出个人来，原来是灼热的沙漠把"人油"烤出来了，渗到地面。大家开始说这恐怕是彭加木，后来一想彭加木是失踪在马兰方向的，这样便推断出这是余纯顺。果然是余纯顺。余纯顺的墓地，后来有人给那里立了碑子。

十七、中央电视台这几天报道说：罗布泊发现特大型钾矿。请谈谈罗布泊的钾矿。

地质三大队来罗布泊，就是为了探测钾盐的储量的。三万平方公里，一百米厚的卤水层，是一个大而无当的钾盐矿。如果把这些钾盐开采出来，在中国所有贫瘠的土地上洒一层钾盐，那么粮食将会大面积丰收。而满足中国所有的土地用一年的钾肥，罗布泊这卤水只会下降五毫米。目前，钾肥在中国是紧缺的东西，1997年我们从国外购进钾肥的用款是四亿美元。但意义还不仅仅在此。据说，塔克拉玛干大沙漠底下，有个庞大的淡水湖，目前探明的储量是长江正常年间一年流量的总和。这样，有淡水，有钾肥，有沙子，有水，就可以生长庄稼了。这种技术已有先例，以色列就是这样做的。这叫以色列农业模式。

十八、地质队员是怎么在罗布泊工作的，危险吗？

新疆地质三大队先是在罗布泊盐壳上打一些浅些的样井。这些样井二十三米深，也就是说，刚到达卤水层上。这样，他们可以取些卤水化验。这次地质三大队请来了青海格尔木钻探大队，开始在那些样井旁边打一百米深的深井。青海人是在我们到达的第三天到达的，他们的井位就在罗布泊湖心。在罗布泊地面上工作，当然危险。营盘扎在雅丹下以后，地质队派出几个作业组，像断了线的风筝，飞到罗布泊湖心去。从1995年冬天开始，地质队每年冬天都要给这死亡之海上留两个人，以便观察冬天时候卤水的变化情况。就在我如今在西安的家中写这篇文章时，严冬的罗布泊，还有两个地质队员留在那里，想想真叫人揪心。地质队员们说，1995年冬天留在罗布泊的，是两个民工，地质队给他们开的工资是每人每月两千元。地质队员对他俩说：你们在这帐篷里待着，一个礼拜，最多半个月之后来接你们。两个民工在帐篷里等呀等，后来说咱们下棋吧！于是两人下棋。下烦了，又说打扑克吧，于是打扑克。最后，他们说，咱们打架吧，于是两个人开始打架。打架中一个打断了一个的胳膊，一个则咬掉了一个的半只耳朵。三个月头上，春天来了，帐篷外边响起了汽车声。两个人呆呆地坐在帐篷里，以为这又是幻觉。直到看到这真的是汽车，这两个野人一般的罗布泊留守者，才号啕大哭地跑出来，一个上到车上，拽不下来，生怕把他再丢下了，一个则抱住汽车轮子不放。

十九、请谈谈楼兰古城吧，这样话题会轻松些！

那是位于罗布泊南岸的如梦如幻、笼罩着许多美丽传说的沙埋古城。考古学家称它是"沙埋的庞贝城"。在丝绸之路的年代里，伴随着罗布泊的潮涨潮落，水盈水亏，这里上演过一幕幕的历史大剧。英雄美人们列队走过，驼帮马队披星戴月，田园牧歌不绝于耳。楼兰城最有名的故事，是汉文帝时代，勇士傅介子自长安城出发，行程数千里，最后刺杀楼兰王的故事。楼兰古城城垣是一个不规则的方形。东面城垣长三百三十三点五米，南面长约三百二十九米，西面和北面各长约三百二十七米，周长是一千三百一十六点五米，总面积为十万八千二百四十平方米。城内有官署，有寺院，有居民区。一座高高的佛塔，矗立在城中的显赫位置，成为楼兰城的城徽。

二十、听说楼兰人是欧洲人？

大约在公元前5世纪的时候，欧洲一个古老高贵的种族在一次战争失败后，举族举国沿着欧亚大陆桥，向中亚迁徙。最后，来到罗布泊旁边的时候，他们见这一片蔚蓝色的水面和他们地中海的故乡很相似，于是就不走了，在这里居住下来。他们中农耕和渔猎的一支，建立楼兰国；游牧的一支，建立大月氏。大月氏在今天的敦煌、嘉峪关、张掖一带游牧。大月氏最后为匈奴所灭。匈奴王冒顿单于自豪地说，他将大月氏国的人杀光了，将大月氏国君的头颅做了酒器。

二十一、匈奴人和楼兰国的关系如何？

那一阵子，中亚细亚这一块地面，号称有三十六个国家。西域三十六国将这块地面闹得沸沸扬扬。南北匈奴分裂后，南匈奴降汉，成为现在陕北人种的一部分，北匈奴则开始他们向中亚细亚、向欧洲的悲壮迁徙。楼兰人和大月氏人这一股潮水从欧洲向亚洲涌来，北匈奴这一股潮水从亚洲向欧洲涌去，那是怎样壮观的一幅人文情景呀！两股潮水交汇的地点就是罗布泊，那年头这块地面发生过许多大仗。

二十二、能单独谈一谈傅介子刺楼兰王的故事吗？

傅介子是个什么人呢？我们不知道，史书上也没有他的生平。或者是行伍出身的英武的将军，或者是长安城大牢放出的囚犯，都说不定。那时的楼兰是弱国，今天为匈奴占领，明天又归顺于汉室。话说有一次，楼兰人又屈服于匈奴的淫威，倒戈成了匈奴的附属国。这消息惹得汉天子大怒，于是派勇士傅介子，带二十名勇士，去刺杀楼兰王。一同去的还有楼兰国王的弟弟，被典在长安城中做人质的尉屠耆。傅介子一行假扮客商，顺丝绸之路到达楼兰城，为楼兰王献上湘绣蜀锦之类。后来图穷匕见，傅介子一刀刺死了楼兰王，然后扶尉屠耆即位。尉屠耆即位后，改楼兰国名为鄯善，并请汉王朝在楼兰附近的伊循屯兵，以为依靠。这伊循就是今天的米兰市。汉天子派了三十六名士兵来这儿屯垦，从而成了今天新疆兵团屯垦戍边的先驱者。

二十三、楼兰国是怎么灭亡的？现在还有楼兰人吗？

在罗布泊日益萎缩、楼兰古城逐渐被沙埋的情况下，楼兰（鄯善）国都后来曾有过几次搬迁。在公元5世纪的时候，楼兰国为西域另一个古老的游牧国家丁零所灭。史书上说："人民流失，不知所终。"楼兰人后来当然还有一些，不过随着楼兰国的灭亡，后来的人们习惯上称他们为罗布人。斯文·赫定的年代里，罗布泊西岸有淡水的地方，还有两个罗布人的村子，其中一个村子就是著名的罗布人首府"阿不旦"。赫定之所以能发现楼兰古城，就是得力于罗布人向导奥尔得克的帮助。同样的，贝格曼发现千棺之山，也完全是靠着奥尔得克的指引。后来随着罗布泊气候的恶劣，淡水的短缺，罗布人口越来越少，等我写这篇文章时，这个世界上只剩下最后的两个罗布人了——他们就是我在《阿拉干的胡杨》一文中提到的热合曼和亚生。风烛残年的他们就像阳光下的两滴水，随时都会干涸，从而为那辉煌的楼兰年代画上两个句号。丁零古族据关于伊斯兰教的百科全书的说法，是今天的维吾尔族的前身。

二十四、楼兰城是如何被发现的?

2000年是楼兰城被重新发现一百周年。一百年前，瑞典探险家斯文·赫定带着几个助手，在罗布人向导奥尔得克的帮助下，在罗布淖尔荒原上像鬼魂一样转悠。赫定此行的目的并不是寻找楼兰城，而是来这里确定罗布泊的位置。那时他正在为罗布泊的具体位置在哪里一事与俄国探险家普尔热瓦尔斯基笔战。半个月过去了，给养已经用完，加之死亡、迷路的阴影时时威胁着赫定，于是赫定准备返回。回程的路上，赫定突然发现随手携带的铁锹没有了。丢失铁锹是一件要命的事，即便他们侥幸找到水源，也无法挖泉了。这时奥尔得克自告奋勇，要回去寻找铁锹。这样做等于去送命，但是赫定还是答应了。更可怕的是到了夜里，突然刮起了弥天大风，赫定在他的书中称那风为"魔鬼的乐曲"。正当赫定一行在一个干涸的泉子旁边，万念俱灰，默默等死的时候，突然一人一骑，迎着大风，像魔鬼一样飞抵他的旁边。这正是神奇的罗布小子奥尔得克。奥尔得克除为赫定带回来铁锹外，还带回来一块雕花的木板。奥尔得克说，大风将他刮到了一座鬼气森森的大城里，城里有城墙，有房子，有塔，满地都是这种破旧的木板。捧着雕花木板，听着奥尔得克关于鬼城的叙述，赫定在那一刻惊呆了：罗布泊旁边如果能有这样一座如此规模的城市，它一定是湮灭一千多年的楼兰古城了。赫定哭了起来，他明白幸运女神降临到了他的头上，中亚近代探险史上最重要的一页，在他手中翻开了。第二年，赫定从瑞典国王和火药商诺贝尔手中又筹得些资金，于是重访楼兰。依然是奥尔得克当向导，他乘船从塔里木河而下，进入罗布泊水面。船只驶到离楼兰还有十多公里的地方搁浅，尔后一行人沿着干涸了的运河河道进入楼兰城。楼兰之谜至此揭开。

二十五、楼兰的诸多大神秘中有个"千棺之山"之谜，你能谈谈它吗？

在民间传说中，说在罗布淖尔荒原上，有一个地方叫"千棺之山"。那是沙漠的深处，那里拥拥挤挤的大沙山，一座挨一座，而在沙山之上，排列着密密麻麻的棺材。棺材里躺着高贵的武士、美丽的少女。虽历经数千年的岁月了，但是这些勇士、少女们仍面容姣好，栩栩如生。传说在有月光的夜晚，他们会从棺木中走出，歌唱和欢愉；而在太阳出来之前，又重新回到棺木里，安静地躺下。传说每一个棺木的旁边，都立着一棵高高的胡杨树干，从而令这一处地面像一座死亡了的胡杨林。而那雪白的树干苗条、高耸，像一群踮起脚尖跳舞的美女。罗布奇人奥尔得克时常给人说他见过这千棺之山，是在顺一条古河道追赶几峰野骆驼时误入的。1934年，在赫定最后一次探险罗布泊的时候，他对奥尔得克谈到的这个千棺之山很感兴趣，敏锐地感到这个神秘所在一定会给他带来许多收获。赫定此行要去楼兰，不能分身，于是派他的助手贝格曼随奥尔得克前行。顺着一条干涸的、顺东南而流的小河故道他们走了许多天的路程，都未能找到这千棺之山。而路途中奥尔得克的信口雌黄，也使贝格曼觉得这千棺之山之说也许只是奥尔得克的虚构和想象而已。甚至到了后来，连奥尔得克本人也对自己的经历产生了怀疑。然而有一天，正当所有人的信心和耐心都被折磨得丧失殆尽的时候，远处的沙丘上，突然出现一片高耸的标识。奥尔得克指着那个方向，高喊道："我没有骗你吧，朋友！瞧，那里就是千棺之山！"

探险队一片欢呼。驼铃叮咚，载着他们向千棺之山奔去。走到古墓群中，贝格曼跪下来，向亡灵们致敬，请他们原谅不速之客们打搅了他们的安宁。继而贝格曼打开就近的一具棺木，于是，看到一位楼兰美女向他微笑。千棺之山后来被贝格曼称为"奥尔得克的古墓群"。共有一百二十具棺材，周围有一百多根直立的木杆作为标记。因罗布泊沙漠极端干旱，墓葬里的木乃伊令人吃惊地保存完好。一具女性木乃伊，有着高贵的衣着，神圣的表情，永远无法令人忘怀。她戴着一顶饰有红色帽带的黄色尖顶结帽，双目微合，好像刚刚入睡，并为后人留下永恒的微笑。贝格曼称她为"楼兰女王"。当代罗布泊专家杨镰认为，这个千棺之山的年代距今约有三千年之遥，理由是这些墓葬中竟没有见到一片丝绸。杨先生还认为，这条小河是一条人工挖掘的运河，因为它独立于塔里木河水系的所有河流，它有着奇怪的走向，它的两岸没有通常所见的死亡的胡杨林，也没有村落的遗址。杨先生据此推断说，这河流是一个部落为通向他们庄严辉煌的千棺之山陵墓而挖掘的，亡人通过运河被运往那神秘之山安葬。仪式结束，关闭龙口，运河断流，千棺之山就被重新封闭了。值得在这里重重一提的是，自1934年奥尔得克一行拜谒过千棺之山以后，这个神秘的小河流域，这个海市蜃楼般的千棺之山，便从此神秘地从地表上失踪了。后来许多贪婪的盗宝人，寻根究底的探险者，都试图找到它，但都无功而返。就是时至今日，受这个神秘故事的诱惑，仍然有人在寻找它。遗憾的是他们找不到，因为缺少罗布奇人奥尔得克的助力。

二十六、谈谈这个有趣的罗布奇人奥尔得克吧！

"奥尔得克"这几个字，是罗布语"野鸭子"的意思，据说母亲生他时，罗布泊上空正有一群野鸭子聒噪着飞过。说起这个人来，真悲惨，瑞典人赫定一身荣誉，寿终正寝，我们的奥尔得克却始终贫贱和卑微，最后甚至骨埋何处也不知道。据说，赫定1934年5月走后，奥尔得克仍假冒探险队的名义，向罗布泊部落的最高统治者伯克买了许多粮草，谈好将来由探险队付钱。这事败露后，愤怒的伯克扬言要把奥尔得克绳之以法。怕吃官司，奥尔得克只得仓皇逃逸，后来隐居于阿拉干附近的老英苏。他去世后，就安葬在老英苏的玛扎。当然这只是传说而已。罗布泊人长寿，奥尔得克说不定会多活几年，活到被兵团收留当几年农工，也是可能的事。赫定与奥尔得克同龄，赫定死于1952年。在我的印象中，这个罗布奇人是一个浪子，他骑着马，御着罗布泊荒原的大风，风也似的在荒原上疾走。他一会儿出现在追赶野骆驼的猎手行列，一会儿又驾着独木舟，泛塔里木河而上，奇迹般地出现在赫定面前。他同时又是我们通常意义上说的那种"痞子"。衣衫不整，邋里邋遢。遇见的人都以半是轻蔑半是调侃的口吻与他打招呼。他的嘴里三分之一是谎，三分之一是真实的阅历，三分之一是白日梦。这些特征混淆于一身，令世人对他的话只能半信半疑。但是我还是深深地喜欢和同情奥尔得克。1901年的3月3日，在奥尔得克指引下，赫定得以来到楼兰古城。西域探险史重要的一页揭开了。"快去捡那些木雕，木简和纸本文书吧，找到一件，我当场付你一块银圆！"斯文·赫定喊道。于是，我们看到俯身向下的奥尔得克那佝偻的身影。他一边捡，一边龇着白牙傻笑着。

二十七、罗布泊真的是黄河的源头吗？

两千年的中国统治者们都持此说。当然，这是一个误说，民国初年的地理教科书上已经改正过来了。当初第一个制造这美丽传说的人是出使西域的张骞。他到西域跑了一圈，回来报告说，我们面前的这条黄河，它并不是源于青海的巴颜喀拉山，而是在山的那一边，还有一个浩浩渺渺的蒲昌海，海水从山底下潜行过来，形成黄河的河源。这就是被史学家经常提到的那个"黄河重源说"。后来，历代的中国统治者都沿用此说。

二十八、能谈一谈你在罗布泊看到的动物吗？

真的什么也没有，像月球表面。在罗布泊湖心，我见到一只花翅膀的苍蝇，这是我此行中唯一见到的一只罗布泊"土著动物"。当我们的车从一个井位向另一个井位移动的时候，我下来蹲在盐壳上拉屎，拉完屎以后，突然现有一个苍蝇不知道从哪里飞过来了，落在它上面。苍蝇体积很小，比家蝇还小一些，花翅膀。据说在罗布泊地面，在楼兰古城，唯一的生物就是这种苍蝇。同行的张作家称这是伟大的苍蝇，可爱的苍蝇，他说，在罗布泊，每一个生命都值得膜拜。当然，在雅丹附近，我们还见到一只飘飘忽忽的美丽蝴蝶，但这蝴蝶肯定是附着在我们的蔬菜车上的一条青虫，在罗布泊蜕变而仙。此外，还有两只小鸟，一直跟着我们的车进了罗布泊，居住期间，时常在我们的头顶鸣啾。此外，还有一只奇怪的黑乌鸦，在我们居住下来以后，它从敦煌的那个方向呱呱地叫着飞过来，然后在我们的雅丹上歇息。它像个幽灵一样一直陪了我们十三天。不过在一百年前，这里还是各种动物的乐园。那时满地跑的都是野骆驼，最后一个见到野骆驼的人是彭加木。还有新疆虎，那时也很多，赫定1952年坐在他的斯德哥尔摩寓所的凳子上死去时，屁股底下就坐着一张当年药杀的新疆虎的虎皮。还有罗布泊马，那是一种小个子的马，因为普尔热瓦尔斯基先把它介绍给外界，所以动物学家称它普尔热瓦尔斯基马。那时还有满地的蚂蚁。那时罗布泊里还有取之不竭的白鱼，要知道，几千年来，罗布泊人的基本食物就是湖中的鱼。

二十九、罗布泊有植物吗？

罗布泊古湖盆没有任何植物。我们来的路途上，只见到风口有一些红柳的尸骸。死亡的胡杨林则是在从米兰那个方向进入时见到的。那有个地名叫阿拉干，是塔里木河在清朝末年注入罗布泊的入湖口，现在已经为黄沙所埋。古河道上，有许多死亡了的胡杨，奇形怪状，狰狞可怕。胡杨是塔克拉玛干大沙漠独有的树木。

三十、罗布泊是哪一年干涸的？罗布泊的水都到哪里去了呢？

1972年2月，美国总统尼克松访华，送给中国人一张美国地球物理卫星拍摄的罗布泊照片，告诉中国人说：罗布泊已经完全干涸了。这张照片就是那著名的"大耳朵照片"，照片上，一圈一圈的"耳轮"，表现了罗布泊逐渐干涸的过程。罗布泊的干涸，主要是因为为它提供水源的塔里木河和开都河的断流。兵团人在塔克拉玛干大沙漠中部连续修了大西海子一库、二库、三库，从而导致塔里木河完全断流。库尔勒市则在开都河上游修了博斯腾新湖，截住了流往罗布泊的水。这就是罗布泊干涸的原因。当然，罗布泊的干燥气候，导致这潭死水大量蒸发，也是其中一个原因。罗布泊的年降雨量是零，年蒸发量是三千毫米，空中像有一个巨大的抽水机一样，把罗布泊的水抽干了。今年春夏之交，弥漫大半个中国的沙尘暴现象促使新疆方面打开大西海子水库，向罗布泊放水，但水只流了一百多公里，远远还没有到达罗布泊，就被塔克拉玛干大沙漠吞掉了。

三十一、你在罗布泊害怕吗？

开始两天有点怕，恍惚中，觉得地球上好像发生了一场大灾难，只剩下这几个人似的。到了第三天，便不怕了，面对铺天盖地而来的大压抑，人完全地麻木了，不再思想，不再说话。闲暇时，我一个人默默地登上雅丹那狮子头。我在那里一坐就是半天，像高僧在打坐。面对四面如同鬼域的昏天黑地，我想哭，但是哭不出来。我是如此可怜地感到自己的渺小和无助。这时候我想到神的力量，于是心中会有一种暖烘烘的感觉。一个宗教也许就是这样产生的。或者换言之，在罗布泊，面对大自然如此强大的破坏力和如此渺小的人，你就会明白宗教产生的原因了。

三十二、进罗布泊之前的你和进罗布泊之后的你有什么改变吗？

在罗布泊待上几天，你就会明白人类花了几千年时间所煞费苦心建立起来的秩序大厦的可笑。比如拿货币来说吧，钱在这里根本一点用处没有。在这里，人会不自觉地变得高尚起来，真诚起来，人类所有的争吵，到这里都停止了。时间在这块地面上行驶得多么庄严啊！从罗布泊回来以后，每当水龙头滴水，我的心里就一紧。水对我的概念，不再是每吨水两元钱了。西安的天爱下雨，人们说，怎么又下雨了。我则说，让它下吧，这雨若下在罗布泊，会是罗布泊的一个节日！敦煌壁画中，有一位印度高僧，每日黄昏都要来到恒河边上，开膛破肚，洗涤自己这一日所染的凡尘。他试图在这日日必备的洗礼中，达到一种大觉悟之境。我把我的罗布泊之行，当作一次精神的洗礼。

三十三、罗布泊我们普通人去得了吗？

能去，我也是个普通人。我们进罗布泊所走的是昔日"凶险的鲁克沁小道"，听说现在鄯善金矿将柏油路铺到了库鲁克塔格山顶，余下的前往古湖盆的道路地质队正在修，不久可望铺通。即便还没有铺通，戈壁滩也可以走。从鲁克沁小镇到罗布泊古湖盆，现在只要一天时间，就可到达了。

2001 年 7 月

走失在历史迷宫中的背影

贺兰山的风很硬。已经是3月了，四周还没有丝毫的绿色。触目所见，都是破败的痕迹。七个土黄色的冢疙瘩，就在这贺兰山脚向阳一面的黄土地上。中国历史上一个闻名遐迩的王朝，就这样消失了——国家消失了，种族消失了，文字消失了。唯一给这大地留下的最后一点痕迹，或者说是最后一点纪念物，就是这些无言的冢疙瘩。

宁夏人把这些冢疙瘩叫西夏王陵。

作为一个旅游开发项目，宁夏人把那业已泯灭在历史路途中的西夏王朝，称作"披着神秘面纱的王朝"，把这贺兰山下的土黄色的冢疙瘩，称作"东方金字塔"。

在那个寒风嗖嗖的早晨，是一位叫李范文的西夏文专家，陪同我们去看西夏王陵的。李先生编撰了一本《夏汉字典》。他是研究西夏的大学者，能认得西夏文字。为认识这些字，他用了大半生的时间，将这些文字用汉字对照，用梵文对照，用金文对照，用蒙古文对照，逐步地悟觉出这些字的书写规律。当然，为他提供破译便利条件的还有宁夏一座佛塔上那些夏汉文字并用的铭文、黑城地面出土的一块石碑，以及俄罗斯圣彼得堡国家博物馆收藏的当年一位俄国将军从黑城掠去的西夏文物。"西夏文字是西夏王李元昊收容了一批从中原跑到西夏的汉文化人创建的，它比汉字更烦琐些，或者说，是在烦琐的汉字上又加了些笔画而已！"李范文说。为了强调他的说法，李范文还在我的记事本上，写下西夏文"常乐"两字。字形有些怪异，鬼气森森，虽然一横一竖、一撇一捺都还是汉字的用笔，但是和汉字"常乐"二字比起来，似乎看不出渊源。

西夏王元昊创建文字，古书中有记载。第一次记载这事的是元昊的同时代人，北宋的科学家沈括。沈括在《梦溪笔谈》中记载了一个叫野利仁荣的党项人，受西夏王元昊的指派，独居一楼，创造番书的经过。

这古老的文字，当它复活时，会是一种怎样的神奇呀！当李范文面对西夏王陵，吟咏出那名叫《夏圣根赞歌》的西夏诗歌时，顿时让人疑惑那消失了的历史恍如昨日，让人疑惑在这咒语般的歌词中，冢疙瘩中的那些过去年代的英雄人物，会冉冉走出，用他们褪色的嘴唇向21世纪微笑。

年迈的戴着近视眼镜的李范文张开双臂，这样吟唱：

> 黑头石城漠水畔，
> 赤面父壕白高河，
> 那里正是弭药国。
> 才士高，十尺人，
> 马身健，五彩镫。

我们久久沉浸在李先生为我们描述的那诗歌的意境中。冢疙瘩在我们的旁边，神秘、冷漠、安静、无言，正像那地球另一处的埃及金字塔一样。贺兰山蜿蜒横亘，黄河在远处发出疲惫的叹息。

李先生是用汉语吟唱的。如果用原汁原味的西夏文音诵出，那也许更具魅力。但是，西夏文的音现在谁也不知道了。能将这种死文字破译出来，已经是十分困难的事了。至于发音，那时候又没有录音机可以记载，鬼才知道那时期西夏文字是怎么发音的。李先生说："这个世界上，目前还没有一个人能寻找到西夏文的发音，就连寻找它发音的途径也无法找到。"

西夏王朝从公元1038年李元昊称帝开始，到公元1227年为成吉思汗所灭，共经历了十个皇帝。如果我们愿意为这贺兰山下的冢疙瘩寻找到它的坟主的话，那么，这十个皇帝依次是：

景宗李元昊—毅宗李谅祚—惠宗李秉常—崇宗李乾顺—仁宗李仁孝—桓宗李纯祐—襄宗李安全—神宗李遵顼—献宗李德旺—末帝李睍。

上面这个表，是正史《宁夏通史》告诉我们的。不过在谈到这个"西夏帝系"时，亦应谈到元昊的父亲李德明、祖父李继迁。正是在李继迁手中，这个家族开始称"西夏王"，在宁夏地面拥兵自重，而李德明又延续父业，为西夏立国建下了基础。待李德明征吐蕃战死后，元昊继位称帝。

有意思的是，又过了几个世纪，这个李姓家族，还出过一个帝王，这就是斯巴达克式的、堂吉诃德式的陕北英雄李自成。李自成是陕北地面米脂县桃镇李继迁寨人。如果要刨老根的话，这块地面也许正是这西夏王朝李姓家族的老家。当西夏王朝为成吉思汗所灭，国家、民族、文化都消亡以后，失败者又回到了他们祖先居住的地方，隐姓埋名，以防迫害，继续生存下去。李自成兵败九宫山之后，当时陕北地面一个叫高汉土的大文化人，曾经作了一首《李自成咏》，诗说："姻党当年并赫扬，远以西夏溯天潢。一朝兵败防株累，尽说斯儿起牧羊。"这诗前两句说，李自成的远祖是西夏王李继迁；后两句说，李自成兵败以后，陕北地面李继迁寨的李姓人家害怕受到株连，于是说彼李家非此李家，这个李自成是北草地上的牧羊人。

历史虽然是个迷宫，但是有时候我们只要能找到一点线头，仍然能从其间理出一丝头绪来。

这户李姓家族原来不姓李，他姓拓跋氏。大约在唐时，李唐皇帝赐给他李姓，而在宋开国之后，宋太祖又重复赐过一次。我记得有一个说法，唐朝的一个名将李克用和这个家族好像也有一点关系。

他们最初是党项人，在西夏灭亡，"人民流亡，不知所终"之后，他们则如鸟兽散，融入四周的各民族。当然融入汉民族的居多，例如李自成。李自成的后人都是汉族。20 世纪40年代初，米脂县桃镇有个陕北开明士绅叫李鼎铭的，曾在边区第二届参议会上提出"精兵简政"这个口号。这李鼎铭就是李自成的后裔。有一年报纸上刊登西安几户李姓老板的家谱，表明他们曾是西夏王公贵族的后裔。古长安是个大地方，他们流落到这里，混入市井之间应当说是正常的。

西夏王朝最盛的时候，它的疆土包括今天的宁夏全境，几乎青海全部、甘肃全部、内蒙古全部、陕北高原北部，以及蒙古国小部。是时，它的版图东到呼和浩特、包头，西到敦煌、哈密，南到延安以北，北到蒙古国境内，也就是说，几乎覆盖了大西北的全境。它以兴庆府作为它的王城，以黄河和贺兰山作为它的屏障，以"黄河百害唯富一套"的河套地区作为它的粮仓，以巴丹吉林沙漠和腾格里沙漠作为它躲闪腾挪的迂回之地，以著名的黑城作为它屯兵和出击西域的堡垒，以陕北边缘的横山、麟州（今神木市）等作为它对大宋用兵的前沿阵地。这个起事于大漠河套地区的西夏王朝，就这样与当时统治中原的北宋王朝对峙了一百四十多年，成为与宋、辽、金、元并立的一个中国历史王朝，在中华民族的历史上刻下了深深的印记。

西夏当时对北宋的用兵，主要战役发生在陕北高原。其时，先后有韩琦、范仲淹、狄青、沈括等北宋名臣，在延安府担任最高军事和行政长官，抵御西夏，可见当时北宋对西夏威胁的重视。这些人中，以范仲淹的功绩最大，他采取一种步步为营的战略，从延安顺宁塞川，连修三十六营寨，拼命地将西夏军队挤在陕北高原边缘，才使延安府和西安府不致失守。范仲淹的《渔家傲·秋思》就是在那时候写的。如今的延安人说，词中"千嶂里，长烟落日孤城闭"，那孤城是延安府。神木人则说，这句词说的是麟州城。

为这个神秘王朝画上句号的是成吉思汗。

舍我其谁的一代英雄成吉思汗，自然不能允许身边有这么一个强大的敌人存在，况且，西夏王朝的决策者反复无常、时敌时友也叫大汗烦心，于是在西征花剌子模班师归来后，他决心顺手除掉这个敌人。这也许是大汗一生中犯过的为数不多的错误之一。他小觑了这时国力已经大大衰弱的西夏王朝。

西夏王朝在灭亡的那时刻，发出最辉煌的一声绝唱。兴庆府矮矮的城墙挡住了成吉思汗所向披靡的马蹄。大汗的军队将兴庆府围了半年，仍然无法破城。愤怒的成吉思汗于是决定亲自参与到攻坚队伍中去。可是，在攻城中，城头上乱矢如雨，一支利箭射穿了大汗的胸膛。

一个月后，在今天甘肃省清水县养伤的成吉思汗，不治而亡。围攻兴庆府的大汗的军队，隐瞒了成吉思汗死去的消息，继续加紧攻城，并且提出建议：如果西夏人投降，可以保持它现在的国制，只是降为附属国。这时的兴庆府已被围半年，粮尽弹绝，西夏王朝末代皇帝李睍于是献城以降。

蜂拥入城的大汗军队屠城七日，将兴庆府中的居民杀戮殆尽。献城的末代皇帝李睍，也被杀害。屠城后，大汗军队觉得还不解恨，于是策马赶到西夏王陵，将历代帝王的陵墓掘开，将白骨曝于荒野。于是乎，这个叫西夏的王朝，从中国历史上消失了。它的种族，它的人民，它的文字也同时消失了，只留下几个无言的冢疙瘩在这世界上，给后人作无凭的猜测。

西夏王朝死亡了，但是那块地面还在，而在它的上面，又麇集了一群后来的人们。

如今这块地面上，以回族同胞居多，所以这块地面是宁夏回族自治区，而兴庆府，如今叫银川市。

回族同胞是在那遥远的年代里，从阿拉伯，从小亚细亚迁徙过来的。伊斯兰教先知穆罕默德说："学问即便远在中国，亦当求之。"也许从那时候起，随着丝绸之路的日渐繁荣，波斯商人骑着马、骑着骆驼，就开始从远处来到了中国，而他们中的一些人，便永远地羁留在这块地面上。

下面再说一说大夏王朝。

与西夏王朝极为相似的是，在与兴庆府一河相隔、三百多千米以外的地方，出现过一个大夏王朝。大夏的诞生、发展、全盛、盛极而衰、灭亡，茫茫然而不知其所终，都与西夏王朝极为相似。从时间上看，它早于西夏王朝五六百年。中国历史上曾经有个五胡十六国时期，老百姓叫它"五胡乱华"，这个大夏国即是"五胡"之一胡。

一位将军，从遥远的草原上来，来到鄂尔多斯高原与陕北高原的接壤地带。那时这里古木参天，牧草丰盛，溪流潺潺。将军登上一个高处，用马鞭向四处一指，赞叹曰：天下竟有这样的好地方！

这地方是为我而设的呀！于是他不走了，他决定在这里修城筑塞，建立他的霸业。

这位将军叫赫连勃勃。而此时，统万城尚未建立起来，他的名字叫"刘勃勃"。他是匈奴人，属于匈奴王室中的一支，出塞的美女王昭君的直系后裔之一。他的这个"刘"姓，正如前面谈到的那个西夏"李"姓乃李唐皇帝所赐一样，亦是南朝的一位刘姓皇帝所赐。不同的是，李元昊在称帝之后，曾经试图摆脱这个带安抚性质的赐姓，但终究没有摆脱，而赫连勃勃则在称帝之后，摆脱了这个赐姓，并在"勃勃"二字前面，加上"赫连"二字，以示张扬。

赫连勃勃在修筑他的统万城时，曾经表现出惊人的残忍。城墙是用陵北地面出产的一种糯米熬成汁掺成泥浆堆砌的。他动用了数万民夫来修筑它。城修好一截后，便让监工来验收。验收的办法很特别，是用锥子来戳。如果锥子戳进墙里边了，那么杀筑城的民工；如果锥子没有能戳进去，那么杀使用锥子的监工。

关于赫连勃勃的事迹，我们知道得并不太多。但仅就流传在民间的这个筑城的故事，足以让我们知道这个没有受过仁、义、礼、智、信熏陶的草原来客的性格，从而也明白了他的政权不长久是有原因的。

所有的游牧民族建立的政权，都以越过长城一线、进入中原为它们的目标。这种成功的例子只有两个，一是元朝的建立，一是清朝的建立。但是不成功的例子更多一些。赫连勃勃的统万城竣工，国力日渐强盛之后，曾经几次取道秦直道，向延安、西安大举进兵，并且基本上都取得了成功。他先是占领了陕北高原腹心的延安城，遂将延安城作为陪都，称小统万城。继而又以延安为依托，在扫清西安周围各州县之后，占领西安。赫连勃勃曾想将都城迁至西安，后来感觉到与这里的文化格格不入，遂放弃。而半年之后，西安失守。

后世的西夏王朝，走的是与赫连勃勃同样的战略，但是李元昊的马蹄，在延安府即被阻挡住了。李元昊曾经兵围延安府半年，后来还是不能破城，于是只得悻悻而去。

不是李元昊无能，这里面有两个原因。一是那时大宋王朝还没有达到千疮百孔的程度，它还有一定国力，可以支撑战争局面。况且文武兼备的一代名儒范仲淹，在抗击西夏侵犯中起到了重要的作用。二是那时通往西安的通衢大道秦直道，部分已经坍塌，从而不能像赫连勃勃那样铁骑所向直指长安。

秦直道是秦始皇主持修建的一项浩大工程，堪与万里长城并称。世人只知道万里长城，而不知有秦直道，实在是不应该。事实上在当时，秦直道的用工、规模、重要性、知名度，都较万里长城大些。

秦直道南起关中以北淳化县的甘泉宫，北至内蒙古包头市南四十千米的九原郡，从陕甘分水岭的子午岭山脊穿过，全长七百多千米。遇见山头，即削山头，遇见沟壑，即填沟壑，是一条类似今天的高速公路。督造这条高速公路的仍是领兵修万里长城的大将蒙恬。蒙恬率三十万筑路大军，在无定河边的天下名州绥德城扎营。文房四宝之一的毛笔，就是蒙恬在此扎营时发明的。士兵们要写家书，蒙恬让士兵到山上去拽些山羊胡子来，然后再用行军锅锅底的墨灰和成汁，蘸着写字，于是就有了书写工具毛笔。

随蒙恬一起督造秦直道的还有太子扶苏。扶苏因不满秦始皇的焚书坑儒，于是被贬到蒙恬帐中，担任监军。秦始皇死后，扶苏受赵高陷害，被赐酒毒死，蒙恬则引剑自刎。三十万筑路大军，一人一捧土，筑起两座小山一般的坟墓。蒙恬墓、扶苏陵，现在绥德城内。

　　修筑秦直道的目的，是为了向塞外用兵，威慑匈奴。事实上，这个目的完全达到了。南匈奴归顺汉室，与这条道路有决定性的关系。汉武帝勒兵十八万，至北方大漠，恫吓三声，天下无人敢应，汉武帝遂感到没有对手的悲哀。汉武帝走的应该是这秦直道。那一阵子，这条道路上还曾飘过一股浓烈的香风，马蹄得得胡笳声声，昭君出塞，她走的也该是这一条道路。

　　但是这条道路也为马上民族的南下中原提供了便利，赫连勃勃攻陷长安便是一例。英国历史学家汤因比在他的《历史研究》中注意到了这一现象，他说，这真是道路的修筑者始料不及的事。他还说，当北匈奴这一股潮水远走异乡之后，令人略感意外的是，留在原居住区的匈奴部落却突然显现出来，甚至占据了中国北部地面，部分地完成了他们对中原文明和定居地区的占领梦想。

　　大夏国盛极而衰。而那建立在旷野上的辉煌城郭统万城，也随之荒废。如今，这位于陕北靖边县的城池，只剩下一些白色的断壁残垣，在鸣咽的塞风中经年经岁。由于那被糯米汁搅拌过的墙土现在是白色的，所以当地人叫它"白城子"。我曾经驱车去过那里，四野空旷，满目疮痍。这地方当年曾麇集过一群人，这些人的后裔都在哪里呢？我眼望历史深处，滴下几滴迎风泪来。

　　距离白城子三百千米，靠近黄河岸边的延川县，有个赫连勃勃墓。是不是大夏国的王室成员后来隐名埋名藏匿于这块山大沟深的地方了呢？我们不知道，这个地名也只能提供一点猜测和想法。

　　在中国北部地面，有一句时常挂在妇孺口边的民谚，叫"天下匈奴遍地刘"。这句民谚也许为我们寻找大夏国遗民的最后踪迹提供了一条道路。

　　已故前辈作家刘绍棠先生在即将辞世之前，曾经托人捎过一封信给我。他说，他怀疑自己就是匈奴的后裔。在他的家乡运河两岸，有许多这样的运河村庄，他还为此写过一篇叫《一河二刘》的文章。而在历史上，陵北北部、山西雁北地区、河北北部，正是当年南匈奴的辖地。刘先生是在看了我的《最后一个匈奴》的书后，因感而发的。

大夏国的后裔们，在国家灭亡之后，在逃匿的途中，很可能又捡起了这个"刘"姓。

陕北地面四散地分布着一些刘姓村庄或居住着一些刘姓人家。赫赫有名的刘志丹将军的家乡金丁镇，与统万城只隔一条叫柠条梁的山冈，距离也就是三百多千米。金丁镇在子午岭最深的山里，十分封闭。附带说一句，拙作《最后一个匈奴》就是在金丁镇这地方画上句号的。我那时候还不明白我的双脚为什么要鬼使神差将我带到那里去。

此外，我的尊贵的朋友，散文家刘成章先生，他是延安市人，他的这个刘家亦是陕北地面的一个名门望族。中央红军入驻延安时，率各界出郭十五千米相迎的，就是刘成章的父亲刘作新。此外，我的另外一位尊贵的朋友，一位叫刘压西的女性，她的家乡在黄河边上，她的这个刘家亦是陕北地面的一个豪门大户。

我在这里想说的是，在这些刘姓后人的身上，我们总能感到一种与生俱来的激情。也许，一个在马背上厮杀惯了的民族，一旦有一天脱离了马背，开始在大地上行走时，开始与平庸的地形地貌为伍时，它只是在等待时机和积蓄力量。一旦马蹄重新在远处响起时，他们身上那祖先的不羁的血便开始澎湃。我这样来解释这些陕北的刘姓人家给延安时期的巨大支持。

然而，那些迷失在历史迷宫中的最悲惨的背影，不是西夏，不是大夏，不是南匈奴，而是北匈奴。

他们永远地迷失在路途上了。那情景，就像我们在中午时分做了一场噩梦。太阳白白的，梦魇中，我们走失了，而走失后就再也回不来了。即便回来了，那回来的也是另外的自己。

北匈奴人，他们的主要活动区域是在西域。汉王室有力的攻击，令北匈奴人逐渐地向西退走。"失我祁连山，令我六畜不蕃息；失我焉支山，令我妇女无颜色。"这匈奴古歌，道出了匈奴逐渐远离中原边缘地带的历史。

在西域地面又流连了几百年后，北匈奴人终于开始了他们悲壮的迁徙历程。

他们越过中亚细亚和小亚细亚，先是迁徙到里海、黑海地区。那里寒冷而干燥的气候，寸草不生的盐碱滩，同样不适宜于生存。于是他们继续迁徙。公元 5 世纪的时候，他们中的一部分，来到水草丰美的多瑙河畔。尔后，在那里形成匈牙利民族，建立匈人帝国。

匈牙利是匈奴人漫过亚欧大陆的历史大潮在大部分被蒸发之后，留下来的唯一的一个积水洼，一个今天的我们为那个久远的迁徙者之梦寻找到的现代依据。

匈牙利民族诗人裴多菲曾经在他的民族史诗中，悲凉而豪迈地吟唱道：我的遥远的祖先啊，你们怎样在那遥远的年代里从东方从中亚细亚，迁徙到里海黑海，最后，来到多瑙河畔，在这里建立起我们的祖邦。

匈牙利人长期以来一直认为他们的祖先是匈奴人。尽管在东欧剧变之后，这个官方观点曾受到一些激进的年轻学者的质疑。年轻学者们认为，匈牙利立国是在公元 2 世纪，而 2 世纪时，匈奴人才开始他们起自中亚细亚的迁徙，他们 5 世纪时才到达这里，因此，只能说如今的匈牙利的匈族人是匈奴人的后裔，而不能说匈牙利这个国家就是已经泯灭了的匈奴。中国著名作家冯秋子先生，也在给我的来信中持相同的观点。但是，匈牙利官方立即发表声明说：停止讨论，有横扫欧亚的骁勇的匈奴人做我们的祖先，是一件光荣的事，一个国家，一个民族，总要有一个根的，不要讨论了，我们的根就是从中亚来的匈奴人。

因此这个说法也就成为定论。

此外，汤因比先生在《人类与大地母亲》一书中，言之凿凿地认为如今的保加利亚人亦是匈奴人。还有，印度北方诸邦的拉杰普特人，亦是当年匈奴之一支——白匈奴流落到那里去的代表。此外，还有一些民间说法，认为小亚细亚的土耳其人、欧亚非交界处的非洲的突尼斯人，亦有匈奴人的血统存在。当然这些只是民间研究者的说法，不足为凭。他们更大的可能性是突厥人的后裔。

北匈奴就这样地走失了，成为消失在历史迷宫中的最为悲惨的背影。在叙述这些如梦如幻或真或虚的历史记忆时，我的心口被揪得一阵阵疼。不过它们是历史，历史就是这样，它丝毫由不得人！

在谈到匈牙利民族诗人裴多菲的时候，我突然想起一位中国女诗人。这位女诗人一直固执地认为自己是匈奴的后裔，是羁留在故乡的匈奴人。这就是台湾女诗人席慕蓉，那个悲凉地吟唱过"尽管城上城下争战了一部历史。尽管夺了焉支又还了焉支……敕勒川阴山下，今宵月色应如水，而黄河今夜仍然要从你身旁流过，流进我不眠的梦中"的席慕蓉。老师那天教的课文是岳飞的《满江红》，当老师朗诵"壮志饥餐胡虏肉，笑谈渴饮匈奴血"时，座位上坐着的一个小女生，突然号啕大哭起来，她哽咽地说："这个叫岳飞的人，为什么要吃我们的肉，喝我们的血呢？"她拿着书本，哭着跑回了家。这小女生就是席慕蓉，那时她上小学二年级。是香港女作家梁凤仪女士，将席慕蓉小时候的故事告诉我的。

历史在前进着，我们不应当向来时路上看。我们就是人类的香火延续，各民族在 21 世纪阳光下的代表。我们应当开心地、勇敢地继续活下去，为了他们也为了我们。我们的身体里有他们的基因遗传，我们的血管里澎湃着他们的血液。我们是幸运的，因为我们找到了迷宫出口并且走出来了。

有一年我在新疆阿勒泰草原上的锡伯渡，知道了额尔齐斯河这个渡口得名的由来。

清朝年间，鉴于新疆的准噶尔部落滋事，清政府从东北调集了两千多名锡伯族男人，拖家带口，一行共四千多人，移民新疆。这支锡伯族迁徙的队伍从沈阳出发，穿过蒙古高原，翻越友谊峰，来到额尔齐斯河边。那时正值额尔齐斯河春潮泛滥。锡伯人在河北岸滞留了半年。秋季水退后，他们才继续行走。他们穿过阿勒泰草原，穿过塔城草原，最后来到康熙皇帝为他们指定的居住地，距边界不远的察布查尔。

他们蹚出的那一处渡口后世叫它锡伯渡，成为额尔齐斯河上的一个著名渡口。锡伯渡在归入新疆生产建设兵团时，曾易名"西北渡"，现在我看中国地图上，它又恢复锡伯渡这个称呼了。

令人感动的是，这群勇敢的锡伯族人，嗣后便在这里艰难地扎下根，生息、发展，壮大到成为现在的察布查尔锡伯自治县。这是距离我们较近的一次民族迁徙，所以我们能较为准确地记录它。而这个故事最令人感动或者说最具有戏剧性的是，在锡伯族人的老家东北，锡伯族倒是绝迹了。我就此曾经请教过一位叫关本满的满族作家，想不到他竟告诉我，他就是锡伯族人。他说，锡伯族是满族之一支，东北的锡伯族在后来的发展中，基本上都被满族同化了。现在那老地方似乎还有一个乡，叫锡伯族乡。

我爱大西北的每一棵树

茅盾先生在大西北游走过一遭，那篇著名的《白杨礼赞》正是此行的产物。茅公称白杨为树木中的伟丈夫，他说当行走在这单调、荒凉的西北黄土高原时，能让你眼前陡然一亮的，唯有这路旁的绿树。之前，因为拍一部电视片，我也在陕、甘、宁、青、新跑了大半年。我走了许多地方。我的足迹远比茅公向西北方伸得更深更远，甚至抵达罗布泊。但是如果要我谈谈对大西北的印象，却也和茅公一样，即我的眼中只有树！

最叫我感动的树，叫"左公柳"。从古城西安（准确地讲是从凤翔县东湖），穿越漫长的河西走廊，经玉门、嘉峪关、哈密、乌鲁木齐，到边城伊犁，汽车里程表上标出的是整整四千千米。在这四千千米的漫漫长途上，道路两旁常能见到一些苍老的、几抱粗的、疙疙瘩瘩的老柳树。这些老柳树满身疮痍，肩一天风尘，兀立在光秃秃的荒原上，成为一道风景。

这柳树相传为当年西征新疆的左宗棠所栽。左宗棠率领他的湘军子弟兵，一边行军，一边栽树，一边望乡，用了整整八个月的时间才走到新疆。"春风不度玉门关"，左宗棠靠春风杨柳做伴，度过玉门。

将军喜欢栽树，这事叫人觉得奇怪。左宗棠之外另一个带领士兵栽树的人物是马步芳。通往青海湖的道路上，有那么长长的一段（汽车高速穿行半个小时），路两边长着密密麻麻、高可摩天的白杨树。同行的青海电视台的朋友告诉我，这树是马步芳栽的。栽下树以后，马步芳贴下告示：敢于砍伐一棵树者杀头；敢于在树下拴马者，鞭笞五十。于是乎，这树茂盛地生长起来了，直到今天还无人敢动。

　　杀人如麻的马步芳，却如此钟爱树木，这事是不是有些可笑？不，在许多西北人的眼中，一棵树确实比一条人命更重要、更神圣。命在这里是不值钱的，一条生命降生在这荒凉、贫困的地方，本身就是一场苦难，而树却能带给你一切。

　　在我的大西北游历中，这种生命的苦难感时时伴随着我，一种悲怆的情绪冲击着我的胸膛，无论是在毛乌素沙漠，还是在宁夏西海固，或是在贫瘠的甘肃定西，或是在新疆的塔克拉玛干沙漠。

　　最极端的例子当然是罗布泊，很久以前曾是一片宽阔的海域，如今已经干涸得没有一滴水了。它的地表上布满了坟堆样的盐壳，像月球表面一样荒凉和恐怖。没有一棵树，没有一根草，没有一滴水，没有任何生命的存在。站在罗布泊著名的白龙堆雅丹，这当年马可·波罗穿过丝绸之路时歇息过的地方，唐三藏取经路过的地方，我迎风而泣，眼里涌出一滴冰凉的泪水。朋友说这是罗布泊的最后一滴水。

　　胡杨是这荒原上最耐旱的一种树木，然而在我们从"凶险的鲁克沁小道"进入罗布泊的三百千米的长途上，竟没能见到一棵胡杨，死去的胡杨的遗骸也没能见到。它们已经消亡于干旱和风沙中。倒是我的朋友画家高庆衍先生从罗布泊的另一侧，即米兰方向、阿拉干方向进入罗布泊，寻找楼兰古城时，见到了大批死亡的胡杨林。

阿拉干在一百年前，曾是塔里木河注入罗布泊的入海口，后来随着塔里木河断流，这里遂为黄沙所掩，大批的胡杨林随之死亡。我是在最后的两个罗布人热合曼和亚生的引导下，步入阿拉干死亡的胡杨林的。

在塔里木旧河道上，在孔雀河旧河道上，在开都河旧河道上，仍然有一些处于半死状态的胡杨林。我们的摄制组在离开罗布泊之后，曾顺着塔里木盆地，走过一个半圆，具体路线是从托克逊到库尔勒，从库尔勒到若羌，从若羌到轮台，从轮台到民丰，从民丰到和田，从和田到库车，从库车到于阗，最后从于阗返回乌鲁木齐。而在这个环绕塔克拉玛干沙漠的巡礼中，留给大家印象最深的就是那些处于濒死状态的胡杨林。

大量的茂盛的活胡杨林是在水量充沛的塔里木河中段看到的。那里有着蔚蓝色的河水和如俄国画家列维坦所画的美丽胡杨林。但是，当摄像机的镜头指向塔里木河下游时，河水已被阻拦，漫灌到戈壁滩上去了。戈壁滩成了一望无际的湖泊。据说，今年漫灌之后，明年这戈壁滩便可以种庄稼。但代价是，新疆各族人民的母亲河塔里木河的河道又缩短了一截。说完胡杨，再说说红柳。

胡杨的根可以深达地下十米，红柳的根可以深达地下五米。这是它们在与不幸命运的抗争中，在与恶劣环境的搏斗中，展现出来的一种品种优势，也是它们能在这方地面顽强生存的原因所在。

在罗布泊四周，红柳已经十分稀少了。

我们见到的最多的是那些死亡的红柳。在与风沙一百年、一千年、一万年的搏斗中，最后总是以红柳败北而结束。风将它们四周的沙子先一点点地掏完，令它高悬在空中，土拨鼠再在里面打洞，深入它们的根部，吸吮那最后的一点湿气。终于，在一场突如其来的大风中，它被连根拔起了。它痛苦地大叫一声，脱离了大地，从此把自己交给了风，开始在风中滚动，在大地上流浪。

在我们去罗布泊的路上，每一个风口都有一批这种流浪的红柳钵。它是什么时候、哪个年代脱离大地的，我们不得而知。它们每一个都有与风沙苦苦搏斗的经历、失败的经历，它们是悲壮的失败者，罗布泊沧桑史的见证人。

滚动到最后，枝柯都在滚动中消失了，只剩下一个头和一截或长或短的树根。这些红柳的遗骸也就停止了滚动，摊在平展展的沙地上或碱滩上。最后的遗骸或像一把镰刀，或像一根拐杖，或像一架农家用的犁杖。

我们的车有时候会停下来，捡这些东西。司机说，到营盘后用这做引火柴最好。当我们到达罗布泊时，那辆拉着辎重的大卡车上，装满了这些张牙舞爪的枯红柳。这些红柳假如有感觉的话，它们经历了多少痛苦、期待、失望呀！在那旷日持久的搏斗中，哪怕有一片雪、一星雨落下来，便会给它们以生的信心和勇气，便可以令它们再坚守上一百年，但是没有，一点的支援也没有。它们最后是深深地绝望了，在火中化为灰烬的那一刻，它们唯一能做的事是诅咒人类和蔑视人类。

根据中亚腹地第一探险家，一百年前发现楼兰古城、确定罗布泊位置的斯文·赫定的说法，奇异的雅丹地貌是这样形成的：这块地貌上原来有红柳丛或胡杨林，后来胡杨林腐朽了，红柳丛被风吹走了。但是由于它们的守护，这一处黏土层没有被风吹走，并比别的地方高出几米到几十米，从而形成这种奇异的仿佛海市蜃楼一般的风蚀雅丹地貌。

文末，我要高声地礼赞一个人，我要给这篇描写大西北树木的文字抹上一层亮色。这个人就是榆林的农民石光银，他承包了毛乌素边缘的五万亩黄沙，将这五万亩黄沙变成了一片绿洲。在他的精神的感召下，周围聚集了一群治沙的农民。面对这五万亩人工绿洲，我对石光银说：你是当代英雄。我在那一刻同时意识到了自己的渺小和文学的无意义。

如果有一天，大西北遍地都是树木，那便会出现一片一片的绿洲文明，那样我的大西北的父老乡亲便有好日子过了。那将是大西北的一个节日。

我爱大西北的每一棵树！我感激你们的坚守和对大地的呵护。我也赞美每一个栽树人，包括左宗棠，包括石光银，也包括我们自己——假如你曾经栽过一棵树的话。

嗷嗷待哺的西北狼

去年一年，我随中央电视台《中国大西北》摄制组在陕、甘、宁、青、新五省区转了几个大圈子，大西北的荒凉、闭塞、经济严重滞后等等情形，深深令我震动。我痛彻地感到，在经济高速发展的今天，占国土四分之一面积、有着八千万人口的中国大西北宛如一艘搁浅在侧的船只，正愈来愈被时代拉远、被排斥在主流经济之外。

两千年前，长安就是与罗马并称的世界级大都市；二百年前，上海不过是东海边一个小渔村；而二十年前，深圳仅仅是南部边境上一个荒凉小镇。如今呢，财大气粗的上海，号称"东方巴黎"，尤其是浦东开发区的建设，使上海这座城市成为一个高速膨胀的城市动物。小小的深圳则借中国第一个改革开放试验区之先机，"好风凭借力，送我上青云"，一跃而成为一座重要的经济中枢、移民城市。在这两个"新贵"面前，古城西安显得衣衫褴褛、容貌猥琐。

当然，就中国范围而，西安毕竟还是大西安；就大西北范围而，陕西毕竟还是"陕老大"。我之所以这样说西安，说陕西，是把它放在全国经济发展总格局中来说，放在南北经济差距日益增大这个背景下来说，放在周秦汉唐昨日辉煌的基点上来说。

与陕西相比，宁夏、青海的情形就更糟一些。我去宁夏时，《宁夏日报》正在开展一场"宁夏在哪里"的大讨论。据说，宁夏在广交会上与外商签了一些合作项目，后来，外商们在寄回合同时，好像商量了一样，给宁夏前面加上"甘肃省"字样。这样信便寄到了甘肃，而甘肃恰好有一个"临夏回族自治州"。这样信便又误投到临夏。半年之后，这些合同书才转到宁夏。这件事叫宁夏人震动：中国一个这样重要的自治区，外商竟不知道，东南沿海的人们竟不知道，年轻的一代竟不知道。宁夏人产生一种恐慌感和危机感，于是在报纸上组织了这场讨论。

宁夏回族自治区的党委书记告诉我，宁夏经济的发展依靠两个优势，一是资源优势，二是农业优势。其实在我看来，这两个优势在近期都很难形成经济高速增长点。资源优势一是电力，黄河上游的几个大电厂建在宁夏，但是这些电力只是向全国电网提供电力而已。二是矿产，但是这样矿产只是向南方提供廉价的矿石而已。三是水资源，水倒是很丰富，黄河水哗哗地从家门口流过，农业厅长告诉我，有一天他们也许要效仿美国的南加州与北加州的用水之争，向下游省份收取水费。至于农业优势，宁夏的农业有优势吗？我很怀疑，西边是巴丹吉林大沙漠，东北是毛乌素大沙漠，南边是陕北黄土高原，更兼还有一个"苦瘠甲天下"的西海固（西吉、海原、固原），大环境的制约，令农业充其量只是填饱肚子而已。尽管"固海扬黄"工程已经建成，尽管还有一个雄心勃勃的百万移民工程，但那是慢活，得需要时间。

青海的情况还不如宁夏。宁夏毕竟是民族区域自治地区，享有许多优惠政策，宁夏毕竟离中国的政治经济中心北京近一些。"走马西来欲到天，辞家见月几回圆"，中国历史上有名的古战场青海，它因日益被世界冷落和遗忘而产生的那一种孤独感，大约比宁夏更深一些。干旱的沙漠草原，原野上零零散散的一些畜群，破旧简陋的西宁市区，贫困质朴的人类生活，这一切都让人恍然觉得好像进入了中世纪。较之南方的灯红酒绿、物欲纵横、金钱满世界乱飞，这里还是一块精神的净土。

制约大西北经济发展的重要原因，是它距离入海口遥远。这块中亚细亚大陆，距最近的入海口江苏连云港三千到四千公里。这个遥远的距离限制了贸易。而比限制贸易更严重的是干旱缺水，大西洋的风、北冰洋的风很难吹到这里，从而令这里形成一个干旱三角区，从而极大地限制了农业。

宁夏、青海的年蒸发量是两千毫升，而年降雨量仅为一百五十到二百毫升，只蒸发不降雨，使这里的干旱日甚一日的严重。这种恶劣气候的极致表现，就是占青海毗邻的罗布泊，罗布泊的年蒸发量是一千九百五十毫升，年降雨量是十五到十九毫升，也就是说几乎是零。这种极度的反差令罗布泊成为一块干涸的海，一块死亡之海。

不过罗布泊毕竟没有人类居住（罗布人在20世纪初已经从罗布泊逃逸，去向不明），所以干旱给大西北造成的最严重的威胁是在甘肃。20世纪大西北最大的一次旱灾发生在1929年，根据当时报纸的报道，甘肃人民死亡十之六七，也就是说三分之二的人都饿死了。当时饿殍遍野，人们易子而食，其状惨不忍睹。1996年，大西北又有一次大干旱，据说旱情要超过1929年，由于政府的有力救援，这次没有造成大的灾情。《兰州晚报》的一位资深女记者曾经深入采访过这次灾情，她告诉我：整个定西地区，水井干涸，河流断流，人畜只有束手待毙。政府组织拉水车，从兰州出发，日夜给这块高原送水。当拉水车从高原驰过时，成群的乌鸦像云彩一样跟着拉水车不时俯冲下来，抢水罐里溅出来的水滴。

去年我从甘肃定西经过时，尽管这一年有过几场小雨，但是定西地区所有的河流依然全部干涸。汽车从河谷经过时，眼前是沙砾和岩石组成的丑陋河床。我真不知道这一方苦难的人类之群是如何打发日月的。其时南方正在发大水，我当时想，要是能从南方调一些水来，该多好！

其实不光是定西地区，大西北所有的河流或者完全干涸，或者成为季节河，有些即便没有断流，水量也减小了许多。极端的例子仍然是罗布泊。三万平方公里的罗布泊已完全干涸，不剩一滴水了，原因是为罗布泊提供水源的孔雀河、开都河已完全断流，塔里木河则成为季节河。新疆总的情况要好一些，从北冰洋吹来的季风还偶尔给这块大陆带来一些雨雪，而消融的雪山水也可提供一些灌溉。民族区域自治政策提供的优惠，欧亚大陆桥的贯通，兵团经济对自治区经济的巨大支撑，塔里木油田、吐哈油田的开发，克拉玛依油田的重新改造，都令人对新疆的经济发展抱有信心，但是它仍然需要扶持。要成为经济发展热点，还有待时日。

惊鸿一瞥大西北。在这个一瞥中，让人感到大西北的步履维艰，让人感到南北差距大得惊人——并还在加大。这里不妨从宏观跳到微观，用工资一项来说南北差距。保守地说，大西北人的工资，仅相当于东南沿海人工资的五分之一，仅相当于京津地区人工资的三分之一。这里还说的是城市，是有岗可上的工薪阶层。至于农村，差距就更大了。大西北许多地区上报的统计表明，他们那里农村人口年收入达到一千五百元这个脱贫界限，这个统计表里到底有多少水分，只有天知道。我的手里有一大堆资料，证明大西北还有大量的农业人口生活在贫困线以下。这就是大西北的现状，这就是一个有良知的正直、诚实的人所能够看到的现状。

南北差距正在越来越大，大西北正被越拉越远。这是我1998年的一年，在陕、甘、宁、青、新兜了几个大圈子之后，我的思想和我的感慨。如果需要呼吁的话，那么谨让我以一个大西北儿子的名义，以一个作家的名义，呼吁全社会都来重视大西北，呼吁决策部门重视大西北，大西北的经济腾飞之日，才是我们整个民族的经济振兴之时。

附带说一句，南方经济的快速发展，是与北方提供的廉价的资源分不开的。上面曾经提到过电力和水流，这里我想顺便提一下煤炭和油气，我在这里举陕北榆林为例。

去年，我数次去过陕北。陕北的榆林地区，因为这几年发现了世界最大的煤田之一，最大的油气田之一，为外界所瞩目。在没有去之前，我以为榆林该是一块富得流油的地方吧，谁知去了一看，山河依旧，财政拮据，人民贫穷，虽有变化，变化并不多。我不解其故。我想那些煤那些气都到哪里去了呢？原来，那些四十米厚的露天大煤田，某某公司将它圈起用机器将煤挖出，用传送带传送到火车上，帆布一盖，火车拉走，榆林人连这煤是个什么颜色都看不到。我对榆林地区的领导说，那你们可以征税呀！领导苦笑说，谁敢去拦火车。至于天然气，管道一设，直通北京，据说一立方气三分到五分钱。我不知道这些钱中是否有榆林的份儿。好像也没有吧！

再说一件事。榆林的那些优质煤挖出来以后，都到哪里去了呢？据说有一部分卖到了日本。又据说日本在海底挖了个大仓库，将这些价格低廉的煤库存起来，以备在21世纪使用。煤在21世纪工业上的用途，已经不是作为燃料和能源，而是主要用作化工原料。煤是一种不可再生资源，榆林的煤据说按设计方案还可以开采二百年，与其毗邻的黄陵店头的煤据说还可以开采五十年。五十年或者二百年之后，如果我们要煤要到哪里去找？去日本进口吗？

　　大西北问题是个很大的问题，远非这篇短文所能谈透。本文很多问题都没有涉及，而涉及的问题也远没有展开。比如大西北人自身的惰性问题，故步自封画地为牢问题，就是一个重要的话题。如果有可能的话，我将来要写一本书，试着将这篇文章中的各种观点写深写透，再举一些事例。那书的名字，就叫《西北狼在嚎叫》吧！

1999年5月

关于西北方的思考

昨天晚上，我夜观天象，看见北斗七星正高悬在头上。今天早晨，我凭栏仰望，看见吉祥云彩正偏集西北方向。上路吧，朋友，现在正是远行的季节。

——《愁容骑士》

我骑着我的黑走马，逡巡北方。我的马蹄铁溅起阵阵火星，眉宇间紧锁着一团永恒不变的愁苦。在中国最北方的那根界桩前，我勒马伫立，向苍茫的远方望去。远方是欧罗巴大陆，回眸脚下和身后，是栗色的中亚细亚。我在那一刻感到一切都是瞬间，包括我刚才那一望，已经成为凝固的历史。是的，要不了多久，我们都将消失，这场宴席将接待下一批饕食者。

"你知不知道有一种感觉叫荒凉？"这是一流行歌曲里的话。是的，我当时就是这种感觉。"荒凉"不仅仅是因为身处一块荒凉地域，而且是由于在我的一瞥中，我看到了人类的心路历程，充满一种荒凉的感觉。我因此而战栗，以至近乎痉挛。

——《你知不知道有一种感觉叫荒凉？》

站在罗布泊一处奇异的雅丹上，我瞩望岁月，迎风而泣，眼角里涌出一滴冰凉的泪——朋友说这是罗布泊的最后一滴水。站在罗布泊一处奇异的雅丹上，我把自己站成一座木乃伊，从而给后世留下一道人造的风景。……罗布泊活像一个地球的子宫。不过这是一个年迈的老妪的子宫。它的风情万种的少女时代已经结束。这子宫苍老、干瘪，没有月月如期而至的月经来潮，也没有播种与收获。而我像什么呢？像一个重访母体的当年的婴儿一样。我惊叹于这物是人非，我惊叹于这沧海桑田，我惊叹于这满目疮痍，我惊叹于这熟悉中的陌生与陌生中的熟悉。

——《罗布泊大涅槃》

　　在辽阔的北方原野上，像花儿一样盛开着一座一座的坟墓。这坟墓是谁的？是哪个年代的？这坟墓的主人生前都有过哪些事？许多年来，我在北方大地上游历，我的足迹深入深深的北方。面对这些坟墓，我常常做无凭的猜测。据说，那些壮志未酬的生命，即便被埋入地下，也不会安宁的。宛如没有出过天花的人即便成为白骨，白骨中也要出一次天花一样。这些灵魂会在有月光的夜晚和有迷雾的早晨出来作祟。

——《北方漫步》

　　谁的一生，如果到过北方，并且有幸与一匹马为伴，那么自此以后，无论他居家何方、职业如何，即使他的身体停止颠簸了，他的思想却仍然像在马背上一样，颠簸不停。当我们作为游子，在远方游历的时候，我们给心灵的一角安放下故乡的牌位。我们疲惫时躲在里面休息，我们痛苦时躲在里面哭泣。那里收留下痛苦的眼泪和疲惫的叹息。但是，亲爱的朋友，请你告诉我：为什么当我站立在自己故乡的土地上的时候，我仍然感到陌生，感到自己仅仅是在客居？

——《伊犁马》

"会有另一种病，比这关节炎严重得多。它将伴随你一生。折磨你一生。而且，在这未来的日子里，说不定你有一天会承受不了这折磨，而产生精神崩溃。那么，它说不定还会以一种更严重的状态出现！"

"那叫什么，请你告诉我！请相信一位饱经沧桑的老兵，他能承受你的话。他已经在这个险恶的白房子，承受过许多次的生生死死了。因此，一点小小的慢性病，大约不会使他过于惊慌！"

"那叫忧郁。像窗外的天空一样，灰蒙蒙，阴沉沉，无边无际，你整个一个人，都将成年累月地浸泡在这无边无际的忧郁中。由于它产生自北方，所以人们叫它'北方忧郁'。'北方忧郁'这个词，是普希金给起的！"

"你将像耶稣一样永远背着沉重的十字架，在时空漫游。不过你背上背的不是十字架，而是白房子——你的一段沉重的过去。你像一个蜗牛一样背负着白房子，缓慢地在生命的里程中蠕动，一直到它的终结。你的病症是无法彻底治愈的。医生的力量已经用尽。医生可以疏导它向好的方面转化，可以采取强力压制它，让它的沉默以另外的形式表现，但不能根除它，我很抱歉医学的无能。"

"恰恰相反，我很感激你，感激你没能使病症完全地离我而去。我有过白房子，有过一段苍凉的但却又令人怀恋的岁月。这一段阅历构成了我，构成了有异于任何人的单独的我、独立的我和独特的我。我从那时候一路走来直到今天，才形成这个今天的我。因此我不应当抱怨命运的赐予，我应当被动地接受它和无限地感激它。"

"当恢复理智的时候，你是位玄学家？"医生说。"当失去理智的时候，我是一个永远被捆绑在自己阅历中的幻想家，一个做白日梦的家伙。玄学家和幻想家很近！"我说。

　　……

　　我叼着烟，轻松愉快地走在大街上。我向每一个认识的和不认识的人微笑。我用夹烟的手轻轻遮住自己的牙齿的缺憾部分。只要我不说出我是谁，谁也不知道我是谁。我的白房子童话应当完结了吧，让我混迹到芸芸众生中去吧，我应当有一个和平的晚年，不是么？从此我不再追求幸福，我自己就是幸福；从此我不再去看医生，我自己就是医生。我将把自己严严实实地包起，躲在城市的一个角落，以局外人的目光，向白房子瞭望，像个旁观者。

——《惊厥》

2002年4月整理

沧海万斛，余仅取一粟足矣

在干旱的大西北，水是命脉所系，水是头等大事。可以毫不夸张地说，在这里，有水就有一切，而没有水，一切则无从谈起。

诗人艾青在七十多年前，就曾经痛苦地吟唱道："北方是悲哀的。"同样的这句话，诗人郭小川也说过，诗人陈辉也说过。陈辉就是那个黑脸膛的抱着毛瑟枪的晋察冀边区战士诗人。北方何以悲哀？那是因为缺水。只要有水，荒漠和戈壁会重新变绿，花朵会重新开放，每一条干涸的生命都将重新生机勃勃。

要知道水在大西北的举足轻重，也许这个历史故事，就能告诉你个大概了。

公元纪年以前中国的著名的水利工程有三个，一是广西的灵渠，二是陕西的郑国渠，三是四川的都江堰。

郑国渠的渠首我去过。泾河在穿越陇东高原之后，从陕西泾阳县一个叫嵯峨山的地方跌宕而下，进入八百里秦川。嵯峨山由一堆又高又陡又尖的山头组成，狰狞万状，泾河在这里形成巨大的落差。

郑国渠工程是这样的：将泾河在嵯峨山口用一条大坝拦住，囤积河水提高水位，沿山根开凿出一条渠道，这条渠道流入关中平原以后，有一条干渠，干渠又分出许多支渠，支渠再分出许多毛渠，从而形成个蛛网般的灌溉网，灌溉着渭河以北的广袤土地。

郑国渠是如何修成的呢？说起来，这真是一个大大的历史谐剧。

战国年代，虎狼之秦采取"远交近攻"的方略，虎视眈眈，企图吞并六国，一统四方。处在秦东南面的赵国，深深感到了秦的这种军事压力。赵国满朝文武，一番商议以后，想出了一条馊主意。

赵国派了一个叫郑国的水工，来到秦国，向秦王政陈说兴修水利的好处。赵的用意是想以大规模兴修水利来消耗秦的国力，避免秦对赵用兵。赵的这一目的暂时是达到了。秦王政被郑国说动了，于是要郑国选址，开始实施。于是乎，郑国一番踏勘，最后选择了咸阳正北泾河上游的嵯峨山口，开始这个著名工程。

这渠修了十三年。这渠当然也耗了秦国的大量财力。以致在修筑的途中，令秦王生出怀疑。后来有消息证实说这确是赵国的疲秦之计、缓兵之计，于是乎秦王大怒。大怒的秦王一是要杀郑国，二是要驱逐所有客秦的六国人。

有一篇著名的文章叫《谏逐客书》，正是当时客居秦国的河南上蔡人李斯为这件事写给秦王政的谏章。这篇斑斓文字救了郑国，也救了郑国渠。当然李斯个人也得到了好处，他先是被秦王政拜为客卿，后来又官至丞相。当然，得到最大好处的是秦国，因为郑国渠又可以修了。

郑国渠就这样阴差阳错地修成了。

郑国渠的修成之日，即是秦的富强之日，即是六国亡国可待之日。司马迁在《史记》中感慨地说："渠卒，八百里秦川成沃野，秦得以富强，遂灭六国！"

你看，一条小小的渠道，就这样改变了中国的历史。如果没有郑国渠，就没有八百里秦川沃野，就没有千古帝王都西安，就没有强秦雄汉盛唐，那小学课本上的中国历史，就会是另外一个样子了。

想到这里，不由得让人倒吸一口冷气。

你看，这就是水的威力！

在大西北，水为什么奇缺呢？这里面主要是自然的原因，次要的原因是人为破坏了生态平衡。

水通常是从三方面来的，即天上落下的雨水，地面上的江河湖泊，再就是地下水。

先说雨水。大西北位于中亚细亚腹心地带，距太平洋、大西洋、北冰洋都有遥远的路程。高大的秦岭是中国内陆气候的南北分界线，秦岭挡住了从东南沿海吹来的季风，从而令秦岭以北的偌大地面长期处于干旱和半干旱状态。陕西的年降雨量是三百到四百毫米，这些降雨大部分集中在7、8、9三个月份。光秃秃的黄土高原地面，三天不下雨，就是一个旱灾；而哗哗的大雨一旦落下，山洪暴发，立即就是洪灾。黄河在宁夏河套平原上还是清的，但是一进入陕西神府地面，即成黄色。黄河百分之七十的泥沙，来自这从神府到韩城龙门的近一千公里的晋陕峡谷。

印度洋的暖流则被喜马拉雅山挡住。北冰洋越过俄罗斯的西伯利亚，越过中亚五国，偶尔地能给新疆的北疆阿勒泰、塔城、伊犁带来一点雨雪。我曾在阿勒泰草原上生活过五年。这里夏天基本上没有雨，只是每年的冬天，西伯利亚的每一次寒流都会带来一场大雪，从而令这块地面成为草原、沙漠、河流相杂的戈壁滩地貌。

陕西的年降雨量能达到三百到四百毫米，是因为太平洋的季风毕竟还能吹到一点。这就是陕西的气候较之别的四个省区要好一点的原因，亦是千古帝王之都长安能在这里建起的原因，亦是西安成为西北经济文化中心的原因。

甘肃、宁夏的情况要可怜得多。甘肃是一个长条状，兰州以东是陇东高原，苦瘠甲天下的地方；兰州以西，武威、张掖、酒泉、玉门、嘉峪关，顺兰新线摆出的这一长溜古老城市，个个都是一副黄尘扑天的面孔。如果再要往西一点，是敦煌，是疏勒河谷，是天山垭口星星峡，是罗布泊，那里更是缺水。也就是说，躲也没有一个躲处。

宁夏的面积为六万六千四百平方公里，人口为五百三十万，人口中回族占三分之一。这块地面，西边是腾格里大沙漠，东北是毛乌素大沙漠，南边是陕北黄土高原。这也是一块十分苦焦的地方。千百年来，人类之所以能在这里繁衍、生生不息，并形成一定的人口规模和"塞上明珠"银川市，原因是宁夏有我们民族的母亲河流过。正如民谚中所说："天下黄河富银川"，或曰："黄河百害，唯富一套"。甘肃和宁夏的年降水量都在二百毫米左右。

青海的情况就更糟一些了。荒凉的戈壁滩，一片连着一片，空气干燥得像要着火。海拔十分地高，令人头晕目眩，嘴唇发紫，喘不过气来。这里举目望去，满眼凄凉，像一片沉寂的死海。我在青海的西宁待了三天。这里紧靠兰州，海拔不算高，据说是二千四百米。但是我们一行七人中，有三个病倒了，作家周涛大病不起，一吃东西就呕吐，于是只好坐飞机匆匆返回乌鲁木齐。我们原来还准备去格尔木，去玉树、果洛，去阿里高原，后来只好作罢，那里才真正地进入高海拔地区。青海的降雨量是一百毫米多一点。哪有雨水能到这里来呢？这天高皇帝远的地方，这中国历史上有名的古战场。

最极端的例子当然是新疆的罗布泊了。我在几篇有关罗布泊的文章中都写到过了。

这里说的是天上的水，下面再说一说地面上的水。

中国的两条最大的河流黄河和长江都源于青海，那一块地面被称为"千山之祖，万水之源"，或被称为"山之父，水之母"。青海人自己则谦逊一些，将那里称为"中国水塔"，意即它的主要目的是为下游服务。

这两条河流一个流经中国北方，一个流经中国南方，哺育了这个多灾多难的民族。

大西北还有一些小的河流，这些河流后来都流入黄河，成为黄河的支流。只有两条河流不在此列，一个是塔里木河水系，它原来汇入罗布泊，现在则为大西海子水库所截，在塔克拉玛干大沙漠中结束了自己的行程。另一条是额尔齐斯河水系。它收容了哈巴河、布尔津河等，从中国的西北角进入哈萨克斯坦，流入西伯利亚后，它易名鄂毕河，然后流入北冰洋。

大西北的所有的河流，只有额尔齐斯河还能在春潮泛滥季节拥一河蔚蓝的河水，仪态万方地流过，其余的所有河流，都在变瘦变小，甚至成为季节河和潜流河，乃至完全干涸。

1998年的夏天，我在甘肃兜了好几个圈子。那一年没有大旱，只有一点小小的"伏旱"，结果我路经的所有河流，都已完全干涸。当你从一条丑陋的干河床经过时，你会有一种恐怖的感觉，你不明白这一带的人类将如何生存。

记得在甘肃，我唯一看到的一条活着的河流是黄河。那是在兰州附近。一架高大的陈旧的木轮在转动着，红日西沉，黄河边的那一幕景令人久久不能忘记。另一条勉强还没有干涸的河流叫湟河，它是黄河的一支支流，我是在甘青交界处见到的。

塔里木河的断流是一件叫人大大震惊的事。自昆仑山源，绕着塔克拉玛干大沙漠转了大半个圆，从一个叫阿拉干的地方注入罗布泊的塔里木河，由于20世纪60年代后期兵团人在上游修筑大西海子水库而断流，导致罗布泊干涸。此后，兵团人又连续在上游修筑大西海子二库、三库，导致塔里木河距离罗布泊越来越远，导致罗布泊成为死亡之海，成为地球生态严重恶化的极端例子。

在新疆人民的心目中，塔里木河是"母亲河"。塔里木河养育了新疆南疆一片片绿洲是一个原因，而更重要的原因是，两千年来在中国官方的权威解释中，塔里木河才是黄河的真正源头。解释这样说：塔里木河在注入罗布泊之后，水从山的另一面流出来了，这流出的河流叫黄河。第一次带给中国人这个解释的是出使西域的张骞，后来，历代王朝都尊重和延续这个解释。

最近看电视，新闻联播上说，2000年的一场大旱，是北方一百年来最大的一次旱灾。在大旱中，新疆人将大西海子水库扒开，让塔里木河水向下游干河床流去。虽然这水流只流了一百多公里便被干旱的塔克拉玛干大沙漠吸干，水流离罗布泊还有遥远的路程，但是这条新闻还是让人为之一振。

罗布泊干涸了。罗布泊北面二百公里处的艾丁湖也已经干涸。大西北还有多少湖泊干涸了呢？大约没有人统计过。

而那些尚未干涸的湖泊也正在走向干涸。比如青海湖。

青海湖的水面正在一年年缩小，青海湖的水深正在一年年变浅。在青海湖边，那位梳着许许多多根辫子的藏族牧羊姑娘告诉我，她小的时候，湖沿儿在她放牛的这个地方。

阿勒泰草原上的乌伦古湖前些年也几近干涸，好在兵团农十师人引来额尔齐斯河水灌入，才使这座中国十大淡水湖之一的塞上明珠，免于从大地上消失。

大西北地面上的水，还有什么水可以说一说么？没有了！

下来再说一说地下水。大西北的大部分地面，为一层或薄或厚的黄土所覆盖。这黄土不是在当地生成的，而是在遥远的年代里，大约一亿五千万年以前，从昆仑山上吹下来的满天黄尘，在这里囤积而成的。这决定了黄土层只是断层，地下水在黄土以下的岩石中。

有的高原上的黄土囤积达四五百米厚。也就是说，这地方如果要打井，得打四五百米深，才能打到水。

这就是为什么陕北高原、宁夏西海固地区、甘肃宁西地区，一旦遇到旱灾，人畜饮水都成问题。那地方或者根本无法打井，或者要打很深很深的井。

河谷和平原地带，地下水当然要浅得多了。但这个"浅"，是几十年以前的事了。现在随着地下水的大量开采，随着河床越拉越深，地下水是越来越深了。

记得我小时候在关中农村，居住的那个村子离渭河有五百米远，那时河里一旦发水，井水立即变成浑浊的了，从而告诉人们，地下水的水位确实和河水是相关的。那时的井，最多十米深就行了，现在那样的土井，早就干得底朝天了。现在用的是机井，得三四十米深。

陕北的榆林地区位于毛乌素沙漠南沿，这里的治沙工程取得了辉煌的成就，被联合国誉为人类改造沙漠的一个杰出典范。榆林治沙的成功，主观的原因是这里的人民辛勤劳动的结果，客观的原因则是这里的地下水位离地表只有两三米。也就是说，扒开沙子，挖个坑，水就出来了。

而别的沙漠地带则不行，树木在那里根本无法成活，因为水位太低，还因为大部分都是盐碱水。

不过在世界最大的流动沙漠塔克拉玛干大沙漠，新疆水文地质队向我们报告了一个天大的好消息：这片大漠下面有一个淡水湖。

它的储量相当于长江一年的流量。这消息叫人振奋。

以色列人在干旱的沙漠中成功地生产出了粮食。有淡水，有钾肥，有充足的光照，便可以进行无土栽植。这叫"以色列农业模式"。这个模式完全可以用到塔克拉玛干大沙漠。这里有地下水，抽出来就是了；这里的近旁是罗布泊，罗布泊有取之不竭的钾盐；而新疆的阳光更是灼灼烤人。

以上谈的是大西北的水资源，我们对天上的水，地面上的水和地下水，来了一通宏观的扫描。这番扫描所得出的结论令我们沮丧和恐慌，大西北的缺水已经到了如此严重的程度。

若说整个世界在闹水荒，整个中国在闹水荒，那么，大西北的水荒已经到了危及人类生存的地步。或者换言之，人类已经几乎在这块土地无法生存了。

查查大西北各地的地方志，你会感慨地发现，大西北的历史，一半是饥饿史，一半是战争史。"天大旱，乡民易子而食""城破，血流漂橹"之类的话，不绝于耳。啥叫"易子而食"？就是人们饿得眼睛绿，要吃人了，可是又不忍心吃自己的孩子，于是互相交换着吃孩子。那是怎样的一幅悲惨图景呀！

这样的事离我们并不遥远，最近的一次发生在1929年。就发生在陕北，发生在甘肃陇东，志书上有记载。明朝崇祯年间的那一场大旱，更是导致了斯巴达克式的陕北英雄李自成的揭竿而起。

1929年的那一场大旱，据说要严重过崇祯年间的大旱。我查阅陕北各县县志，各县县志对那场大旱有着触目惊心的描写。可以说，革命在陕北的风行，刘志丹、谢子长组建红军武装，实行革命割据，与这场大旱有直接关系。

斯诺在《西行漫记》中，则记载了甘肃陇东大旱的恐怖情景。他引用的资料应当说是权威的，因为那是国民党官方报纸上的说法。资料说，在大旱中，甘肃人口死亡率达到六成到七成。有一半以上的人口死亡了。我们能想见那赤地千里、饿殍遍野的恐怖景象。

后来，国民党政府有个水利专家叫李仪祉，留欧归国后主持修铁路、修桥梁，在这场大旱中又回到他的家乡来整修郑国渠。经过整修的郑国渠后来易名"泾惠渠"，现在还是关中平原上最主要的灌溉设施。李仪祉的墓园在郑国渠一个叫张家山的地方。

经历过1929年大旱的人，现在还有许多人活着。活着的老人们一提起那一场西北大旱，都会谈虎色变。人们将那一场大旱叫作"民国十八年大年馑"。

1995年和1996年上半年，大西北地面有一年半的时间没有下雨。这样便就有了一场大旱。媒体报道说，这次大旱要超过1929年那场大旱。所幸的是，由于政府的呵护、群众的抗灾自救，这场大旱没有死人。

2000年，媒体说，中国的中西部遇到了一百年来最大的一次旱灾。这句话的潜台词是什么意思呢？我听明白了，它的意思是说，这场大旱要超过1929年和1996年那两场旱灾。

我居住在西安，西安这地方要好一点。我不知道东边的河南和西边的甘肃已经旱成什么样子了。前几天有个《南方周末》的记者到我家里来，他刚刚采访完河南的旱灾，告诉了我那里河流断流、土地龟裂的情景。

今年春天刮过好多次的沙尘暴，且一次比一次猛烈，简直是飞沙走石，遮天蔽日。看来，中国北方，的确干旱得厉害。

北方是悲哀的！悲哀的北方呀！

在这样恶劣的自然条件下，不要说进取、发展和积累财富这些字眼了，能够吃饱肚子，能够不至于在一场接一场的年馑面前饿死，能够延续香火，延续人种的生生不息，就是叹为奇观的事了。

千年纪交之际，我曾经为报刊写过一篇《我为人类祝福》的文章。我说，在北方，生存本身就是一场苦难，每一个人一旦呱呱落地，他就肩负着一个苦涩而庄严的使命，这使命就是如何使自己活下去。

前一向，我到网站聊天室去过一次。当一位网友问我是不是因为西部大开发才写这些西部题材的作品时，我说："即便没有这个西部大开发，西部人也照样要活，西部的作家也照样要写作，是不是？"

而当另一位网友信口说出"西部太穷了"的话时，我有些恼怒。那时已经晚上八点了，我还没有吃饭，正饥肠辘辘。我说："如果你是在打着饱嗝说这句话的话，那我将不能原谅你。当我从西部的土地上经过时，人类那苦难的然而又是英勇卓绝的生存斗争精神，总令我肃然起敬！"

我说的是真心话。我的感情是真实的感情。我还没有学会做作。

这几年，在我的大西北游历中，足迹到处，接触到许多官员。在对他们的访谈中，他们谈的最多的话题是水，谈的最重要的话题仍然是水。一旦接触到水这个问题，他们立即会掰起指头，如数家珍，为你介绍该地区的水的情况。一圈采访下来，我的记事本上满纸是"水"。

陕西省的领导谈到21世纪陕西农业上新台阶，谈到水利是农业的命脉，谈到陕北堪称伟大的山川秀美工程，谈到陕北的窖，关中的井，陕南的塘。

宁夏回族自治区的领导谈到龙羊峡，谈到刘家峡，谈到青海的"固海扬黄"工程，谈到移民一百万、开二百万亩荒地、投资三十个亿的"一二三"工程。宁夏的西海固，是天底下最苦瘠的地区，宁夏人采取了三条措施，实现脱贫：一条是引来黄河的水，这叫"固海扬黄"工程；二是打旱窖，修梯田，盖地膜；三是移民吊庄，搬出一户，宽松两户，富裕三户。

甘肃在水的问题上，先行了一步。他们前几年就搞了个很大的工程，好像是将洮河水引入干旱的定西地区，这工程好像叫"大秦工程"。我们去时，他们的另一项巨大水利工程正在实施。即打通祁连山，引来黑河水，进入金昌市。那个山洞已经打了好几年了，打洞子的工人告诉我们，还得再打三年，才能将祁连山打通。

青海省的领导对长江源和黄河源的生态环境十分重视。谦逊地称这里是"中国水塔"，是为下游服务的，要对这个民族负责，对国家负责。青海也在进行着声势浩大的移民工程和沙漠草原改造工程，青海湖的治理也正在着手进行，恕这里不一一赘述。

新疆维吾尔族自治区的领导最引以为得意的是新疆的改水工程……这项工程令维吾尔族老百姓结束了世世代代吃涝坝水的历史，开始吃上了洁净卫生的自来水。我们在南疆重镇和田采访了一户维吾尔人家，长胡子的维吾尔老人一提起这件事，就赞扬共产党伟大。李瑞环同志曾到过他家，考察这个改水工程进入农家的情况。老人拿出他和李瑞环同志的合影让我们看。

一位叫陈明勇的年轻地质学家告诉我，在一亿五千万年以前，正如中国的东面有一座太平洋一样，在中国的西部亦有一座大洋，它的名字叫准噶尔大洋，现在的新疆大部分，现在的中亚五国，那时正是这座大洋的洋底。后来大洋浓缩成海，叫蒲昌海，后来大海浓缩成湖泊，叫罗布泊。1972年，罗布泊完全干涸，变成现在的盐壳沙漠地貌。

大西北真的曾经有个海吗？我们真的都曾经是海边的孩子吗？

望着莽莽苍苍的大西北，满目疮痍的大西北，干旱的大西北，"滴水贵如油"的大西北，我不敢想象。

今晚上让我做一个梦，梦一梦那曾经有过的大西北的海。沧海万斛，余仅取一粟足矣！

2001年6月

陕北高原的河流

陕北高原由两条水系统领。一是无定河水系，一是洛河水系。两条水系的分水岭是位于定边县与吴起县交界处的柠条梁。这柠条梁就是陕北说书艺人三弦开篇中那个"柠条梁的家狗大如牛"的柠条梁。

独立于两条水系之外的是位于神府地面、从草原与沙漠流来的窟野河、乌兰木伦河。

大西北的生态在20世纪的后半叶，尤其是近十年中，遭受了毁灭性的破坏。在大西北的几乎所有河流都断流和接近断流的情况下，陕北高原上的河流还没有完全断流，这是值得庆幸的地方。但是，覆巢之下安有完卵，这些河流也都日渐瘦小，日渐浑浊，仅靠最后的一点水量维系着。

不久前，因纪念《在延安文艺座谈会上的讲话》发表五十八周年，我采风重回延安。延河较之十年前，又瘦小了许多，只是一股小小的溪水，在宽大、裸露、丑陋的河床中，弯弯曲曲地流着。老乡们说："延河在十年前，还能淹死人哩，现在河水只到脚面上了！"

延河曾有一次发大水，那是1977年7月6日。洪水的水位高出延安大桥许多，北关、东关都被水淹了。那时我刚从部队复员回来，带领一支民兵小分队，在延河大桥上值勤了半个月。大水是由于连日大雨，延河上游的几千个土坝决口引起的。

关于河流的记忆，还有一次。20世纪50年代修延河大桥的时候，我还是一个孩子。我坐在清凉山万佛洞下面的家门口，听那些石匠一边錾石头，一边唱着凄凉的歌。那些石匠一部分是民工，一部分是莲花寺劳改农场的犯人。那时候的延河才叫河呀，水十分得清，水量也大。

关于洛河，我也有一些记忆。小的时候，我在洛河岸边也待过几年。那时洛河两岸的植被还相当好。河水也较现在大得多。记得，我们常到一个叫湫家沟的小沟去打柴。湫家沟有一个小河，河每隔一段有一个蓝汪汪的水湫，湫里鱼很多，能看见鱼在水中游来游去。鳖也很多，中午的时候，鳖排着队到岸上来晒盖。这条小河现在是完全干涸了。湫家沟成为油田的一个家属区。

唐代诗人杜甫当年住家的羌村，则在与湫家沟毗邻的另一条沟里。1985年我去宪村参观，当贺玉堂站在光秃秃的山上，唱陕北民歌《赶牲灵》时，我突然记起，这条拐沟我小时候也砍过柴，那时候山上满是林木，竖着"少陵旧游"碑刻的那个地方，当年还长着一些柏木，石刻底下是一汪深潭。当然现在，羌村及其左近地面，什么也没有了，满目黄土而已。

在这个早晨，我应邀写下这一点文字，记忆我印象中的陕北河流。末了，我想强调一点的是，河流的干涸和瘦小，最近这十年中最为严重，如果以这样的势头发展下去，陕北地面上的河流像甘肃的定西地区、像宁夏的西海固地区那样的完全干涸，不是不可能的事，甚至，我们这些人在有生之年就能见到。

2001年3月

棒 喝 西 安

西安电视二台要拍一部《话说西安城墙》的专题片，约了一群人去对着镜头神侃。我也去了。面对主持人的诱导，我说，关于西安城墙，我怎敢有半句不恭之词，那是伟大的城墙，辉煌的城墙，西安人引以为傲的城墙，代表着西安历史文化的城墙。对于它，我只有顶礼膜拜的份儿才是。

主持人说，说城墙并不是实指城墙，而是想说一说西安人的故步自封意识。主持人又说，仁者见仁，智者见智，先生如果有不同的意见，说出来，只要有理，也算一家之言。主持人还说，西部大开发，西安成为一个焦点，面对紧迫的时势，难得的机遇，我们该猛击自己一掌，奋力前行才是。

这话说得何等好啊！能说这样大气的话，证明西安人是聪明了，西安的媒体是进步了。记得聪明的四川人前几年组织了一场大讨论，检讨自己的"盆地意识"。记得聪明的宁夏人前两年也组织了一场"宁夏在哪里"的大讨论，天远地偏的宁夏人深深恐惧在世纪之交的经济大潮中，自己有被淘汰出局的危险，于是全民讨论以自警。那时我就想，盲目自大的陕西人，什么时候能有这种自省意识呢？

这样我也就口无遮拦，对着镜头说起来。当然我是在三呼西安城墙的伟大之后说的。这是个前提，不能马虎。

随后我说，十多年前，大连市在拆院墙。大连市政府号召，将市内所有的院墙全部拆掉，让海风吹进来，让院内的花草显露出来，让大连成为北方香港，让大连成为花园城市。大连市政府还率先示范，从自己的围墙拆起。几乎在同一个时间，在遥远的大西北，西安人却在修补城墙，决心与城墙共存亡。有一句老话叫"抱残守缺"，而西安人岂止是抱残守缺，简直是"修残补缺"了。这就叫开放性思维和封闭性思维。而这两种思维带来的后果则是大大的不同。十年前我们或许还看不出什么，十年后，大连经济高速发展，一跃成为中国经济十四强城市之一，西安经济则发展缓慢，裹足不前，该是大家都一目了然的事了。

这是我关于西安城墙说的第一段话。这段话的意思，当然也不是实指城墙，而是将大连与西安两两比较，一个画地为牢，一个敞开门户，两种思维两种结果。

我说的第二段话是用了俄罗斯文坛一件著名掌故。

俄罗斯19世纪中叶有个著名的作家叫屠格涅夫。屠格涅夫说过许多令人警醒的话，例如他说过："一想到长长的庸俗的一生在等待着我时，我就不寒而栗。"例如他还在《门槛》这篇小文中塑造过著名的俄罗斯女郎的形象，这形象曾被鲁迅先生接过来，塑造出孤独的中国《过客》形象。

就是这个屠格涅夫，曾提出一个著名的"猪栏的理想"的说法。那说法和前面的思想是一脉相承的，只是锐利一些罢了。那话是说："猪的最高理想一是吃饱肚子，二是在吃饱肚子之后，打着饱嗝，呼呼大睡！"

对着摄像机镜头，我口中呜啦了一阵，冒天下之大不韪，将屠氏的"猪栏的理想"这一说法说出来。说完以后我说：我家住在西安北郊，每天上班下班，都要从北城门穿过。每一次从拥拥挤挤的北城门穿过时，望着这四方城，望着这城门，望着这如蝼蚁如草芥的芸芸众生，我就想起屠氏的"猪栏的理想"这一说法。

我说，我不敢说我居住的这四方城像一个大猪栏，我也不敢说居住在这城市中的高贵的市民是猪。我的饱食终日无所用心的生活像猪，我只敢说我自己是猪，我的如行尸走肉般的生活像猪，我的得一餐温饱则不思进取的生活像猪，我的碌碌无为的一生像猪！

我上面说的这些话电视上居然放出来了，这叫我惊讶！这叫我明白了西安正在变成伟大的西安、虚怀若谷的西安。原谅我的这种激烈的感情吧！

文化人大约都是这样的，喜欢把一件事直逼极端。文章写到这里，我想起拜伦那热血沸腾的吟唱："美丽的西班牙，风流的圣地，阿希乔高举过的义旗在哪里？"同样是拜伦，面对古希腊，这样唱道："菩提树下舞蹈着我们的姑娘，面白如雪面红如酡，一想到这样的乳房要用来哺育奴隶，我的眼睛就为眼泪所迷！"对希腊，拜伦还这样说："希腊啊，蒙受你恩惠最深的人，爱你却爱得最浅！"

此一刻，我还想起20世纪五四运动后期一位叫蒋光慈的诗人《哀中国》中的两句：我要倾泻东海之洪波，洗一洗中华民族的懒骨！

话题到这里，算是扯远了，那么再回到本文中来。

对着镜头，我说的最后一段话是这样的："两千年前，西安就是与古罗马城并称的，位于世界东、西两端的两个大都市；二百年前上海不过是东海边上的小小渔村；而二十年前，深圳不过是沿海的一个荒凉小镇。但是皇历翻到今天，在上海与深圳这两个高速膨胀的城市动物面前，我们只能长叹一声说，西安是大大地落伍了！"

这段话里面包含着许多的内容和许多的感情色彩。当这话由一个土著的西安人说出时，不管怎么掩饰，那里面总有一股酸溜溜的滋味在内。

西安是大地方。小学课本上的中华民族史，其实有一大半就是西安的历史。强秦、雄汉、盛唐，光这三个盛世就令人须千秋仰视才对。然而，西安如今已风光不再，只有曾孕育这块平原、这座千古帝王之都的渭河依然滔滔而东——行人莫问当年事，故国东来渭水流。

西安的失落有许多的原因。这些原因我们姑且不去管它，因为在这篇文章中，我们主要是自省自己。

关于西部大开发，我这一阶段写了好些的文章，并且还出了一本关于罗布泊的书。在这些文章和书中，关于东、西差距，关于贫困的西部，关于生态，等等，我都作了一些探讨。但是在这些有限的探讨中，我更多的是强调外部因素。在写作的过程中，我就明白，仅仅强调客观，是不公允的，我们必须自省。

那时，我就决定至少要写两篇自省式的文章。这文章一篇叫《棒喝西安》，一篇叫《惰性的西部》。很好，我的构想今天终于落实到纸上，这叫我高兴。

我们不应当画地为牢。我们不应当故步自封。我们不应当被各种莫名其妙的固定思维模式束缚。我们该玩点真活了。

我们生活得多么窘迫呀，我们的处境多么尴尬呀！邓小平说："不管白猫黑猫，抓住老鼠就是好猫。"邓小平还说："发展才是硬道理。"这些话算是老话了，但是还是有必要每天给西安人讲一次。

官方的统计，西安有三十万的下岗工人。这些下岗工人是如何生存的呢？我时时听到一些传闻，这些传闻每一次听到都令我心惊。广州、上海的下岗工人，每个月都有二百块钱左右的补贴，我们的在岗工人一个月的工资也就是二百到五百，下岗工人好像是什么也没有的吧！他们是怎么生存的呢？而且这些下岗工人一般都全家（或夫妇）在一个单位，单位倒闭，全家也就都下岗了。

我的一个亲戚，老两口退休在家。退休金是每月八十元钱。可这八十元钱，根本不发。去年春节，老工人们到厂里闹腾，后来只给了一个月的。今年春节，老工人们又串通着去要钱，我这位亲戚说："算了，不去了，来回坐公共汽车，得花钱，折腾上一阵，要上八十块钱，也没意思。"春节期间我去看她，家中家徒四壁，十分凄凉，唯一有一点过年气氛的是，用油炸了几个面叶。这就是几乎十分之一的西安人目前的生存状态。

面对这种种种，我能说些什么呢？我们只能感慨中国的老百姓真好。为了迎接西部大开，为了能真正地投入西部大开，我们先应该做到的，是要有一个好的投资环境。

西安的投资环境是怎样的呢？据说浙江的温州流行一句话："罚你到西安经商去。"这话虽然是笑话，但西安举步维艰的投资环境，这里却也说出了一些实情。我的一位姓聂的外地朋友，在西安引进韩国投资，办了个度假村，最后，一个人夹了皮包，坐飞机走了。他应付不了这门里窗里涌来的各种事。临上飞机时，他落着泪说："将这几千万留给你们西安吧！"一位在政府部门供职的朋友还给我谈过这样一件事。一个台湾老板，投了一笔大资金，在西安征了一块地。地刚到手，楼房的图纸刚刚出来，各个收费单位便蜂拥而至。卫生防疫部门对着这还是图纸的大楼，以每平方米放三包老鼠药，连续放三年计，要这老板交十五万元投放灭鼠药的费用。拿着交款收据，老板哭笑不得：楼在哪里现在还不知道哩，这十五万块钱的老鼠药往哪放哩！这事后来经过通融、请饭，象征性地交了点钱，才算了事。

我的朋友，《中篇小说选刊》的章世添先生，前一段日子到西安来。他说，香港一位老板，腰揣巨资，到西安来过二十次，想抢滩投资，可是找不下项目，或有了项目不敢贸然下手。

不要说外地人，就是西安人在西安经商也不容易。我的一位姓徐的作家朋友的儿子，在建设路开了个小饭店。开张半个月，每天平均来三拨收费的，这些收费的名目奇奇怪怪。有的是来收待业青年上岗费的，理由是你现在算是有了工作的，上岗了，所以要收待业青年上岗费。有的是来收外地人口滞留费——你雇了几个外地人，三十个嘛，每人六百元，三六一万八，请先交一万八。还有一个名目叫国防费：解放军为我们保卫祖国，请交国防费！朋友的儿子是小本生意，哪能交得起这些费用。

"要钱没有，要命一条！"朋友的儿子面对这不断上门的收费者，这样回答。

好在他是本地人，耍赖还能耍得过去。如果是外地人，谁知道他们怎么办。难怪温州人那么说。

在习以为常、见怪不怪的生活中，确实有许多值得我们深思和反省的东西。正是这些东西制约了西安的发展。我这里是三齐王乱点兵，点到投资环境这一点，且只做到点到为止而已。

西部大开发，西安这座西部大都市是应当有所作为的。这是机遇，这同时也是责任。它应当成为龙头，带动西部经济的发展。它应当成为一个支点。就像阿基米德说的那样：给我一个支点，我可以撬起地球！

这西部大开发的支点在西安。俗语说"一石激起千层浪"，这一石落下的地方在西安。西安经济的强劲增长将带动西北诸省区经济的增长，将刺激西南诸省区经济的增长。

江泽民同志正是在西安这个地方掷地有声地说出"西部大开发"这五个字的。在这场民族的世纪工程中，西安将重塑辉煌。它有一千条理由这样做，而没有一条理由不这样做。护佑我们吧，列宗列祖！

有一天，我们富裕了，腰里有点闲钱了，家里有隔宿之粮了，那时，闲适的我们将踱上西安城墙，盛赞八百里秦川的良辰美景，盛赞西安城墙这一东方文化景观。

吃饱肚子之后的赞美，才真实得多，有力得多。

2001年9月

打 开 陕 北

2000年的11月17日，是作家路遥逝世八周年的忌日。这日中午，我正躺在床上假寐，眼前浮现着路遥临行前那凄楚的笑容，脑子里想着路遥生前的一些事情。这时电话铃声突然大作。电话铃声把我吓了一跳。

电话是上海某出版社的一位女编辑打来的。她要我写一篇关于陕北人的文章，她说在广袤的中国地面，一个地方和一个地方的人绝对不同，它们是文化的产物，是历史的产物，比如陕北，能将大文化背景下的陕北人写出来，肯定是一件有意思的事情。我很痛快地接受了张编辑的约稿。痛快的原因一是我很迷信，我怀疑电话铃此一刻的响起绝对与路遥有关。原因之二则是我正想谈谈路遥，现在好了，这个关于陕北人的话题即从路遥开始。

陕北是一块苦难的土地。我常常想，上苍造这么一块土地，并且让人居住，大约就是为了让人们受难。如果你出生在富庶的南方，那么无论生活怎么清苦贫贱，青山绿水毕竟会给你一丝世俗的悠闲自在。但是在苦难的陕北，每一个生命来到人间，它的同义词就是"受苦来了"。从呱呱落草那一刻起，你就得肩负着一个沉重的使命，这个使命就是使自己活下去。

"猪娃头上还顶三升粗糠哩！"这是每一个陕北人来到人间满月那天时，闻讯赶来的说书艺人为孩子说出的祝福的话。这话是说，既然你来到人间了，你就有理由有自己一份活命的口粮，而这口粮是从命里带来的。

埃德加·斯诺曾经望着这陕北拥拥挤挤的黄土山峁，感慨它是风神的杰作，是抽象派画家的胡涂乱抹。他悲哀地说："人类能在这样恶劣的自然条件下生存，简直是一种奇迹。"

路遥出生在陕北清涧县一个贫困的农家，七八岁那年，父亲一路乞讨，顺清涧河而下，将他交给先期逃荒到延川的伯父收养。随后父亲又采取同样的方式，将路遥的几个弟弟，也先后送到这里。记得路遥曾经热泪涟涟地为我讲过他当时的那种感觉。路遥说：太阳就要落山了，天快黑了，父亲说他要走，他哄路遥说，只是在这里住一段时间，待大年馑过后，他会来接的。路遥那时便已经明白，父亲已经把他永远地过继给伯父了，但是，他没有把这一层说穿，而是懂事地点点头，然后他看着父亲，佝偻着腰，慢慢地转过山坡，消失了，远景只留下一面有着凄凉的阳光的山坡。

我不知道这个陕北高原的普通黄昏，这面凄凉的山坡，曾给少年路遥留下怎样强烈的刺激，但是我敢断言，它给后来路遥性格的形成，一定产生了重要的影响。

产生重要影响的还有另一个黄昏。尽管有人认为不应该写这一个黄昏，但是凭着我对路遥的友情，我觉得应该写，因为它同样是影响路遥性格形成的重要的东西。我认为我有责任把它写出来，我还认为九泉之下的路遥一定也是抱着赞赏的态度看着我写的。

路遥饿极了，而班上的那个干部子弟，书包里总装着一块白馍。这干部子弟吃馍的时候，看见了路遥的眼馋。于是他说："你学一声狗叫，我扔给你一疙瘩馍吃！"于是在这个陕北高原的黄昏，在延川县立小学的操场上，人世间最为悲惨的一幕就发生了。

那个黄昏不是一个普通的日子，苏联加加林少校驾驶的宇宙飞船，在登月的途中，将从这座贫困闭塞的县城上空经过。这是老师告诉少年路遥的。而少年在经历了刚才那一幕屈辱以后，在所有的孩子都离开操场以后，他还呆呆地站在那里，举目望天，泪流满面。终于，一颗飞翔的星星从山坡那面转过来了，驶过他的头顶。

许多年以后，路遥将他的成名作《人生》中的主人公，叫作"高加林"。

而他将《人生》的菲薄的一点稿费，带回清涧老家，为父亲圈了三面石窑。"我圈石窑的目的，是要对着世界大声说：父亲的儿子大了！"这是窑圈成后，返回西安途中在延安暂住时，路遥对我说过的话。

这里不谈路遥了，这个话题过于沉重。好在关于陕北，关于陕北人，我们要谈的话题实在是太多太多。

一亿五千万年以前，从昆仑山上吹下来的一场大风，囤积成如今的黄土高原。嗣后天雨割裂，水土流失，形成这陕北黄土高原山沟深陷、山梁纵横、山峁高耸的支离破碎景象。陕北高原目下居住着四百五十万人口，或者如我在文学作品中渲染的说法：四百五十万现代堂吉诃德，居住在这块苍凉高原上，一代一代地做着他们征服世界的梦。域内最高的山应当是位于三边地区（定边、安边、靖边）的柠条梁。它是分水岭，山南是洛河流域，山北是无定河流域。陕北地面，基本上是以这两条水系为统领。自然，两条水系之外，接近内蒙古地面，还有两条散散漫漫的独立河流，那就是窟野河和乌兰木伦河。

陕北高原往正北方向，与内蒙古接壤。接壤的地方是内蒙古的鄂尔多斯市和巴彦淖尔市。陕北人习惯上称那里为北草地。往西北方向，出三边，过盐池，则进入富庶的宁夏河套，陕北民歌中凄凄惨惨地唱到的《走西口》，说的正是这地方。

陕北高原往正南，出金锁关，便进入富庶的关中。

往正东，隔黄河相望，则是山西。陕北高原与晋西北高原，原本是连在一起的。黄河中分秦晋高原，从黄土中勒了一道深深的渠道，自白马滩奔涌而出，从而给这一段地面留下蔚为壮观的秦晋峡谷风貌，留下举世闻名的大瀑布——黄河壶口瀑布。

陕北高原的正西，值得特别地大提一笔。一条险峻的大山脉中分陕甘、横亘高原。这条山脉叫子午岭，据说是昆仑山的一支余脉。而黄帝陵，则建在子午岭向东南伸出的一条支脉上。

在这子午岭陡峭的山脊之上，有一条秦始皇时修筑的"高速公路"——秦直道。道路起自西安附近淳化县的甘泉宫，终至包头南八十华里的九原郡，是与万里长城并称的另一项浩大工程。领军修建这秦直道的乃是大将蒙恬。蒙恬当时的驻地在今天陕北的绥德县。蒙恬、扶苏遇害，最后也埋在这里。绥德县城里现在有蒙恬墓、扶苏陵存世。

有理由相信，当年马蹄哒哒、胡笳声声的昭君出塞，走的正是这秦直道。还有理由相信，正是这条家门口的"天道""圣人条"——陕北人对秦直道的民间叫法，刺激了陕北英雄李自成的勃勃野心。这条道路，自修成以后一直在用，虽然元朝、清朝年间，由于成吉思汗的铁骑所向，由于战争血流漂橹，陕北人种几近灭绝，但是战争过后，这条为蒿草所掩的道路仍在使用。就是20世纪30年代后期，许多进步青年奔赴延安，走的仍是这条断人稀的道路。

既然前面谈到了昭君，谈到了昭君出塞，那么现在，让我们延续这个话头，来谈一谈陕北人种的形成和衍变。要了解陕北人的性格，这是一把重要的钥匙。陕北人性格中的堂吉诃德式的梦想激情，斯巴达克式的目空天下，一切皆来源于它。当一个高贵的马上民族有一天脱离了马背，而必须在大地上匍匐行走时，高傲的性格和卑微的境地所形成的反差，会日夜撕裂着它的胸膛。

昭君嫁给了南匈奴王呼韩邪单于。呼韩邪死后又嫁给呼韩邪的儿子。昭君出塞导致了南北匈奴的分裂。北匈奴开始他们悲壮的迁徙，公元二三世纪时候到达黑海、里海，公元5世纪时匈奴的一部分到达多瑙河边，形成现在的匈牙利民族。南匈奴则在陕北高原永远地羁留下来了，成为今天陕北人种的基本组成部分。

这以后一些年，陕北高原上出现了一个重要的人物，这就是赫连勃勃。赫连勃勃建立的大夏国，成为中国历史上"五胡十六国"之一胡。专家姬乃军先生考证，这赫连勃勃极有可能就是王昭君的直系后裔。

赫连勃勃在陕北的靖边县筑统万城，成为他的都城，又曾攻克延安、西安，改这些城市为小统万城，意即他的陪都，其气魄不可谓不大。他筑的这统万城，如今称"白城子"，沙漠覆盖中尚有城的轮廓可寻。据说赫连勃勃这统万城的城墙是用糯米熬成浆，掺上黄土浇灌的。城墙修好一段后，便令监工用锥子来刺，锥子若刺进城墙的话，便杀筑城的民工；若刺不进城墙，便杀这使锥子的监工。赫连勃勃的残忍，可见一斑了。

赫连勃勃这一股潮水后来流到了哪里？眼望历史深处，我们茫然不知。我们只知道，陕北的延川县有一个赫连勃勃墓。这延川，就是后来路遥过继给他伯父的那个延川。其实延川和清涧，距离并不远，在历史上常常合成一个县，最近的一次合并是在1958年。因此可以说，路遥家族也就是那一块地面上的人。如果让我们大胆地设想一下，他们说不定会有什么联系的！望着路遥的相貌，望着路遥的罗圈腿，望着路遥两个耳朵里凭空生出的那两撮长毛，我常常对他说：你他妈的肯定是匈奴的后裔！

不过公认的匈奴的（或者说赫连勃勃的）后裔应当是姓刘。这个知识是已故前辈作家刘绍棠告诉我的。刘先生故世前，见到我的长篇小说《最后一个匈奴》之后，曾经给我捎来信说：民间传说"天下匈奴遍地刘"，因此，他的祖上很可能是匈奴。他还说，他写过一个《一河二刘》的小说。

这说法大约是有些道理的。刘先生的桑梓之地幽燕大地，那时候也该是匈奴的牧场，六畜所依之地。

赫连勃勃为什么姓刘？这源于一段史实，正史上有记载。赫连未称帝以前，曾依附于长安城中的一个刘姓皇帝，皇帝于是赐他刘姓，所以赫连勃勃在一段时间以内，曾以"刘赫连"自称。称帝之后，他弃了"刘"姓，又给"赫连"后面，加上"勃勃"二字。这是一段史实。

我的朋友，陕北籍作家刘成章先生，亦以为自己的家世和匈奴有些关系。一些年前，刘成章曾去罗马尼亚访问，当他说出南北匈奴这一场渊源，并说他身上很可能就有南匈奴的血脉时，只听见一声尖叫，从屏风后面跑出罗马尼亚作协主席的妻子。这女人是匈牙利人，她紧紧地拥抱住刘成章先生，唏嘘不已。我曾经在一篇文章中说，此一刻，世界上也许有许多重要的事情发生，但是无论哪一件事情的发生，也没有这对异国兄妹在越过两千年的时间、几万里的空间的这一抱，庄严、苍白、美丽和惊心动魄。

刘成章是延安市人，他至今还活跃在中国文坛上。他的散文作品，粗犷、朴实、大气。

刘成章的娘舅家在陕北米脂。米脂那个地方是个出美女的地方。记得，刘成章的表妹，就身材高挑，面白如玉，天生一副高贵气派。那时这姑娘在报社做排字工，我是编辑，我常常动员她去演个电影什么的，肯定把现在那些明星们都"杀倒"了。这姑娘被我说得心动了，于是到西影厂去应聘，考试的人说，光凭漂亮的脸蛋就能演电影吗？一句话呛得这姑娘只好又回去继续她平凡的人生去了。

话题既然撺到这里了，那么让我们先暂停"匈奴"这个话题，专门来谈谈陕北的女人。这是一个我多么愿意谈的话题呀！此刻，当笔刚带着我走到这里，我的眼前就浮现出那山野上一朵朵怒放的野花。其实，在前面提到四大美人之一王昭君的时候，我就想说四大美人的另一个貂蝉了，只是由于行文的轻重缓急，一时插不上嘴，那么我放在这里说。

貂蝉是米脂人。貂蝉一出生，她的美便把自然界震慑了。文化人造出"闭月羞花"一词儿，就是为貂蝉造的。据说貂蝉出世时，月朦胧，花三年不发，这大自然的异象将貂蝉的父母吓坏了，以为自己生下了一个怪孽，于是将貂蝉用一张狐狸皮裹了，扔到城外。貂蝉的名字就是这样来的。据说，当时城外恰好有一只母狐狸丧子，于是循着呱呱的婴儿哭声找来，随后这只母狐把貂蝉背进窝里，用自己的奶水将貂蝉养大。

貂蝉是米脂人，另一个赳赳武夫吕布则是绥德人，两个县毗邻。因为这个缘故，所以陕北民谣中有"米脂的婆姨绥德的汉"一说。民谣还有下一句，叫"清涧的石板瓦窑堡的炭"，则是对这两个地方物产的赞美。

在《三国演义》中，吕布似乎是一个没有名堂的人物，但是当代作家周涛在他的《游牧长城》中，曾对这个人物给予了最高的礼赞，他称是伟丈夫、真男儿，他把吕布寻找不到用武之地，以至寻找不到归宿，看作游牧文化在面对农耕文化时必然的悲剧性结局。

"一十三省的女儿哟，就数兰花花好！"过去的陕北人认为天下一共有十三个省，所以如是说。确实，陕北的女人也许是我见过的中国所有地方中最美丽、最热烈、最真诚的女人。这也许与种族渊源有关系，与她们的祖上的马背生涯有关，与她们没有受过儒教文化那些矫揉造作的熏陶有关。每当想起俄罗斯"十二月党人"的妻子们陪着她们的丈夫踏上流放西伯利亚的长途时，我就想起陕北的女人们。我相信陕北的女人也能做到这一点。

陕北女人们唱出的那些火辣辣的情歌，也许是我们民族文化宝库中最珍贵的部分之一。等待情人到来时，"隔窗子听见脚步响，一舌头舐破两层窗"。作闺中幽怨时，"这么大的锅来哟直下了几颗颗米，这么旺的火来哟还烧不热个你"。即便是那些所谓的革命民歌，在宣传的意味之外，陕北的女人们也赋予了它们许多的真情。例如"自从哥哥当红军，多下一个枕头少下一个人！"例如"革命队伍里人马多，哪一个马屁股还驮不下个我！"等等。

美丽之外，热烈之外，真诚之外，陕北女人身上还有一种异样的气质叫"大气"。我永远也不明白，那些一生甚至连自己那一条山沟也没有走出过的农家妇女，她们身上的那种大气是从哪里来的。记得我当年还在报社的时候，一个记者下乡回来后告诉我，他说当他穿过拥拥挤挤的山峁，进入最偏僻的陕北农村时，扬头一看，看见远处的硷畔上站着一个陕北婆姨。婆姨穿一件大襟袄，怀里端个簸箕，正呆呆地望着天空出神。"你在看什么呢？"记者问。"眺世界！"女人回答。"眺世界"这句话当时曾引起这位记者深深的惊讶，而当记者将这句话转述给我时，亦引起我深深的惊讶！我在当时想起传说中的玛雅人热泪涟涟地望着天空，渴望天外来客将他们接回自己故乡的情景。后来在读路遥《人生》的时候，"高加林"这几个烫眼的字又让我想起陕北婆姨的"眺世界"

这句话。

在平淡卑微的生活中，在庸俗的地形地貌的重重包围中，在匍匐行走的人生中，陕北人会暂时地停下来，眼光脱离大地，眼光从平庸和苦难中错开，而瞻望岁月。而女人在这瞻望中，为了掩饰自己，通常要端上一个簸箕，找个托词，佯装着是在簸粮食。

"瞻望岁月"是台湾诗人商禽《长颈鹿》中的一句话。诗中说，狱房中有一个高高的窗子，犯人们每天伸长脖子，朝窗外看，以至都变成了长颈鹿。新来的年轻狱卒，不解其中的缘故，表示惊奇，于是老狱卒对他说，那是由于他们在"瞻望岁月"的缘故。

行文至此，我突然想起另一个陕北女人的故事。

这女人叫白凤兰，人们称她是"农民剪纸艺术家"。她曾手中拿着那剪纸的小剪刀，去中央美院讲课，还曾去法国巴黎参加万国博览会。她同时又是一个大字不识的最普通最卑微最贫穷的陕北农家妇女。1987年，我曾经陪中央电视台一个摄制组，前往她的家中为她拍过专题片。她的家在安塞的杏子河川，即张思德烧火炭时被窑塌死的那个地方。

那天晚上的拍摄中，面对镜头，这位农家老太婆表现得那么从容自若，让人惊叹她要么是大师，要么是白痴。其实大师和白痴，在某种意义上来说，完全是一回事。还有，她在讲述她画中的那古老故事时，眼神中流露出的那种童稚般的、女巫般的光芒，也给人留下极深的印象。

在拍摄过程中，她画了一幅画。根据她的讲述，画中的故事是这样的——发生了大灾难，或者是洪水，或者是地震，总之，人类毁灭了，这个世界只剩下一男一女两个人了。这两个人是兄妹。一种超自然的力量说：你们结婚吧，为了能继续有人类。兄妹俩不愿意结婚——"他们害羞！"白凤兰红着脸，这样对我们说。神见他俩不愿意结婚，于是说，既然如此，那么让我们用这件事来决定吧：这里有两合碌扇，一合是上扇，一合是下扇，我把这两合碌扇，从山顶上滚下去，如果到了山根底下，这两合碌扇合在了一起，那么你们就结婚吧；如果两合碌扇是分开的，那么就注定人类当灭亡了。说完，神就将这两合碌扇从山顶上滚了下去。奇迹发生了，在经过一段磕磕绊绊的路程以后，到了山根底下，两合碌扇竟然"呼"的一声，奇迹般地合在了一起。于是，兄妹俩叹息了一声，男人明白自己该做什么了，女人则害羞地但却是勇敢地撩开自己的裙裾。而就在这一刻，水开始流动，鸟儿开始欢歌，鲜花开始怒放，大地上的一切重新有了灵性，有了生命。

当农民剪纸艺术家白凤兰讲述我们民族初民时期这些故事时，正是日落黄昏之际，对面的山坡蒙上一层凄凉的光辉，白凤兰的丈夫，一位年迈的农家老汉正背着山一样的一背谷穗，从山顶上往下走，暗淡的光线划出山弧线和老人的剪影。我在那一刻直疑心我面前的这一面山坡，就是白凤兰老人故事中的山坡。

陕北地面被称为我们民族文化宝库里的一份活化石。陕北民歌、陕北说书、陕北剪纸、陕北农民画、安塞腰鼓等等，透露着许多文字记载所不能带给我们的古老先民的信息。而由于陕北这块地面，没有或很少受到后来的儒家文化的浸染，因此，那些原始的信息就显得尤为宝贵和重要。这个问题我将在文章的结尾谈。

关于白凤兰，我的心中一直有一件事深为歉疚。告别时，白凤兰老人说，别的铰花的，每人每月公家都给发五块钱，不知为什么她没有，她想到安塞县城去问一问，可是来回车费得两块钱，而她没有这两块钱。这时陪同的县文化局局长插言说，别的剪纸能手有五块钱，是因为她们是县政协委员。于是我说，这事很好办，您老这么大个人物，县财政拿出五块钱，是应该的，待完了以后我给县委书记说。这事过了三年之后，当我又一次重返安塞，给县委书记说这事时，旁边有人插言说，这位农民剪纸艺术家，已经过世半年了。白凤兰死时是七十三岁。

如今又十多个年头过去了，她的墓头该长出萋萋荒草了吧！一个陕北女人贫贱和卑微地走完了她的一生。她的剪刀和画笔曾带给我们怎样的大惊异，而她又将多少未曾展示的谜带走了呢？

当毕加索因将艺术形象从三维空间扩展到四维空间而被称为是20世纪现代艺术的开端时，其实在陕北农家老太婆的剪刀和画笔下，这种表现手法她们已经稔熟地使用了几千年。这是专家为我们指出的陕北民间艺术的惊世骇俗之处。那么，在专家的匆匆的光顾中，他们没有看到和没有认识到的还有多少呢？我们不能想象。也许，我们任何的想象都不算过分，因为，陕北这个海是如此的博大和深邃。

附带说一句，关于白凤兰的那幅画，此刻我还想起一件事情。去年我到新疆，在高昌故城中见到了从古墓中出土的《伏羲女娲图》，面对这个一千五百年前古物，我突然明白了，白凤兰当年为我们画的那一男一女，正是我们民族的始祖伏羲与女娲的故事。

上面我从路遥开始谈了陕北男人，从貂蝉开始谈了陕北女人，行文至此，我才发现我的谈话方式的愚蠢和笨拙，因为男人和女人是不能分开的。男人和女人，正如嘴唇的上唇和下唇一样，正如碾扇的上扇与下扇一样，正如一辆车的左轮与右轮一样，它们是完整的和密不可分的。

譬如在上面谈到陕北婆姨"眺世界"的时候，我就想起路遥告诉我的陕北男人的一件事。

路遥说，有一次他回清涧老家，夜已经很深了，他刚要脱裤子睡觉，这时候气喘咻咻地，从对面的山上跑过来一个半大老汉。老汉问路遥：听说有个叫里根什么的人，当了美国总统了，有没有这么回事？路遥说他在那一刻突然深深地为他的乡党悲哀。大约上山干了一天活，还饿着肚子，现在又翻了一架深沟，走了两个小时的路程，来问这与自己没有丝毫相干的事情。"谁当美国总统，与你球干的事，回去种好你的地吧！"路遥这样骂了一句，于是，那半大老汉伛偻着身子，悻悻地走了。

这绝对不是一个特殊的例子。在陕北，几乎每一个男人都是一个政治家，身上都有一种莫名其妙的"领袖情结"，都准备随时像他们光荣的先辈李自成那样，翻身上马，横行天下。只是，他们高傲的天性遇到的是冷酷的现实，他们的双脚永远被捆绑在贫瘠的大地上。而随着老境渐来，堂吉诃德式、斯巴达克式的英雄梦破灭之后，他们便会变成滑稽人物。

陕北人的居处，一般说来是窑洞。这窑分三种。那些最贫穷的人家，顺着山坡先起出一个窑面，而后再向山的深处掏一洞穴，于是一面土窑就成了。那年我们拍摄白凤兰，白凤兰家就住着这样的几孔窑洞。那些光景稍微好一些的人家，住的是接口石窑。所谓接口石窑，就是给原来的土窑外面，再接上一个石口。路遥为他的父亲修的三孔石窑，大约就是这样的。第三种则是纯石头的或纯砖头的窑洞了。通常，这种窑洞的圈起，显示着这户人家已经无衣食之虞了。这些年来，随着经济的发展，陕北地面这种砖窑或石窑已经逐渐普及了。

传统的陕北人的衣着，是羊皮袄，是大裆裤，是百衲鞋。男人的标志是"白羊肚子手巾三道道蓝"，女人的标志是"红裹肚"。陕北人头上羊肚手巾的蒙法，与山西人浑然不同，山西人是将结打在脑巴后边，比如陈永贵，陕北人则是将结打在额颅前面，这叫"英雄结"，别处的人所不能为。一领红裹肚兜在腰上，从山坡上一闪一闪地走下来，让人不由得喝一声彩，唱出"小妹妹好来实在是个好，走起路来好像水上漂"。女人的标志服装，红裹肚之外，大约还有脚下的红鞋。"谁穿红鞋畔上站，把我们年轻人的心撩乱！"男人们如是唱，这叫骚情，或者说叫调情。"我穿红鞋我好看，与你别人球相干！"女人们如是唱，这叫拒绝，也叫显能。上述服装之外，我少年时还见过那些老山里下来的流浪说书艺人们身上穿的百衲衣。这百衲衣，是将几层布（有时布中还夹上棉花），像纳鞋底那样，采用倒钩针的办法密密麻麻的纳上一遍。一个人有这么一件衣服，一辈子就够穿了。这种衣服最好的用途是背柴时穿。上面说的都是老话，近几十年来，随着北京知青插队陕北，陕北人的服饰有过一次革命性的变化，而时代发展到今天，陕北人的衣着已经基本上和外部世界同步了。

陕北人的吃食，最基本的是小米，是糜子，是荞麦，是各种豆类，是大玉米仁。陕北的小米特别好，米脂的得名，据说就是因为这地方的小米滑润如脂。这些杂粮经陕北人的搭配、调剂、粗粮细做，会成为最可口的吃食。当然，陕北人最好的吃食还是"猪肉撬板粉"，自从我在《最后一个匈奴》里描写了这种吃食以后，它迅速地成为天南海北许多餐馆里的一道菜。那些老年的陕北人，一边蹲在畔上吃着这难得一吃的猪肉撬板粉，一边举目望天，口里念叨着："毛主席他老人家吃些什么呢？恐怕到了我这份上，也就尽了！"

陕北是一块奇怪的土地，一个有别于中国任何一块地域的土地。此刻，当我在西安的家中，站在阳台上，眺望北方，眺望那一块苍凉的黄金高原时，我仍然感到迷惑不解，感到一种大神秘，以及由神秘而产生的恐惧。我今年四十七岁了，而在陕北则整整待了三十年，因此陕北可以说是我的真正意义上的故乡。但是，我还是只能说我面对它迷惑不解。

"那横亘在西北天宇下，那蠕动在时间流程中的金黄色的庞然大物，是我的陕北高原故乡吗？"在《最后一个匈奴》中，我曾作如是之问。

也许打开陕北人性格特征的一把钥匙或者扩而言之，打开陕北大文化的一把钥匙，是清朝人王培棻的一句话。王先生曾是光绪皇帝的老师，后来他作为钦差大臣，前往陕北地面考察。考察回来后他写了一个奏折，这奏折就是引起陕北人愤怒的那个著名的《七笔勾》，在《七笔勾》中，他以猎奇式的、居高临下的姿态描写了他途中的见闻，毫不足取。但是，这位大儒在他的文章中，不经意地说出了一句话，这句话叫"圣人布道此处偏遗漏"。也许，王先生的这句不经意而为之的话，正是解开陕北大文化之谜的钥匙。

当儒家文化在中国地面上逐渐风行，并最终形成封建大一统局面时，历史网开一面，为我们留下了陕北这块空白地带。在两千多年的封建时代，陕北地面，战争连连，这里成为儒家文化极少染指的地带，成为中华两种传统文化——农耕文化与游牧文化的结合地带。

儒家文化对我们民族的伟大功绩，在于它实际上已经成为一种国家宗教，而由这种国家宗教所产生的向心力和凝聚力，令我们这个民族走过艰难的道路，一直持续到今天，而不是像其他三个世界文明古国一样，泯灭在历史的路途中，茫茫而不知所终。

然而，儒家文化对我们民族的负面影响亦是极为巨大的，它束缚了先民时期中国人身上的那种生机勃勃的创造精神，它将中国人变成了侏儒，它令中华民族这个庞然大物在进入20世纪时已经气息奄奄，所以，伟大的五四运动以"打倒孔家店"作为它的标志。

很好！所幸的是我们留下了陕北，这里还居住着我们民族个性张扬的一群人类。这也许就是上苍给我们留下这一处奇怪地面的意义。

记得，当安塞腰鼓将黄尘扬得满天飞的时候，一位美国的研究者曾说，想不到在温良敦厚的中华传统民间舞蹈中，还有如此剑拔弩张、野性未泯的一支。

自然，还有剪纸和民间画屡屡向我们揭示的那种种大神秘。还有那曾在中国地面上刮起西北风的那首歌曲《黄土高坡》，还有由天才的陕北籍作家张子良先生编剧，从而开启中国电影新时期浪潮之先河的《黄土地》，等等等等，不一而足。

记得我在《最后一个匈奴》中，曾探讨过这个话题。我说：毛泽东的红军将陕北作为落脚点和出发点，绝非一种偶然。

这篇关于陕北，关于陕北人的文章，到这里也许该结束了。文章的题目叫《打开陕北》，我尽所能，将我对陕北的理解告诉读者，在这篇短文中，倾注了我对陕北的全部的爱与激情。然而，这扇沉重的门打开了吗？我不知道！我只能说我尽力了。

在写作的途中，我的眼前浮现出那一个一个倒毙在走出高原的路途上的悲剧英雄。浮现出赫连勃勃，浮现出李自成，浮现出刘志丹和谢子长，浮现出我的朋友路遥。我向他们致敬。在人类的命运和定数中，他们是战胜命运与定数的强者。他们不是倒毙在"走西口"或者"下南路"的乞讨路途中，而是倒毙在堂吉诃德式的征服世界的路途中，仅此一点，就足以引起我的敬意。

文章就这样完了吗？我不甘心。我不甘心的原因是我不忍心离开路遥。在此时的写作中，我的眼前还浮现着他那凄楚的笑容。

路遥悲剧性格的形成原因是文化差异。他虽然从延安大学毕业以后即来到西安，并且在这座古城待了十五年，但是他从来没有融入西安，在都市文化面前他一直是一个局外人和畸零者。为了掩饰自己对都市文化的恐惧感，他便用于连·索黑尔式的高傲来掩饰。
我见路遥最后一面的时候，病床上的路遥对我说："疾病使我的人
生观发生了根本的变化，从此以后天下人都是朋友。"这是路遥的
原话，我这里不敢更改。那时的我曾认为，一旦路遥重新站立起来
以后，他将从自我封闭状态中走出，打开自己，勇敢地融入社会。
可惜的是，路遥没有能重新站起。

2002年12月2日 西安

第二辑　最后的骑兵

我的四次掉马

今年是马年，这一阵子，我的耳边老噪噪着关于马的事。关于马，我大约算一个权威，中国最后一支骑兵作战部队，就是在我们手里了结使命的。我曾经写过一个中篇叫《马镫革》，就记述辉煌了两千年的这个兵种最后在我们手里完结的故事。

我当兵五年，共掉过四次马。四次都掉得很惊险，很有趣。尽管哈萨克格言说"马背上掉下来的是胆小的"，而我的胆并不小，但我还是掉马了。现在我就谈谈我的四次掉马经历。

拖镫的故事

第一次掉马是我刚到边防站时发生的事。在此之前我从来没有骑过马。教官只把我们这些新兵领到马号里，指着一匹马对我说："这是你的马，为它涮一涮，挠挠痒，牵出去遛一遛，培养培养感情！"第二日，我就得像一个真正的士兵那样，跨上它巡逻了。

这匹马和我同一年入伍，一岁半的口。它全身是鼠灰色的，骨骼很大，走起来后胯一撩一撩的。在此之前，它背上大约还没有驮过人。马的三种运动姿势——走（小走和大走）、颠、挖蹦子，它一样也不会。我骑在它背上的时候，哈萨克翻译在一旁眯着眼睛说："压上几年，会压成一匹好走马的！"

巡逻队从额尔齐斯河的冰层上走过，然后，沿中苏边界巡逻。雪地上有以前巡逻时留下来的马蹄窝，我的马就踩着这些蹄窝，往前走着。速度也不算快，一个人和一个人之间，拉开十米的距离。

走了二十多公里后，来到一个大沙丘上面。这大沙丘，军事地图上叫422高地。我们在这里勒住马叉子，停了片刻，用望远镜向边境外的邻国纵深望了一阵，就返身折回。

回来时不必走原来的巡逻路了，可以绕到边界线里面走。下了422高地后，是一片平展展的雪原，带队的副连长说："咱们来个李向阳过草滩。"

说罢，一叩马刺，他的马先奔驰了起来。他的马一跑，别的马见了，起了性子，也都咴咴地叫着，跟着跑。雪原上霎时腾起一股雪雾。我这是第一次骑马，马走时，我的身子还能在鞍上坐稳，马这一跑，我的身子便摇晃了起来。想要勒住马，根本勒不住，只能双手攥着鞍子，左右摇晃。后来在一个急速转弯时，马将我甩了下来。

甩下马背，这事并不可怕，因为雪很深，受不了伤。但是可怕的是，我身子虽然从马背上栽下来了，一只脚还挂在马镫上。这叫"拖镫"，是骑兵的大忌，性命攸关的事。这样，我一条腿挂在马身上，身子被飞驰的马拖着，后脑勺像犁一样在雪地里犁出一条雪浪沟。

年轻的马不知道身后生了什么事，受到惊吓的它跑得更快了。眼看着，就要跑到额尔齐斯河边了。大河两岸生长着茂密的树林，这些树木中的一部分被牧民砍伐，雪地上留下一个一个的树墩。马一旦跑进林子，我的头将不可避免地要碰到树墩上，那时我的脑袋非开花不可。

巡逻队所有的人都被这一幕吓坏了。他们开始试图拦住我的马，但是，受惊的马根本拦不住。这一举措失败以后，副连长于是策着他的马，赶过来和我的马齐头并进，并且掏出手枪，瞄准马头。事后他说，如果马跑进树林里了，他将毫不犹豫地朝着马头开枪。

但是没容副连长开枪，奇迹在这一刻出现了。那天我脚上穿的是毡筒，此刻，那毡筒还在马镫上晃荡着，而我的脚，从毡筒里滑脱了出来。

马继续向前跑着，那毡筒吧嗒吧嗒地打着马的胯骨。我则平展展地躺在了雪地上，有些神志不清。

树林子里有一个窝棚，那是进驻这块争议地区的哈巴河县武装部军民联防指挥部。我在一张床上躺了一阵，巡逻队又在这里吃过一顿饭以后，我们就动身返回了。

我是骑在副连长的马屁股上，回到边防站的。巡逻队回来不久，我的那匹惹了祸的马，才孤零零地独自一个回来了。马镫上是空的，我那毡筒不知道掉到哪里去了。

后来在马号里，四个当兵的，围成一圈，将那匹闯祸的马饱打了一顿。马躲向哪个方向，都有白柳条子打来，马终于支持不了，于是流着眼泪，四蹄一软，跪下来。

副连长要我骑上我的马，到马号外边溜达一圈去。他说你现在再不骑它，以后它再也不让你跨上它的背了，马认人。

这样，我壮着胆子又骑上了那匹马。我就这样学会了骑马。

我的拖镫的故事，迅速地传到毗邻边防站去，探家的老乡又将这消息带回我那遥远的渭河边上的家乡。后来，我复员回到我那小村时，还不断地有村里人问起这事。

种公马的故事

我的第二次掉马，是在当兵第三年时发生的事。那时我已经是一个不错的骑手了。可是骑术不错也不行，该掉马时你还得掉马。

这天凌晨，我顶替马倌放马，让马倌休礼拜天。满圈的马可以由我随便挑，这样，我挑了副连长那匹全身像黑缎子一样又光滑又漂亮的纯种伊犁马，作为我的坐骑。

放马很辛苦，通常要凌晨四五点钟起来，这样才能保证白天的使役。即便白天不用马，也得那时候放出来，因为马要从积雪中刨草吃，光靠白天这短暂的时间根本吃不饱。

风雪满天，我穿着蒙古大衣，头戴哈萨克式的三耳皮帽，脚蹬毡筒，一边看着马吃草，一边打瞌睡。牧民的马群可以不要人跟，它们不敢越界，因为牧民的马没有钉掌，走到界河的冰上，没有钉掌的马一走翻一个大跟头。军马则一定要跟紧它，因为军马不但钉马掌，冬掌上还拧有四颗防滑螺钉，它们走在冰上一点事也没有。

我顺着风势往内地的方向走，走了大约有十公里。这地方叫比利斯河。这时，风雪中，我胯下的马像闻到什么气味似的，突然两只前蹄腾空，仰着头打个立桩，欢快地叫起来。

原来，它是嗅到了母马的气息。这时候天色已经有些蒙蒙亮了，我往四周一看，只见戈壁滩上游荡过来一群又一群哈萨克牧民的马。这些马排成一队，后一匹顶着前一匹的尾巴，一边走着一边低头用嘴拱开雪地吃草。

突然，我的马载着我，欢快地叫着，向就近的一个马群跑去。我使劲地勒钗子，将马缰都拽断了，马还是不停。我的马很快地蹿到了马群的跟前，朝一匹母马的屁股上嗅了一阵后，就两只前蹄像袋鼠一样扬起，一个立桩，跨了那匹母马的背上。它的下部开始抽动起来，而丝毫不顾忌这时候骑在它背上的骑手的感觉。

每个游荡的马群都是由一匹头马和一群母马组成的，这群也一样。那头马又兼作种马，负责给这一群母马配种。此刻，当我的马跨上这匹母马的马背时，那头马立即冲了过来。它先是咬我的马，咬了几口，看不奏效，于是转过身子，扬起后蹄来踢。它一蹄子踢在了我的小腿上，幸亏我穿着毡筒，腿才没有被踢断。这马背上我是不能再待了。钗子从马口上脱开以后，现在提在我的手里，而没有钗子制约，你对马一点办法也没有。于是我决定掉马。在掉马时，我吸取了上次拖镫的教训，先两只脚从马镫上脱出，然后双腿一缩，身子一仰，于是从马屁股上翻了下来。

我的大门牙就是在那次掉马中摔断的。

掉下马背的我立在雪地上，呆呆地看着我的马将它要干的事干完。完事以后，这无耻的家伙，仍然对这群母马依依不舍。它用嘴咬，用蹄子踢，开始我不明白它的用意，后来我明白了，它想将这群母马赶回边防站的马号去，长期霸占。

那匹种马当然不情愿。每当我的马费了很大的劲，将这群母马赶了一段路程后，那匹马站在远处的沙包子上一叫，这群母马立即炸群了，向它奔去，拦也拦不住。

于是，我的马又几次将那公马撵远，回来再赶马群。我担心我的马走失了，于是也就跟在马群后边，提着钗子乱抢，帮助我的马驱赶。中午时候，才回到边防站。回到站上，我将马群轰进了马号，抓住我的那匹惹是生非的马以后，再打开栏杆，将牧民的马群放出。这是我的一次奇遇。

按说，服役的军马都是阉过了的，不知道为什么副连长的这匹马还能干这事。后来，我们请营部的许兽医来检查，兽医摸了摸马的睾丸说，没阉净，还有一个蛋，大约八一军马场的姑娘不忍心让这匹漂亮的马成为阉马。不久以后，住在比利斯河边的牧民到边防站来，用胯下的黄走马换走了这匹漂亮的黑马。牧民说，他要用它来改良自己的马群。

这次掉马我付出的代价是我的大门牙。后来我曾为这掉了的大门牙写过文章。我说：如今，它大约已经化作一颗沙砾在草原的某一处闪烁，当游人以手加额，盛赞这一片辽阔美景时，它也成为被盛赞的一部分。

去年我重返白房子，并且到那掉马的比利斯河草原去看了看。长期以来，我一直认为，我落地时牙齿是磕在了戈壁滩的一块石头上，站在那里，我突然明白了，牙齿不是磕在石头上，而是磕在我手里的马叉子上的。再则，我是从两匹马的高度上掉下来的，这也是原因。

越界的故事

我的第三次掉马，是掉在当时苏联的土地上，那地方现在属哈萨克斯坦。去年我重返白房子，专门来到额尔齐斯河河口，站在界河这边，向那掉马的地方张望。三十年物是人非，一切都已经改变了。

那是我当兵第四年的事，仍是顶替马倌放马。了望台打回来电话说，边防站的牛群，钻到河口的树林里去了，已经有两个小时不见出来，要马倌去看一看。

边防站的马，专门有一名战士来放，这叫马倌。边防站的羊，专门雇了一名哈萨克牧工来放。至于边防站那六十多头牛，它是没有专人放的。牛早上出圈，晚上归圈，不必人管。但是有两件事要照应，一是防止越界，二是晚上要关圈门，防止狼伤害小牛。这事由马倌和牧工捎带着管。

我赶到河口以后，发现界河阿拉克别克河在流入大河的那一刻，分成两岔，中间圈了足球场那么大一块绿茵。边防站的牛群，正在那片绿茵上吃草。

　　从理论上讲，这块绿茵属于中国领土还是苏联领土，很难说清。通航的界河，以主航道为边界；不通航的界河，以河流中心线为边界。现在，这阿拉克别克河分成了两条，那么怎么确定边界呢？

　　我还是决定去赶它们。越过那浅浅的水流时，我的心惊悸了一下。到了绿茵草原，我飞马绕了个大圈子，截住前面的牛，吆喝着往回赶。但是牛很顽固，不听我的吆喝。原来，还有另外一部分牛，穿过绿茵，越过那另外二分之一界河，顺着额尔齐斯河，已经跑到下游约三公里远的地方去了。

　　我犹豫了一下，遂决定斗胆越一回界，去赶它们。

　　我所以胆大，是因为那天我胯下是一匹好马。这匹好马也许就是千百年来传说中的那种"汗血马"。

　　我骑着快马，顺额尔齐斯河北沿奔驰而下，来到牛群跟前。这是一群大驮牛。我绕了个圈，将最前面的牛拦住。牛是聪明的牲畜，它们自己也知道来到了不该来的地方，如今见有人赶，于是调转头，朝来路跑回。

　　我的头顶，苏军在黄土山上的雷达咔咔咔咔地响着，这些雷达据说可以监控到我们的兰州机场。而在四周的树林子里，不时地露出明堡暗堡的枪眼，这些枪眼随时都有理由射出子弹。

　　我为自己愚蠢的做法突然产生一阵后怕。于是弃了牛群，一个人在前头跑起来。这样，在穿过一片树林子时，突然与林中空地上的五名打马草的苏军士兵相遇。

　　他们都剃着光头，穿着托尔斯泰式的俄式开领衫，手里挥舞着大镰刀。我那天也没有穿军装，也剃着光头，因此，在我突然出现的那一瞬间，他们把我当成了前来送饭的本国士兵。直到我的马头已经快挨到他们身上时，他们才现这是中国士兵，于是五个人齐刷刷卧倒，然后，又去摸支在草地上的枪。

我的汗血马这次救了我。它像风一样快，飞快地从五个士兵的中间穿过去，然后，在光秃秃的河滩上，一阵迅跑。马上的我，只觉得两耳生风。我把头埋进马脖子，生怕后边射来子弹。子弹倒是没有射来，但是，在前面遇到一个障碍物，马成九十度转弯时，我被重重地摔了下来。

惊了我马的是一个胡杨树根，它是大河某一次春潮过后摊在河滩上的。树根十分庞大，像史前怪物。在骤然与它相逢时，马的惊乍应当说是必然的。

我被摔下来以后，马跑了。而我身后，牛群像洪水决口一样，也轰轰隆隆地从我身边跑过去。我向后看了看，打草的士兵没有追来。这里离绿茵草地已经不太远了，于是我徒步穿过两个二分之一界河，回到边防站，向值班指导员汇报了这件事。

那次掉马给我的创作生涯以重要的影响。我写过一个叫《惊厥》的中篇，说长期以来这个退伍老兵时时会在睡梦中被一种怪物打搅，陷入梦魇状况。一位心理学家说这是受过一次惊吓的原因。这个怪物就是那个胡杨树根。

这是我的第三次掉马。那匹马真快，骑在上面像飞一样，此前和此后，我都再没有骑过那样快的马了。

掉马的故事

我的第四次掉马，是在复员命令已经宣布，临离开边防站的前一天。

边防站的马，我全都骑过了，甚至包括平日只用来拉车的大辕马。但是，还有最后一匹马，我始终不敢跨上它的马背。现在就要复员了，我总觉得，不骑它一次，会是我一生的遗憾，于是我要马倌将这匹马给我留下，我要骑一骑。

这匹马的全身像火一样，只在额头到鼻梁的地方，有一道白色，所以它的名字叫"白鼻梁子"。那白色的形状，像电线杆旁边竖的那个"高压危险"的标志一样。这匹马特点之一是性格暴烈，特点之二是跑起来飞快，特点之三是跑起来有马失前蹄的毛病。所以连队里没有人要它，它属于公用的马，偶尔有人骑一骑它。

记得有一次，哈萨克牧民举行"姑娘追"，来边防站借马，结果满圈中挑上了这匹马。在那次活动中，这匹马得了第一，因此它在这块草原上，也算一匹好马。

我让马倌为我把马鞍配上，这是摆摆老兵的架子。在配马鞍的时候，我要马倌将后肚带尽量地往后勒一点。这是我从哈萨克牧工那里取得的经验，他说骑这种容易失蹄的马，骑在背上时身子朝后仰，减轻前蹄的压力，后肚带向后勒一点，防止马失蹄时骑手从马头上翻过去。

马号外边，马倌捉住马叉子，扶我上马。

我刚接过马叉子，还没坐稳，白鼻梁子就一个立桩，像袋鼠一样直直地站起来。我赶紧双腿将马肚子夹紧，双脚用力蹬牢马镫，身子向前一趴，用两手抱住马脖子。马摔了两摔，见摔不下我来，于是两只后蹄往前一蹬，屁股一掀，倒立起来，而我则身子后仰，像贴在马背上一样。白鼻梁子见摔不下我来，于是一声怪叫，双蹄腾空，向戈壁滩上跑去。

我明白要制服它，必须放开马叉子，让它尽情地跑，跑乏了，身上那一股邪火消了，它才会服帖。于是，我抖着马叉子，双脚磕着马刺，将马引到一片大戈壁上，让它尽情奔跑。

这块戈壁滩有几十公里，平展展的。现在正是暮春时节，积雪已经化了，草还没长出来。消融的雪水滋润得戈壁滩很湿润，马跑在上面，会很舒服的。我骑在马上，风呼呼地吹着，也很舒服。

整个戈壁滩上只有两个人在欣赏着我的骑术表演，一个是中方了望台上的哨兵，一个是邻国了望台上的哨兵。那邻国的士兵，趴在了望台的栏杆上，目不转睛端着望远镜在望，距离只有二百米远近，我甚至能听见他嘴里"乌拉乌拉"的叫声。

风太大，奔驰中，风把我头上的皮帽子刮掉了，露出一个剃光的光头。那位邻国哨兵，在了望台上嘲笑起来。奔驰中的我，朝那哨兵威胁般地扬了扬手，这哨兵赶紧躲进哨楼里去了。

白鼻梁子急速奔驰的目的，是想将我摔下来。但是在奔驰一阵后，它明白了这个人骑术还不错，不是轻易能甩下来的。于是它奔驰的速度减慢了，开始打别的坏主意。

戈壁滩尽头，中方了望台的下边，有一大片沼泽地。白鼻梁子现在开始实施它的坏主意了。它穿过沼泽地边缘的芦苇丛，一个跃步，蹿进了沼泽地里。

沼泽地里的泥，有的地方深及马腿，有的地方甚至深及马肚。马扑通一声，陷进沼泽地里，又扑通一声跳出来，然后再陷进去。这样折腾了一阵，我仍然像膏药一样贴在马背上。见状，马只好跑出沼泽地。继而，它钻进了旁边的一片沙枣林。

有沼泽地的地方，旁边通常会有沙枣林，起码也会有孤零零的一棵。钻进沙枣林以后，我的眼前像过电影，无数的横的、竖的、有刺的沙枣枝扑面而来。没有办法，我只好身子完全地贴在马背上，双手搂住马的脖子，头则深深地埋入马的鬃毛中。

一阵哔哔啪啪的响声过后，我终于钻出了沙枣林。我的脖子上、手臂上，划了很多血口子。

在经过了这一切以后，我仍然骑在马背上。这叫我自豪。

但是还没容我尽兴自豪，白鼻梁子使出了马匹对付骑手的最后一个绝招。白鼻梁子四膝一蜷，卧了下来。然后，就地就是一个打滚。这是一种痞子的做法，任你再高超的骑手，到了这时候，也得赶快从马背上逃离。

据说前些年有个老兵，就是遇上了这样一匹痞子马没来得及逃脱，结果在马打滚时，把他的交裆掰了，骨盆也压碎了。我很幸运，在马的身子就要压住我时，我一个就地十八滚，逃离了危险区域。

溅满黑色沼泽，渗着滴滴血珠的马，跑回马号找别的马去。我的最后一次骑马的事也就结束了。

后来马倌告诉我，并不是白鼻梁子执意要将我甩下来，而是马的后肚带得太靠后了，在奔驰中又一直向后溜，勒住了马的生殖器部分，马感到很别扭，很难受，很疼，所以它执意要把骑手摔下来。

我骑过五年马，掉过四次马。男人的事业在马背上和酒杯里，我对我的骑马和我的掉马，至今不悔。

2002年2月

马是人类忠诚的朋友

在人类的文明史上，有一个忠诚的朋友一直伴随左右。这个朋友就是马。法国散文家布封说："人类最高贵的征服，乃是对马的征服。"那么，人是什么时候将旷野上奔跑着的野马收驯到栏中的呢？西安半坡遗址上有牛骨、羊骨、猪骨、鱼骨等。它们之外，似乎还有马骨。半坡文化离我们现在六千多年。

不过人类正儿八经骑在马的背上是后来的事。在此之前，马是拉车的，或拉战车，或拉非战车之外的农用车等。后来有一个勇敢的士兵跃到马上去了，于是一支骁勇的被称为"骑兵"的兵种诞生了。骑兵改变了世界的格局。

说骑兵改变了世界的格局，这话一点也不过分。先是改变了欧洲，再是改变了亚洲。横贯欧亚的两次大的长途军事奔袭，一次是匈奴民族穿越欧亚大平原，一次是蒙古民族穿越欧亚大平原，就是强悍的游牧民族对定居的农耕文化的两次大冲击。

中国的骑兵作战部队的使命是1975年大裁军时最后完结的。

我是这辉煌了两千年的兵种灭亡时的最后见证人。或者夸张一些说，是中国最后一代骑兵。我目睹了这支部队在新疆阿勒泰盐池草原撤销时的情景。我的腰间一直系着一根马镫革，就是一件纪念物，是当年从我的马鞍上取下的。

中央电视台拍摄了一个专题片，叫《永远的丝路》。内中，当丝路行进到甘肃武威时，专家拿出一件文物，叫"马踏飞燕"。那马，腰身细长，脖子夸张地向前勾着，尾巴则像御着风一样平行地拖在后面，活像一条龙。那马的四条长腿，大腿关节、小腿关节，都弯曲到极致，四只蹄腕，则向上翻起，像歌中唱到的"翻起的蹄像银碗"一样。

当主持人问这是一匹什么马时，历史学家说这是"天马"，地理学家说这是"汗血马"。我则说，两位专家的话都对，不过，以我对马的理解来说，这匹马的造型是一匹"大走马"。

马运动起来有三种姿势：一种叫走，这走，就像我们平日看到的运动员竞走一样，小腿伸直，抢动大腿，脚腕翻动。一种叫颠，这颠，原来的汉字中"颠"字再加上"马"字旁，现在字典上没有这个字，所以写成"颠"字。"颠"也和运动员的长跑差不多，小腿打弯，四条小腿动起来像一条小溪流过。第三种姿势叫挖蹶子，书面语叫它"驰骋"，就是像兔子一样、蚂蚱一样，两只前蹄、两只后蹄各为一个单位，一剪一剪地跃进。夏伯阳、李向阳式的奔袭，就是这种动作。

走又分为"小走"和"大走"。《红楼梦》中屡屡提到的"大走骡子"，它该就是一种"大走"的方法。小走马，在前蹄和后蹄的交替前行中，后蹄仅仅只能踩到前蹄窝里。而大走马，后蹄落地时，往往要超过前蹄窝一拃长。一匹大走马走起来，速度也许并不亚于奔驰的马，且更具耐力一些。

附带说一句，每个单独的马似乎都只擅长一种行走形式，有的善走，有的善颠，有的善奔。这种特质一部分是与生俱来的，即我们所说的天赋，另一部分则是后天培养的，例如我胯下的那匹，哈萨克翻译曾说："好好压一压，压上几年，会压成一匹好走马的。"可惜我没有那个耐性，临复员时还没有将它压好。

不过前面提到的汗血马，它真行，各式行走的方式都会。可以走得很好（只是步幅稍微小一点，比不上那些专业的走马），也可以颠，也可以奔驰。它还有一些奇特的本领，比如在急促奔驰中，可以以两只后蹄为依托，前蹄在扬起时，身子呈九十度转弯。

我这里说的汗血马的特征，很大程度上只是自己的一种臆断。所谓汗血马、大宛马，这些出现在中国历史文献上的马，到底是什么样子，现在谁也说不清。而我之所以这么说，是因为我们连里马倌骑的那匹马，就有俄罗斯学者、土库曼斯坦学者推测出来的那种汗血马的特征。

这匹马瘦嶙嶙的。它永远也长不肥，但是耐力和速度都十分惊人，奔跑时会从肩膀附近位置流出像血一样的汗液，这大约是"汗血马"称谓的由来吧。而马肥的原因有两个，一是秋天牧草结籽，一是一段时间不使役。

当马疯狂地奔驰时，毛孔便开始渗血。这时你会理解什么叫"悲壮"。其实马无论渗不渗血，一旦领受到指派，行动起来都是很悲壮的。古代官吏传递奏章，皇上下达圣旨，标明"三百里加急""八百里加急"，那路是马跑出来的。"快马加鞭未下鞍"，人不下鞍，人是骑在马上的。鞭子抽在马身上，马得玩命地狂奔，比人苦多了！

现代科技的发展，人无论出行还是作战，很少能用得上马了。但人不该忘记马。马曾造就英雄，没有立过汗马功劳的人就难为英雄；马曾推动历史，没有马的驮载，人类历史该怎么写，实在很难说。在未来的岁月，马也许会消失，但马的忠诚、勇敢、无畏，却是人类不灭的精神财富。马与人类同生死，共荣辱，是我们忠诚的朋友。

2002年1月

我的兵团兄弟

　　阿尔泰山消融的雪水，在戈壁滩流成两条小河。靠西的一条叫头巾河，靠东的一条叫自然渠。头巾河这名字，是哈萨克人给取的。一名哈萨克少女在河里洗头，结果，湍急的河水将她的头巾冲走了，于是这条小河有了名字。自然渠这名字，是兵团人给取的。它原名叫喀拉苏干沟，屯垦的兵团人将它视作一条大渠，为了区别那些人工的渠道，故称它自然渠。

　　两条小河在戈壁滩上穿行了约五十公里后几乎在同一个位置上，注入额尔齐斯河。我所在的额尔齐斯河北湾边防站，就在这头巾河、自然渠与大河的交汇处。

　　某一年由于一场意外的边境事件，俄方将那个后来被称为自然渠的小河，当作界河划入其版图，这样，两条小河相夹的这条狭长地带，便成为争议地区。

　　在这块五十多一点平方公里的争议地区上，沿边界一线，一字儿排出新疆生产建设兵团农十师一八五团的六个连队。他们从阿尔泰山脚下向大河方向依次排开：一连、二连、三连、四连、五连、六连。团部设在中间位置，团部还有一个值班连和修理连。

　　除生产建设兵团以外，争议地区还设有边防军的三个边防站。

依次是阿黑吐拜克（白色的沙山）边防站、克孜乌雍克（红柳）边防站、北湾边防站（白房子边防站）。

我是1972年12月14日至1977年4月10日在北湾边防站服役的。那时珍宝岛、铁列克提事件已经结束，但是漫长的中苏边界，还处在一种剑拔弩张的紧张气氛中。我曾在小说中将苏军在边界一线的陈兵百万，称作高悬在我们头顶的一柄达摩克利斯之剑。

白房子地区是漫长中苏边界上一百多块争议地区中仅有的由中方控制的三块中的一块，因为苏方认为这些地方是他们的。在那些苦难的日子里，在那些英勇的日子里，在那些惶惶不可终日的日子里，作为身无牵挂的士兵，我们活得似乎相对来说轻松一些。最沉重的要数争议地区内居住的拖家带口的兵团人。兵团人大约来源于三部分：解放新疆时进疆的老战士；20世纪50年代集体转业到这里的山东籍士兵；20世纪60年代初上海、天津的支边青年。这些人中，以山东人居多。说一句笑话，这一带那些游牧的哈萨克们学的汉语，竟然是山东话。记得有一次我在了望台站哨，一个游牧的哈萨克族人骑在马上向我问话，我听了半天才明白。于是我说："你说的这原来是山东话！"他说："不是山东话，是汉话！"我说："是汉话，但是是汉话中的山东话。"牧人听了，两手一摊表示不可理解。兵团人主要从事的是农耕。这五十平方公里地面，除了那些大沙山，那些芦苇丛生的沼泽地以外，平坦的地方，都被勤劳的兵团人修成了整齐的条田。他们引来自然渠的水，从大沙山那里就开始修渠，渠道像网状一样，可以灌溉每一块开垦了的土地。

这些土地上通常种植的是春小麦和向日葵。春天康拜因轰轰隆隆地从条田上驶过，开始播种。秋天收割的时候仍然是用康拜因。那种和平的景象让人的神经能稍微松弛一下。

记得有一年深秋季节，一名河北籍的士兵到分区教导队学习，我俩骑着马，先到一八五团的团部，然后从那里搭兵团的便车。那是一个秋天的黎明，这二十公里的路程，我们几乎全部是从兵团的葵花地里穿过的。铺天盖地的葵花地，散发着一种诱人的清香。远处的黑黑黝黝的阿尔泰山，放出蓝宝石般的光芒。在山顶，有一颗星，其大如斗，一直照耀着我们前行。

这一幕美景，时至今日，还不时浮游在我有些昏花的眼前。

六连紧靠着我们边防站。由于这里离大河不远，所以，这个连除了种地之外，打鱼也是一项重要的谋生手段。

那时，额尔齐斯河里的鱼真多。记得，有一次我骑着马，从自然渠旁边走过。自然渠里有一个一米多高的跌水，跌水下面是个洗澡盆大小的水坑。正是额尔齐斯河春潮泛滥时节，大头狗鱼从北冰洋逆水而上，遇到小河汊，便游过来产卵。这个涓涓细流的自然渠里，鱼儿一个咬着一个的尾巴，拼命地往上游，游到这跌水一面，上不去了想要调头，后面的鱼又不断地拥上来。于是这个水坑，被大大小小的狗鱼填满。见状，我把马拴到一棵胡杨树上，挽起裤腿跳进水坑里，抓起鱼就往外扔。一会儿工夫，戈壁滩上就白花花的一片了。

这些鱼后来被炊事员用抬把抬到了厨房。

平日里，兵团人三三两两的，在自然渠、在大河里下挂网，有时甚至冒险到界河里去下挂网。春潮泛滥时节，那是节日，他们会动员老老少少到大河里去打鱼。妇女和儿童，站在岸边拉网，青壮劳力则坐着平底船在河里撒网。河里打上来的鱼主要是鲤鱼、狗鱼、大白鱼、小白鱼、五道黑等等。最壮观的场面是冬天在冰面上打鱼。额尔齐斯河千里冰封，能看见冰层底下鱼在呆头呆脑地游动。兵团人先用马拉着一个什么东西，在冰面上钻几个窟窿，而后，将渔网从一个窟窿里缓缓地塞下。而后，在冰面上推着一块大磁铁，带着这渔网走。在河里转一大圈后，收网。网的那头，原来就捉在人的手里，现在网的这头则在磁铁的吸引下，从窟窿里跳出。网从窟窿里拖出，鱼就这样打上来了。

那时节，兵团人的生活很苦（当然那时候全国人民的生活都很苦）。山东籍的复转军人，后来又从家乡找到对象，接到这里，成为农工。他们那时候一般有两个到三个孩子，夫妇俩的工资大约各是二十三元和二十九元。天津、上海的支边青年，那时候也都是该婚的婚、该嫁的嫁，并且有了后代在这荒原上诞生。

兵团的男男女女，身上永远的装束是一身旧军装。我至今还不明白这些军装是从哪里翻出来的。有布的旧军装。那些布已经是陈旧得看不出原来的颜色，肩膀上、后背上印满了汗水渍下的白印子。还有人字呢的旧军装。人字呢如果洗得白，会很好看的；但这些人字呢，一是破旧，二是衣服的主人对洗它根本没有兴趣。我还见过五连的连长，穿着一件笔挺的呢子旧军装，怪模怪样的。还有一些旧军装，发黄，像溃兵穿的衣服。

在五年中，唯一叫我眼前亮的是一八五团修理连的一位电焊女工，在夏天穿过一件粉红色的的确良衬衣。许多年以后，我在内地见到修理连的一位回乡的老工人，我试探着问他那姑娘的情形，他说，那姑娘后来被推荐上大学走了。

兵团人最初住的是地窝子，后来用泥脱成土坯，盖些干砌的小房子。人走在建筑物中间，像走进一座迷宫。

一种忧郁之色，永远地挂在这些离乡背井者的脸上。他们待在一起的时候，所有的话题最后都会落脚到一点上，那就是什么时候能回到内地。而讨论得出的结论是：他们自己没有可能回去了，他们要努力让孩子回去。

确实曾有人经过努力举家迁回故乡。我上面谈到的那个修理连的老工人，就是一例。我还见过类似的好几个。但是，回到内地后，几乎所有的人都会生出悔意，他们发现故乡并不怎么欢迎他们，他们发现自己那种孤僻的性格已经很难再融入大众，于是有相当数量的人又重返新疆。

记得我在报社当编辑时，一位排字女工是从新疆兵团回来的。这大约正是那种"努力让孩子回去"中的一个孩子。这个心高气傲的姑娘，仅仅在家乡待了一年以后，就又怅然地回新疆了，她说她无法容忍这内地人的平庸和自然景观的平庸，她说她宁肯把自己放在新疆荒原上去饲鹰，也不愿意在内地小城里做个平庸的小市民了此一生。

延安市场沟一座低矮的民房前面，静静地蹲着一个老汉。老汉瘦瘦的，叼着一支烟，每天从早晨开始，一直蹲到天黑。他唯一做的事是瞅着这过往的行人。吃饭的时候，也是蹲在那里，由体态臃肿的老伴，将碗递到他的手里。我家那时候也住在市场沟，路过的时候，我常常要停下来，敬他一支烟和他拉一段话。老者是从兵团农七师回来的，他的儿女现在还都在那里。他说他每年都要回一次新疆。他们团的现任团长是他接的兵。他说他是从延安出发，打到兰州城，越过星星峡，最后成为农垦部队的一员。这个古怪的老头轻易并不与人拉话，只是听说我也在新疆待过，这样才精神陡然为之一振，脸上洋溢出笑容，和我拉话的。

说起"故乡"这个话题，不独回来的兵团人，就连我这个当兵的，也有许多感触。大城市并不认你，农村也并不认你。复员后，当我迈着骑兵的罗圈腿，从西安的解放路一走三摇地晃过时，后面传来少男少女们的笑声。当我回到故乡的小村时，迎面走过来儿时的伙伴，他的肩上架着一个孩子，手里拖着一个孩子，他说："你吃亏了！当兵五年，你耽搁了两个孩子。"

面对这些，我有一种电影《望乡》中阿崎婆的感觉，也有一种电影《第一滴血》中那个越战归来的美国大兵的感觉。我怅然地问：我怀着一种崇高感和神圣感，所保卫的到底是什么？

关于"思乡"这个话题，无论是兵团人，或是别的什么人，自然是可以说一说的，因为远方那一块丽日蓝天乃是根之所在。但是我有一言，那一言就是：生活在哪里都是一样的，幸福是一种自我感觉。

记得在一篇小说里，我曾经写过我当时的那种困惑。那段话是："当我们作为游子在远方游历的时候，我们给心灵的一角，安放下故乡的牌位。我们疲惫时躲在里面休息，我们委屈时躲在里面哭泣，那里盛满我们委屈的泪水和疲惫的叹息。但是，亲爱的朋友请你告诉我，当我们回到故乡的时候，为什么我仍然感到一种陌生，一种茫然，感到自己仅仅是在客居？！"

这个话题，不说也罢。

兵团的值班连，又叫武装值班连，他们基本上是职业军人，只是不佩戴领章帽徽而已。他们的武器和边防站的差不多：半自动步枪、冲锋枪、班用机枪、六九式四〇火箭筒、八二无后坐力炮等等。农业连也配备一些武器，这些武器一般都由男人掌握。武器基本上是解放战争时期的老武器。

我觉得，将这些兵团人放在边境线上，呈"一"字形摆开，主要的是出于军事目的。

退路是没有的，背后是荒原、大戈壁，人迹稀少。等待援兵也是没有可能的。那时偌大的阿勒泰草原上，机动部队只有一个骑兵团，在盐池草原，一个分区独立连驻在阿勒泰。你唯一能做的事是拼死一搏，血溅疆场。当兵的当然更是这样。

记得，北疆军区一位副司令，视察我们边防站时，曾经这样训话：你们的主要任务有三条，一是一旦有敌情发生，立即给后方决策机关通风报信；二是抵抗一阵，你们的抵抗将为后方赢得全国总动员的时间；三是尽可能地杀伤敌人的有生力量。这位战略家在说了上面三点后，坦白地说：必须做出牺牲，不过你们的牺牲是值得的，它为后方赢得了时间。

这位战略家说的是实话。这些话即便他没有说，我们也都懂。但是，当他坦率地将这些说出时，操场上是长时间的死一般的静寂。司令员说完，坐上吉普车走了。白房子则继续着它的日子。

现役军人是这样，兵团的人也是这样。我们共同撑起白房子上空那一片阴霾的天空。我们是兄弟。

1993年，在给《绿洲》杂志孟丁山先生的一封信中，我曾经说过一段话。请允许我把这段话在这里再重复一遍："当写到这里的时候，眼泪突然从我眼角里溢了出来。让我为你骄傲，那些曾经为共和国承担过责任和苦难的兵团老大哥们，让我借《绿洲》的一角，向光荣的你们，向那个早已过去了的年代，洒一把我心酸的眼泪。"

我在的那一阵子，这一地区经历过好多次边境事件，其中留给我深刻记忆的有三次：一是别尔克乌争议地区边境武装冲突，一是苏联间谍武装飞机越境事件，一是毛泽东逝世以后边境一线进入非常时期。这三次都有剑拔弩张、不得不发之势，但后来由于双方的克制，都未能酝酿成像珍宝岛、铁列克提那样的大规模武装冲突。

其中，最严重的一次是苏联武装间谍直升机越境事件。这事当时吵得很大，《人民日报》、中央人民广播电台都作为重要新闻作出报道，中国政府、外交部发表过严正声明和抗议照会，有把年龄的人大约都还记得这事。

事情的基本经过是这样的：1974年3月14日上午11时，一架苏联武装直升机从白房子上空顺额尔齐斯河越入中国境内，进入纵深二百公里一个叫黑龙沟的地方降落。当时降落在一个牧场上。游牧的哈萨克牧民们见了这个钢铁怪物，纷纷围拢前来。

驾驶室里共有三名苏联军人：一名少尉，两名少校。他们打开机舱后，见围拢来的哈萨克牧民的胸前挂有毛主席像章，明白这是进入了中国领土，于是赶紧关了舱门，就要重新起飞。这时，剽悍的哈萨克牧民们挥动着自己的套马绳，甩过去，无数条绳索套住了飞机的螺旋桨，飞机于是动弹不得。双方一直僵持到我分区骑兵连风驰电掣般赶到，此后，驻在争议地区的三个边防站、兵团一八五团值班连，也都派兵员赶到。

后来，我方一位资深驾驶员，将这架飞机低空飞行驾到乌鲁木齐，继而，这架飞机被火车运到北京。1974年国庆节期间，这架飞机和在珍宝岛缴获的那辆苏式坦克一起，陈列在中国革命军事博物馆，供游人参观。就在截获飞机后的第二日，中国方面发表了严正声明，认为这是一架武装间谍直升机，认为这是对中国主权的严重挑衅事件，继而，又大张旗鼓地表彰了这些牧民，认为用套马绳套飞机是一件军事史上的奇迹。这些牧民被誉为"孙玉国式的英雄"。苏方也迅速地提出了强烈抗议。苏方说他们这架飞机是去执行一次人道主义救援任务的，有一个苏联边民病危，飞机是去救援，结果误入中国境内的。

飞机越境那天的那个时间，边防站的了望台上，恰好是我值班。我记得，那天的天空虽然有一些薄云，但是能见度尚好，飞机是不至于迷失方向的。

首先，这架飞机不是去执行什么救援任务的，它这次起飞纯粹是军事用途。它是一架在中苏边界上空执行例行巡逻任务的巡逻飞机。

它为什么会越界？不是天气方面的原因，原因在三个士兵身上。三个士兵在斋桑军用机场临上飞机前，在一家小酒馆里灌了一通酒。这样，醉醺醺的他们在飞行中，错把额尔齐斯河当成了界河，于是溯河直上。据说，飞机在失去导航的地面坐标之后降落过两次，因为失去地面坐标无法辨认方向，只好拉起来又飞。

飞机上有两挺轻机枪，三个士兵的腰间都别有手枪。在中苏双方你来我往的抗议照会、抗议声明中，中方以武器这件事为论据，有力地戳穿了这是一次执行救援任务的谎。还需要说明的一点是，套马索是套不住直升机的螺旋桨的，事实上，这架直升机是没有油了，飞不起来了。这样，牧民们将套马绳甩向还在旋转的螺旋桨，让它停止旋转，继而，像拴牛一样，将牛皮绳的另一头拴在树上。

我没有见过这三名苏联士兵。听一位分区参谋说，他们开始时态度很强硬，但是在北京关押期间他们害怕了，其中有一个少校军官，每天捧着妻子的照片流泪。苏直升机越境后的第二天，苏出动了六十多架次的侦察机和中型轰炸机，在白房子上空盘旋，寻找失踪的飞机。相信，一旦找到那架惹是生非的直升机，他们会用武力将飞机强行夺回，或者干脆从空中扔下炸弹将飞机炸成碎片。

好在哈萨克牧民们将直升机用马草遮掩起来，伪装成了一个草垛。这样，苏方始终没有发现直升机。

中苏双方，因为这架直升机的事，发表了许多的抗议和声明。边界局势，随着这些声明的措辞日益强烈，也就越来越趋于紧张。

到了1975年的下半年，苏方终于失去了耐性，大量的坦克、装甲车云集边界。从了望台用五十倍高倍望远镜向苏纵深望去，可以看见烟尘滚滚——苏方调动部队的征兆。有一天，苏方连续三次向中方发出照会，最后一次照会的措辞是："由此不可避免地引起的一切严重后果，由中方承担。"这话实际上就等于是战争通牒了。

谁也无法预料情势会如何发展。这会成为一场中苏全面战争的起因吗？须知，一战、二战都是以边境事件为起因的。会有一场局部战争以苏方吞并这块争议地区为结束吗？那时，这块争议地区里的所有的人，他们唯一能做的事是硬着头皮勇敢地支撑。不管叫"困兽犹斗"也好，不管叫"以卵击石"也好，争议地区的人们，得硬着头皮。其实那时候大家似乎并不紧张，因为长期的这种压力已经使大家神经麻木。

边防站的人全部剃成了光头，这是为了一旦受伤后便于包扎。大家全都趴在了战壕里，轻重武器的枪口齐刷刷对准界河。黑夜白昼都守着，吃饭是炊事员用行军锅抬来的。大家的几件旧军装和日常零用，则打成一个小包袱，用针线包缝好，上面写上家乡地址和个人的名字，集体放在班里小库房里。一旦谁死了，这就叫遗物——如果有可能的话，这些遗物将寄回去。我那时候是六九式四〇火箭筒射手。这种武器是专门对付坦克的。我趴在一个丁字形的碉堡里，将火箭弹弹头安装好，从射击孔里伸出去，火箭筒则扛在肩上。按照教科书上的说法，一个射手在射到第十八颗火箭弹的时候，心脏就会因为剧烈震动而破裂，然而，我还是毫不犹豫地为自己准备了十八颗火箭弹。

在这种情况下，兵团沿边境线摆出的这一溜儿村庄，其情景自然也是这样。

胡子拉碴的大男人们，年轻一点、有点文化的小女人们，全都拿起了枪。我在前面说过，枪是那种老式的冲锋枪和老式的机枪。这些人员围绕着自己的村庄，组成一个半圆形的散兵线，昼夜值勤和巡逻。连队的那些拉大车的马，也被从车上卸下来，披上鞍子，成为巡逻人员的坐骑。

这期间，我曾经到一八五团团部去过一次。沿途这些村庄，都好像面临一场大劫难的前夜的景象，如死亡一般的静寂，鸡不叫，狗不咬，孩子们也知趣地闭上嘴巴，眼睛里露出恐怖的神色。

那些家庭妇女将值钱一点儿的东西，都包在一个包袱里。人就坐在包袱上，随时准备撤离。家具无法带走，就在门前挖一个坑，将它埋起来。在一家门口，我看见一户人家正将手摇缝纫机卖给一个游牧过来的牧民，价钱是三十元。

团部这平日十分热闹的小城，此刻也是出奇的冷清。男人们备战去了，女人们守在家里。我从这一个一个迷宫似的土坯房中间穿过，冷风飕飕，像走进一座废墟城市。

孩子们仍然在上学。从一座小学校里，传出孩子们唱歌的声音。那声音有些低哑，有些压抑。童音在这块荒原上回荡着，这声音叫我感动。

拖家带口的兵团人哪！

记得，当我骑着马，打一家兵团人的土坯房前走过时，一个七岁的兵团女孩，向我招手。2000年的8月1日，我作为一个老兵，重返白房子。重返的原因是在最近的中哈谈判中，白房子争议地区已经划归中方。重返时，百感交集的我专门去找那座土坯房，在那里，我见到了那个姑娘。算起来已经整整二十七年了，那房子还是原来的模样，姑娘则已经婚嫁，姑娘的儿子，也已经七岁了。姑娘姓陈，叫"小陈"。这是我这一次知道的。

事情后来终于没有发生。理智代替了诉诸武力。中国拿出了大国的风度，先是释放了那三名倒霉的士兵，接着在1975年的最后一天，将那架直升机也送回去了。

受惠的是我们这些当兵的，是这些拖家带口的兵团人，是这些唱着凄凉歌曲的兵团孩子。我的十八颗火箭弹没有派上用场，我也终于没有战死白房子。要不，新时期文坛也许会少了一个不算太蹩脚的小说家。

另外，尔克乌争议地区斗争则是边防站和前哨公社反修大队的哈萨克牧民们携手进行的，每年冬天成立一个军民联防指挥部，强行进入该地区放牧。

毛泽东逝世那一段时间，边境局势也是十分紧张。总参命令边界一线进入"非常时期"。据说，"非常时期"这个说法，只在抗美援朝时期用过。那一次，也是在战壕里不分昼夜，趴了二十多天，皮大衣上都长满了虱子。直到国庆节过后，"非常时期"才解除了。

如今苏联已经解体，中苏武装对抗已成为过去，所以我这个前白房子士兵，作为过来人，才斗胆将这一段亲历写出。

我最后想说的是，当中俄两国发表联合公报，并向世界宣告那一段边境线将成为永久和平边界时，坐在家中看电视的我，百感交集，为这一伟大的时刻流下了眼泪。

是在阅读兵团文联办的大型杂志《绿洲》时，才引发我心中对兵团人这份珍藏的感情。感谢编辑，把杂志期期寄给远方的我。在阅读的过程中，诸如"团场""胡杨林""引水渠""翻浆地""斯大林100号拖拉机"这些别人看来普通的字眼儿，却往往能引来我一阵激动，一股惆怅，一种崇高的感情。附带说一句，已故前辈作家，曾在新疆待过的杜鹏程较我的感情更为炽热。只要一提新疆，杜老就激动得两手发颤。

我是一个一无所能的人，唯一对社会有一点用处的，就是还能提起笔来写一点文字。因此我要把我的这段情愫用文字写出。中亚细亚荒原上的太阳在猛烈地炙烧着。一个面色黝黑的兵团女人，穿着一双高筒雨靴，挂一把铁锹，站在水渠的分岔处浇水。她的面前是一望无际的条田，条田里生长着春小麦。一个小兵——那是我——顺着田埂走过去。小兵的面色黝黑，神色忧郁，一颗大门牙在骑马时摔断了，因此他笑起来显得很滑稽。小兵就用这种笑容向兵团女人打了一下招呼，大约还敬了一个军礼，然后说，他是边防站种菜班的班长，他希望能分一点儿水，去浇边防站的菜地。女人打开水闸，于是水汩汩地向边联站菜地里流去。

记得，站在分闸口，我和这位面色黝黑的女人还拉过一段话。她说，她是天津支边青年，和邢燕子那一批一起来的。我则邀请她到边防站去做客，我说我们连长的老婆，也是那一拨天津支边青年。不过，连长的老婆多么年轻呀，像个小姑娘。我这话刚说完，就有些后悔了，于是我赶快补充说，连长的老婆之所以年轻，是因为她不生育。

后来那年冬天，边防站放一部叫《卖花姑娘》的朝鲜宽银幕影片，我专门到兵团邀请他们看。那面色黝黑的女人也领着孩子来了。我将那女人请到班里喝茶，女人的两个孩子又领来了一群兵团孩子。孩子们在地上乱跑，在床上打滚。

记忆中，农十师宣传队来边防站慰问演出过一次。那是一群面黄肌瘦、营养不良的姑娘。她们很可爱，那《布伦托海打鱼归来》的歌儿充满柔美。记忆中，这些姑娘特别能吃。边防站的家底很厚，餐桌上的东西很丰盛。但是这些姑娘们风卷残云，桌上的碟子碗儿很快就见底了。

边防站的副连长特意用一个大洋瓷碗，盛了满满一碗米饭，端给那个唱《布伦托海打鱼归来》的姑娘。米饭一层一层，用铲子拍实，上面又堆成一个宝塔状。谁知，好姑娘，端起碗来，一口气将这碗米饭吃得一粒不剩，直看得副连长在旁边目瞪口呆。

姑娘们见副连长很有趣，于是晚饭后邀请他到她们的住处去打扑克。那时流行的扑克游戏叫"50K"，谁输了给谁脸上贴纸条。脸上贴纸条最多的当然是副连长了。打牌的途中有些热，副连长就将帽子甩在了铺上。打到半夜散场的时候，副连长站起来，寻找他的军帽。铺上没有，那两个姑娘站起来，摸摸屁股底下，也没有。只有一个姑娘没有站起来，就是唱《布伦托海打鱼归来》的那姑娘。副连长猜想，帽子肯定是在那姑娘屁股底下了。他挠挠头，不知道该怎么办才好。突然，那姑娘叫起来，而在叫的同时，另外两个姑娘把副连长往门外推，嘴里还喊道："首长你快走吧！她来了！"副连长莫名其妙：她来什么了？

姑娘们尖叫道："你白克一个，她来例假了！"

副连长是有家室的人。"例假"这个字眼儿当然懂得，他一听，吓坏了赶紧就往外跑。随着门"嗵"的一声关了，屋里传来三位姑娘的畅怀大笑。

这就是兵团农十师宣传队那一次留给人的温馨而美丽的记忆。印象中，那也是我在白房子服役五年中，边防站唯一住过女人的一夜。那一夜，姑娘们的房间门前都加了双岗，界河边也派了几组潜伏分队。为了腾房子，战士们还挤在一起过夜。但是所有的人都很快乐，她们的那歌声和笑声，够我们在此之后咀嚼很久。

相形之下，新疆军区文工团来的那一次，留给人的印象就不怎么样了。她们像一群从天上掉下来的人一样。那个领队的男干部，喝了边防站的第一口水，就说："大家不要喝这北湾的水，提防拉肚子，这水是咸的！我第一口就喝出来了。"

这话叫人伤心。几个女文工团员，上厕所的时候，蹲在茅坑里说："瞧，你瞅底下，这地方还常有女人来！"女文工团员说话的那一刻，我正在另一边的厕所里。听了这话，我吼道："你们懂得个球，这地方哪有女人来！你们蹲的那是干部厕所。白房子没有男女厕所，只有干部厕所、战士厕所，你们来了以后，干部厕所临时改成女厕所了！"

演出一结束，她们就坐上车，连夜离开了这危险之地了。

我们也有腿，但是我们不能离开。全边防站列队，眼睁睁地看着汽车的大灯消逝在夜幕的深处，副连长喊了一句：晚上加强警戒。完了，他还嘟囔了一句：她们命贵！

我就写到这里吧！这个话题一旦开了头，就很难打住，我原先仅仅想把它写成一篇千把字的小文，想不到一搭笔，就写了这么多。

附带说一句，2000年8月我的白房子之行中，曾专程前往农十师驻地北屯市，寻找那个当年唱《布伦托海打鱼归来》的姑娘。我询问了许多的人，最后才在师工会主席何勤那里得到一点消息。何勤也是当年去白房子慰问演出时的文工团员，她告诉我说，那可爱的姑娘叫何润香，山东支边青年。她还说，这姑娘已经在1986年的一次车祸中去世了。

写作的这几天，正是西安的阴天，我全身的关节都在疼痛。这是那一段日子留给我的纪念之一。记得临离开时，边防站的医生对我说，一旦回到内地，这关节炎就会不治而愈的，看来，他并没有说对。

我用这篇短文向认识的和不认识的每一个兵团兄弟致敬。我献上我对那块土地的热爱和对你们的热爱。时过境迁，那一段日子已经不复存在，并日渐被历史尘封，后来的人们已经不会知道为共和国承担过巨大责任的那些普通人的事了。但是我们有责任让人们知道。

最近我写了一篇文章叫《请将我一分为三》。文章说：假如有一天我死了，请将我的骨灰分为三：一份儿撒入我故乡的渭河，一份儿撒入我生活和工作过的延河，一份儿撒入我驻守过五年的额尔齐斯河。

是的，我将回到那块土地上。我将骑着马穿过那铺天盖地的葵花地，穿过那一个又一个兵团村庄，我将向每一个熟悉和不熟悉的面孔深深地祝福。额尔齐斯河春潮泛滥时期那喧嚣之声，里面会有我年年的歌唱。

2001年11

生命中有一段当兵的岁月

  中学生军训这件事，不独在中国，好像在世界大多数国家，都在实行。以我这个当过兵的人看来，这确实是一件好事。"生命中有一段当兵的岁月"，这是诗人周涛诗中的一个题目。军旅生涯能培养人的集体主义精神，能叫人吃苦耐劳，能叫人变成一个大气的人。这是我的体会。

  我曾经应邀到一个训练基地去给那些正在军训的孩子讲课。基地为我出的题目是"你是如何从军人到作家的"。一进军营，满地的橄榄绿、充耳皆闻的口令声、脚步声使我有一种恍惚的感觉，仿佛自己又回到了从前。我觉得自己在那一瞬间也年轻起来了。

  这本书正是这些军训过的孩子写的作文。他们真实地记录下了军营生活的一点一滴，记录下了这一身橄榄绿给他们的成长带来的巨大影响，记录下许多难忘的事。我的孩子也曾参加初中和高中的军训，他们的文章让我想起了自己的孩子。

  记得孩子说过：军训结束分手时，他们抱着他们连长的肩膀，哭起来。这话在当时曾叫我感动：在这个以自我为中心的时代里，世间还有这么真挚的感情，这是军训给带来的。

  我向军训过和没有军训过的孩子推荐这本书，向他们的家长推荐这本书，向社会推荐这本书。记得某一年，中国的一个研究机构做出调查说：中国的下一代与日本的下一代相比，意志、体质诸方面会弱上许多，在未来竞争中中国肯定会处于劣势。那时我就对这句话不以为然，觉得我们的下一代会比我们更优秀的，而现在，孩子们的这些文字，更是让我有了信心。

2001年5月29日

最后的骑兵

　　我写过一个中篇小说叫《马镫革》，小说描述了中国人民解放军最后一支骑兵作战部队撤编的过程。

　　它叫七九七七部队，或者叫"骑兵二团"，驻扎在阿勒泰草原的盐池。它的前身叫西北野战军骑一军。这支战功卓著的部队，兰州城血战之后，越过星星峡进入新疆，最后缩编成团的建制，驻扎在盐池。它扼守在这里，是因为这儿是阿勒泰草原通往乌鲁木齐的必经之路，而阿勒泰是叛匪乌斯满的家乡。

　　它是1975年大裁军时撤销的。撤销的原因之一是骑兵这个兵种，在现代化战争中已经失去原有的作用。第二个原因则是，一匹军马的军费负担，相当于三名士兵，因此从节约军费开支这方面考虑，它似乎也不应该继续存在。

　　这支部队后来与驻扎在边界的军区独立步兵第一营合并，组成一个新的建制叫"新疆军区边防四团"，仍然驻扎在阿勒泰草原上，只是驻地向边界挪了二百多公里，团部驻扎在哈巴河县城。

　　我在小说《马镫革》中，曾经动情地描写过这支骑兵作战部队撤编的过程。我说，从"胡服骑射"时就开始的辉煌了两千年的这个兵种，最后像一滴水一样在这里彻底消失，而消失的地点叫盐池。当时，团长拿着团史馆里的各种陈列，泪流满面，不知将它们怎么办。

去年，我重回了一次老部队。现任边防四团的李文德团长，正是我离开部队那时来的新兵。他要我为"团史馆"题写一个馆名，这样我知道了，虽然不再是骑兵建制了，但是光荣的历史还在延续，这支部队被认为是"骑二团"的延伸。当然还因为李团长就是在盐池旧营房接受的新兵连训练。我慨然为团史馆题写了馆名，还将自己的《白房子争议地区源流考》《马镫革》的手稿，交团史馆收藏。

李团长说，这个部队出过两个名人，一个是歌唱家李双江，一个是小说家高建群。我很惶恐，我说我真的不算什么，只是一个从马背上下来的士兵，又拿起笔，继续他的马背生涯而已。

李双江曾在骑二团待过一段时间。当时，团里在盐池建了一个大学生农场，接纳的主要是接受再教育的大学生。李双江是新疆军区文工团送到这里来劳动锻炼的。后来，1971年，西哈努克来新疆，李双江唱了一曲《怀念祖国》，然后名声大噪，被调回北京去了。老兵们还记着当年劳动时往房顶上扔土坯，大家叫着"老李来一个"，于是李双江挺着个粗脖子，唱《阿曼都尔拉骆驼》的情景。我的一个中篇《伊犁马》中，那个"一夜间的天才"说的就是他。

我去年之所以回部队去看看，是因为我当年驻守的那一块中苏争议地区，已经在最近的中哈边界重新勘界中，成为正式的中国领土。得到这个消息后，我这个白房子老兵热泪盈眶，因此，我决定回去看一看那里如今到底变化成什么样子了。

严格讲来，我当兵时不属于骑二团，而属于独立步兵第一营，即与骑二团合并的这支部队。两支部队正是在我服役期间合并的。

但是，既然现在大家都认为骑二团是现在这支部队的前身，我也就乐意接受它，并且为自己是最后的骑兵而骄傲。

虽然骑兵这个建制没有了，但是边防站目前还有一些马。这些马仍然用于巡逻和值勤。在边防站，我问年轻的蒙古族马倌，我当年骑过的那匹额上有一点白的鼠灰色的马如今还在不在。马倌笑了，他说：人都换了多少茬了，马还能不换？马倌的话引起我无限的惆怅，令我想起郭小川的那些诗行：

> 我的枪呢，我的枪呢，
> 不知在哪一座仓库里烂成枯枝。
> 我的马呢，我的马呢，
> 怕早在哪一个合作社里拉上了驴。

在重返白房子的那个早晨，我从马号里抓了一匹好马，在这片大草原上驰骋了很久。战士们说这个大肚皮的老兵马术还可以。

这就是我所知道的中国人民解放军最后一支骑兵作战部队的故事。据说，在此之后，仅仅在内蒙古保留了一支营建制骑兵非作战部队，用于影视拍摄。《三国演义》诸类影视片中就有这支部队的身影。它虽然还叫骑兵，但是已经不是"兵"的概念了。

当写这篇短文的时候，让我向那"车辚辚，马萧萧"的遥远岁月献上我的祭奠，为骑兵这个辉煌了两千年的兵种献上我的祭奠，并且，向那遥远的阿勒泰草原上我的战友们，寄去我的祝福和问候！

2001年8月

以一位前边防军士兵的名义

我有一段过去。在中苏两国交恶期间，我在边界上一座险恶的白房子驻守过五年。那里当时是一块争议地区。六千公里的漫长的中苏边界，哪里一患感冒，这儿先发炎。

我曾经经历过一次势所难免的边界冲突。我是火箭筒射手，当苏军的坦克成扇形向白房子逼近时，我给我的掩体里放了十八颗火箭弹。按照教科书上的说法，当射到第十八颗火箭弹的时候，射手的心脏就会因为剧烈震动而破裂。但是我还是毫不犹豫地为自己准备了十八颗，所幸的是由于中苏两国的克制，那一场冲突没有继续。

而今，当躲进城市的一个角落，安静地走向晚年的时候，没有人知道我是谁。但是我自己知道我是谁。走在大街上，我的骑兵的罗圈腿告诉我我是谁。每逢雨雪天我的关节炎和坐骨神经疼告诉我我是谁。每逢开口说话或咀嚼食物的时候，我的骑马时摔断的那颗大门牙告诉我我是谁。尤其是遥远天际下的那险恶的白房子，那是我的一场噩梦，我注定此生将像一个蠕动的蜗牛一样，背负着白房子，直到生命有一天终结。

我不怨恨白房子，因为那是我的一段过去。而尤其是当一位朝气勃勃的女孩子告诉我，她出生在20世纪70年代初一个金色秋天时，我说，我那一刻正在白房子当兵。我还说，光为了你和你们的安宁降生，我的白房子经历也是值得的。

2000年的秋天我去了一趟新疆。重返白房子的原因是那一块争议地区，已经在最近的中哈重新划界中不再成为争议地区，而终被确认为中国领土。对于熙熙攘攘的社会，这也许是一件微不足道的事。它毕竟距离那么遥远，很难进入我们眼前的生活。但是对于我这个白房子老兵来说，你知道这件事具有多么重要的意义。

得到这消息的时间是在2000年的春节。那一刻，我们家居西安的几个白房子前士兵，聚在一个烤肉摊前抱头痛哭，为我们苍凉的青春岁月而哭，为白房子回到中国版图而哭。在哭声中老段说，假如当年那一场战争爆发，我们几个现在肯定都在一个烈士陵园里。

这几个战友一个叫段慧来，一个叫樊贵新，一个叫侯存生。老侯是下岗职工，在街上摆了个烤羊肉串的摊子，我们就是在那里聚会的。

这样，便有了我的2000年的白房子之行，于是便有了这本叫《白房子》的书，以此作为我对这块五十五点五平方公里的中国领土，对一百年来在这块争议地区驻守、居住和滞留的人们的敬礼。

应当写这本书的人也许不是我，而是那些更久的驻守者和居住者们，是那些边境冲突中的幸存者们（比如参加过铁列克提冲突的那位大校）。我写的原因是我手中还有一支不太熟练的笔，而他们则没有。这就是说，我到过那些地方，经历过一些事，而恰好手中又有一支笔，因此，将白房子的事告诉世界，便成了我的一个责任。

《白房子》一书共三篇。第一篇叫《重返白房子》，第三篇叫《在白房子》，读者朋友们读到的《白房子争议地区源流考》，是

第二篇。全书二十万字，配有二百幅图片。

关于我的这次白房子之行，要说的话实在是太多太多。诸如了望台，诸如那堆无名坟墓，诸如我当年趴过的那个碉堡，诸如我的战友"华侨老梁"的悲惨故事，等等。限于篇幅，我这里只说一说我见到马镰刀的白房子的情况。

"这就是老的白房子边防站的站址。我们站的第一任站长姓马，是个回族人。他叫什么名字，我们已经不知道了，我在小说中叫他马镰刀！"我对这位年轻的军人、现任的站长说。

说完这些以后，我面对白房子废墟，跪下来。

我点燃三支香烟，将它们整齐地插在地上。我以此来祭奠马镰刀、道伯雷尼亚、耶利亚，祭奠边防站那些过早凋零的士兵。我还祭奠这五十五点五平方公里的土地，祭奠我苍白的青春。

2001年8月

白房子老兵关于西北边防的最新报告

20世纪70年代初期，我曾经在中苏边界一座边防站当兵。那座边防站位于额尔齐斯河河口地段，正式的名字叫北湾，哈萨克人则叫它白房子。

那时，刚刚经历珍宝岛和铁列克提事件后的中苏边界，战云密布，双方处于严重军事对峙状态。苏方在六千公里漫长的中苏边界，部署了五十五个步兵师，十二个战役火箭师，十个坦克师，四个空降师，号称陈兵百万。中苏全面战争呈一触即发之势。

我这个曾经亲历过几次大的边境事件的前白房子士兵，称那时候我们的头顶上高悬着一柄达摩克利斯之剑。更兼这白房子地区是争议地区，因此这柄剑从这里掉下来的可能性更大。

回到地方上以后，惊魂未定的我，曾经写过一个叫《遥远的白房子》的小说。大约从19世纪中叶开始，沙俄帝国对中国一百五十多万平方公里领土的鲸吞，都是沙俄尼古拉二世的"黄俄罗斯"计划的一部分。正是因为沙俄对中国领土的鲸吞，令它成为一个横跨欧亚两洲的大帝国。

今年我遇见了四件有关白房子的事。

第一件事，今年春节期间，我们几个居家西安的白房子老兵，互相寻找多年以后，终于在一个战友的烤羊肉串摊子前相聚。我们喝着啤酒，吃着烤肉，喋喋不休的话题，永远是那险恶的白房子。

第二件事，是兵团农十师文联主席杜元铎先生，邀请我到他们那里去讲课。农十师的师部所在地北屯，和我所在的部队，恰好都在那一块阿勒泰草原上。

第三件事，我从一个退伍老兵那里，得到一个惊人的消息，在最近的中哈边界会谈中，哈方已经主动放弃了对白房子争议地区的领土要求，因此，五十五点五平方公里的白房子地区将不再成为争议地区，而成为双方共同承认的中华人民共和国的正式领土。

那第四件事，则是作家出版社编辑张亚利小姐的一个电话。张小姐在电话中说，一些年前，我曾经和作家出版社签订过一部边境题材长篇小说的合同，她问那小说现在写得怎么样了。

上述四件事，促使我在2000年的7月14日，背起行囊，踏上重返白房子的路程。二十二天中我记了五万字的笔记，随行的摄影记者陈旭，则拍了四十个胶卷。

这次行程是我对中国西部边防的一次实地踏访。我的足迹从友谊峰下面的白哈巴边防站开始，沿阿克哈巴河而下，到达扎木拉斯边防站，而后到达阿尔泰山脚下的阿赫吐拜克边防站，再到达克孜乌雍科边防站，最后到达额尔齐斯河河口的北湾，即白房子边防站。后来，又顺边界线西下，到达吉木乃边防站。

边界线太长，而我的脚力有限。我仅仅走了一千多公里。好在我从与阿勒泰军分区张连枢大校的谈话中，又得到了塔城、伊犁等边防站的情况。因此，我此行中对苏联解体十年之后的中国西北边防的总体印象，应当说是准确的。

站在我当年站过的白房子边防站的了望台上，举起望远镜向哈方纵深望去，当年边界线上麇集的坦克、装甲车、成队成列的剃着光头穿着马靴的大兵，如今好像被一阵大风刮去了似的，一个也看不见了。白茫茫大地真干净。

当年那令人窒息的空气，凶险四伏的土地，也一下子松弛下来。我的眼前只有一片枯黄的干草原和连绵起伏的沙丘。我的所经之地，没有发现一个哈兵。寥寥可数的几个哈兵，缩在苏联时期破旧的边防站里，例行公事地从事守边任务，很少出来。

相形之下，边界中方一侧，较我在时热闹了许多。国务院正在实施一项"边境美容工程"，要将散兵长线一样散布在边界上的兵团团场，全部改造成边境小城。在白房子地区驻守的是一八五团。我去的时候，一八五团团场正在大兴土木，团政委告诉我，国家计划拨款两亿，十年完成，也就是说每年拨两千万给这个团场，来搞边境美容工程。

一八五团是在1962年"伊塔事件"时，开进白房子争议地区的。当时上级说要去执行一项紧急任务，需要半个月时间。于是从边境纵深的团场里，抽调了三个连的农工，给每人一支枪，五十发子弹，四颗手榴弹，一条干粮袋，将这些人装上了汽车，开到白房子边界。尔后，就地驻扎下来，盖房子，种地，发展成现在的一八五团。在农十师师部北屯，我才知道，我驻守的那个白房子，竟然是一八五团人盖的。

1962年，一八五团在给自己盖地窝子的同时，为这块争议地区盖了两座边防站，这就是北湾白房子边防站和克孜乌营科边防站。这件事引起了我深深的感慨。

我仅仅只在这块争议地区生活了五年，而兵团人在这里生活了四代。当年我骑马穿过战云密布的兵团村庄时，一个七岁的小女孩站在门口向我招手。这次我重访这户人家时，他们还住在低矮的土坯房里，女孩告诉我她已经三十二岁了，她的儿子已经上小学。

吉木乃边境口岸也是十分繁忙。我来到口岸时，桥上正在过车队，大卡车上拉的都是废钢铁。人们对我说这钢铁是从俄罗斯来的，俄罗斯怎么有那么多的废钢铁呀，整天有车队通过，一个车队就是一百六十多辆车。

来自全国各地的商人，正在吉木乃这个通商口岸摆摊设点，建商贸城。商人们把这叫"抢滩"。来得最多的是江苏无锡人。

号称"西北边境第一团"一八五团的李文德团长告诉我，哈军的普通军官，不久以前已经全部换成哈族，当然，主要军官还是由俄罗斯派遣。风尘仆仆的李团长，刚刚会同中哈边界勘查小组，参加完中哈边界该团防区的边界线重新勘查工作，下一步，还将以本防区军事长的名义，应邀去哈方检查和监督哈方的边防驻军情况。

我驻守过的白房子争议地区，正是因为这次重新划界，而成为不再争议的中国领土。它的一百年血雨腥风的沧桑至此结束。而白房子所以能顺顺当当地收回，原因正是由于部队三个边防站和兵团一八五团在这里的坚守。

李团长告诉我，中哈边界勘界和树立界桩的工作已全部完成，现在只剩下最后签字。我问这"最后签字"是什么意思。李团长告诉我，那只是一个形式而已，现在双方正在加紧整理文件，文件整理出来后，由两国领导人签字，这样就正式生效。

那么双方军事长互相抽查的概念又是什么呢？李团长说，现在两国达成协议，将主力部队后撤一百公里，今后将互相抽查。抽查中，营区内两米以上的建筑物都要开门检查，边境地区驻军的人员编制、装备、首长名字都要提供给对方。边防站则要挂牌。

李团长说，两国都在谋求友好，都希望能腾出精力搞建设，而由于美国的全球导弹防御系统有可能实施，更促使了两国加紧友好边防的建设步伐。这些话真叫人高兴。也许只有经历过珍宝岛，经历过铁列克提，经历过白房子的那个时代的人，才能体会出这些话所含的分量。

在白房子，站在即将生效的中哈边界39号界桩前，面对滔滔而西的额尔齐斯河，当北屯电视台的记者问我此行最大的感受是什么时，我噙着眼泪说："和平真好！和平万岁！"

白房子边防站的我的那些后继者们，他们笑得多么开心呀！尽管他们的脸被风吹得发黑发干，这世界第四大毒蚊区的蚊子将他们脸上咬得疙瘩摞疙瘩，但较之我们那时候的"寡妇脸"，那惊悸的心，那有今天没明天的日子，他们已经能过上正常的生活了。

在哈巴河县边防四团团部，我还见到一个企图从我境偷越出境的哈萨克斯坦边民。这个边民被押到边防四团驻地以后，李团长亲自审讯，我听到这事以后，也赶去看了审讯过程。

这个哈萨克斯坦人叫阿依博拉特，二十四岁，身高约一米七五，黑头，长脸。他的胳膊上有被香烟烫过的三个圆形伤疤。他很紧张，在审问的过程中，两条腿不停地打战。

他是在喀纳斯湖的密林中被抓获的。据说，他从霍尔果斯口岸方向来，到了白哈巴以后，询问当地居民通往边界的路怎么走，当地居民将这事报告给白哈巴边防站，于是边防站一个副连长带着搜索小组，在林中搜了十一个小时，才将这人抓获。

据这位面色黝黑的企图越境者说，他是哈萨克斯坦国阿拉玛特市许图拜县人，是从霍尔果斯口岸入境来中国做生意的，结果被人骗了，身无分文。他起诉到了霍尔果斯口岸的中国法庭，他的证件也被押在了那里。他这次到阿勒泰，是想找他的一个亲戚借点钱。结果，亲戚没有找到，于是他在阿勒泰城和人喝了一场酒后，糊里糊涂地脑子懵，就来到边界，想从白哈巴方向就近偷越国境。

李团长认为他有几个疑点，第一，他既然有护照，为什么不堂堂正正地从霍尔果斯口岸出境？第二，他说到阿勒泰来找亲戚，那么这个亲戚是谁？第三，他说他曾在阿勒泰和三个人喝过酒，但又说不出这三个人是谁！第四，他身无分文，即使跑到哈萨克斯坦境内后，又如何回家？

我推测说这人也许是做生意的，但是不是做正经生意的。哈萨克斯坦黑社会猖獗，这家伙很可能是一个贩毒的。

李团长说，目前正在同霍尔果斯口岸联系，并通过口岸和对方会晤，如果这青年确实是那个地方的人，确实是来中国做正经生意的，部队将把这个企图越境者送公安机关，然后从口岸送回。如果确实有别的方面的嫌疑，且一时无法查清，也将交公安系统查清。

对于这桩越境案，边防军的任务已经完成。审问结束，临离开这个临时拘留室时，我看到这个青年面色铁青、眼神中充满恐怖、双腿打战的样子，顿时起了恻隐之心。

我递给他一支烟，为他点着，并且拍拍他的肩膀，我对翻译说，你告诉他，请他不要害怕，如果他真的是正经生意人，一旦查清，很快就会放他回去的。

翻译将这话传达给这青年以后，我看到他的表情轻松了一些。

事后，李团长对我说，今年边防四团防区，一共抓了十一个企图越境分子。他说，较之当年那些抱着军事目的的克格勃特务，现在的越境者，大都是一些民间行为。

他举了两个例子。

前些天，阿黑吐别克边防站抓获了三个越境者，二女一男，是从哈萨克斯坦越境进入中国的。刚过界河，便被牧民报告给了边防站。经审问，这三个人是俄罗斯人，过来是想看病。他们患的是淋巴结核病，本国治不了，从电视上看到中国的中草药很神奇，于是从俄罗斯到哈萨克斯坦，又从这一处越境。

另一个例子，是从中国越境到哈方的。这人是乌鲁木齐人，哈萨克族，做运输生意的。做亏了，嫌中国的税高，想偷越国境，到哈萨克斯坦去。他坐车到哈巴河县城，对着地图想越境的办法，突然看见地图上有一条河流，流入哈境。于是这家伙异想天开，在哈巴河买了个汽车内胎，充足气，然后抱着轮胎，从哈巴河漂流到额尔齐斯河，又从额尔齐斯河往下漂。结果，漂到离河口地段七公里的地方，被北湾边防站的巡逻兵抓住了。

较之当年中苏边界的剑拔弩张，较之当时的新疆特务多如牛毛，现在这些越境事件都带有喜剧色彩，成为这一处和平安宁边防状态的一个点缀。

中哈边境目前的安宁祥和状态，除了世界格局发生根本性变化外，国力的对比，也足以令哈萨克斯坦放弃当年苏联的远东边防政策，以睦邻友好为上策。

尽管苏联解体后各国之间还有一个松散的独联体联盟，但毕竟不再是一个统一的国家了。各国都有各国自己的利益。

在我的边界的逡巡中，这个昨日老兵最深刻的感受是国力对比的变化，是西北边防压力的大大减轻。

当年的中苏边界，现在已经成为中国与中亚一些国家的边界。

俄罗斯自19世纪末开始的对中国、中亚地区大规模的领土扩张，尼古拉二世雄心勃勃的"黄俄罗斯"计划，想不到在今天是以这样的一个结局画上句号的。

这也许是一种讽刺吧。

上面我主要谈的是中哈边界的情况。其实，中国与中亚五国边界的情况，和上面的叙述也都大同小异。不过，为了能使读者对整个中国西北边防情况有一个全面的了解，下面我将由东向西，将自友谊峰而下的整个西北边防情况略谈一下。

友谊峰过去是中、苏、蒙三国交界处，现在依然是中、俄、蒙三国交界处。友谊峰以东，是中蒙边境，友谊峰以西至白哈巴边防站在苏联解体之后，目前仍有五十四公里的中俄边界。这五十四公里地段都是高大峻峭的雪山，属无人居住区，也不通道路。

从白哈巴往西，便是漫长的中哈边界。

中哈边界从阿勒泰，到塔城，再到伊犁。这个地段在历史上是多事之地。著名的铁列克提事件，就发生在塔城的裕民县。

伊犁则是当年清廷戍边大将左宗棠设立总兵府的地方。这个总兵府就设在靠近边界的霍城。左宗棠以老病之躯，抬着棺材进疆，先平定了东疆、南疆的准噶尔部叛乱，接着收复伊犁，清政府与沙俄签订了条约，从而遏制了沙俄向中国、中亚地区的领土扩张。

再往西，就是中国与吉尔吉斯斯坦的边界、中国与乌兹别克斯坦的边界、中国与塔吉克斯坦的边界了。

这些都是以前的中苏边界。这些边界目前的状态，和我们上面谈到的中哈边界的状况相似。

与塔吉克斯坦接壤的是巴基斯坦。巴基斯坦是中国一个重要的邻邦。中苏关系由战争恐吓到逐渐恢复理智，是因为中国打了美国这张牌。巴基斯坦就是美国接触中国的一个跳板，被称为"国际秘密通道"。美国总统尼克松的特使基辛格正是通过这个秘密通道来华，并最终促成1972年2月的尼克松访华。

再前行一段后，便进入中印边界。

中印边界尚是一段需要艰苦谈判，以便最后达到双方共识的边界。现在的边界，是1962年中印边境自卫反击战的临时停战线。

我在边防站的那些年月，中印边界白雪茫茫的大戈壁上，以几块大石头作为边界标志。中国的巡逻兵路经这里，将大石头向印方实际控制区搬去几十米；印度的巡逻兵路经这里，将大石头又向中方实际控制区搬去几十米。那年月，发生过好几起巡逻兵误入对方境内，打死哨所哨兵的事件。

以上就是苏联解体十年之后，中国西北边防的总体态势。用张连枢大校的一句话来概括目前的西北边防，最为恰当。这句话就是：强边固防，睦邻友好。

稳定安宁的西北边防，为实施西部大开发的总体战略准备了必要的条件。这就是一个白房子老兵，在重新踏勘当年的中苏边界以后，写给这个世界的一份报告。

2000年10月

白房子人物

我乡间的亲人已纷纷谢世

我边疆的战友已不知西东

——旧作

指　导　员

指导员原来在新疆军区警卫团。龙书金到新疆，说：警卫团是保护王恩茂的，让它解散。当时，正好中苏边界、中蒙边界紧张，警卫团就化整为零，分散到边界一线去了。

在我们士兵眼里，指导员是白房子的象征。他轻易不外出，每天风纪扣扣得严严的，扎着根武装带，和我们站在一起。他教我们练刺杀时，有一个动作很特别，就是向后跳跃的时候，枪刺刺出。副连长是军事专家，他很不以为然，他说："后退的时候，枪刺刺出去，刺谁哩？"指导员说："这一枪是虚刺，是掩护自己后退！"

事过去许多年了，我觉得指导员的话是对的。

指导员有面部神经官能症。队列前，他大吼一声："立正！"下面紧跟着一句是"大家不要动了"。所有的人都像一棵树那样站着，纹丝不动，只有指导员半边脸上的肌肉，猛烈地抖动着。大家想笑，不敢笑。

指导员是个严格的政工干部。有一次吃饭前，唱国歌，他叫所有的人都检查一下自己的腰带。那时，我们偷偷地把马鞍上的马镫革，拎在自己腰里。指导员指着自己的布腰带说："我这腰带，拎了八年了。人一生，几个布腰带，就打发过去了。为啥要去拎公家的马镫革！把马镫革卸下来，交到连部里，再吃饭！"

有一次，上级来了个工作组，检查连队的"批林批孔"。我多了一下嘴，说连队抓得不力。为这事指导员很恼火，本来定下我去上大学，结果换成了我的一位同乡。事后，我才知道，这次是来考察指导员的，由于我的话，他在部队的最后一次提升机会，没有了。

这事叫我好内疚。指导员也很内疚，在我离开边防站的时候，他说起当年没有让我上大学的事，说他做错了一件事。我说：错在我！

额尔齐斯河有一年春潮过后，界河与额尔齐斯河的交汇处，出现了一个篮球场大小的三角区。也就是说，界河在这里分成了两股，圈下了这块三角地带。边界线是以界河中心线为界的，这块三角区很可能要酿出一场珍宝岛式的局部战争。当我郑重其事地将这事向指导员汇报时，指导员只简单地说了一句：早就知道！

指导员向上边汇报了没有，我不知道，不过，他拿得那么稳，一直小心翼翼地捱到中苏关系解冻。时至今日，我只能说，他是对的，没有他的老谋深算，我大约现在已经没有了，我的那可爱的儿子，更是无从谈起了。

指导员已经转业，现在在新疆钢铁公司经警中队当教导员。他有三个子女。当我的一篇有关白房子的小说被他们看到后，女儿问父亲说：你真的在那么恐怖、凶险的地方待过吗？指导员点点头。

指导员还把女儿的这句话，写信告诉了我。

我为那位没见过面的女孩子的这句话，掉了泪。

副 连 长

副连长是老边防。拎一根武装带，蹬一双雪亮的马靴，胡子刮得干干净净。副连长爱骑烈马，巡逻时，遇到地势平坦处，策动马狠命地跑上十几公里。他说这叫"李向阳过草滩"。

我第一次前往别尔克乌争议地区巡逻，就是副连长带队的。这次巡逻我掉了马。

副连长喜欢在吃饭的时候，站在队列前面训话。他训话的开头两句总是："哨兵晚上注意点，咱们是把头别在裤带上过日子哩，知道不知道！"

有一年，军区文工团到边防站来演出。原来说好，要住一晚上的，可是，演节目期间，对面苏军的照明弹、曳光弹、穿甲弹，打得天空五颜六色。文工团说他们演完节目连黑搭夜走。

边防站已经腾好了床位。听到这话，副连长窝了一肚火，他说："就你们的命是命！"

副连长正火着，一个独唱演员还不识相，接过我递过去的一杯开水，呷了一口，嚷嚷开了："这水里有碱，我一口就喝出来了！"

副连长见了，骂了这演员一通，还伸出个大巴掌，要打他。指导员批评了副连长。副连长一向不买指导员的账，他说："不就是比我多穿一双解放鞋么，有啥了不起的！"

这话也是副连长的一句口头禅，专门呛指导员的。副连长在我眼里最威武雄壮的一幕，是那次遣返羊只。苏方的两只种公羊跑过来了。双方约好，在北纬多少度东经多少度，北京时间几日几时几分，莫斯科时间几日几时几分，在界河三号口交接。那天，副连长除了平日的那身装束以外，还多加了副白手套，别提多牛了。交接仪式上，他一副威赫赫的样子，像个将军。他做着各种手势，他脱下帽子，在空中划着大圆圈。我没有能参加那次交接，我掉马时叩断了大门牙，副连长说我的形象有碍军人观瞻，我只捞了个抱着冲锋枪、趴在沙包子后面掩护的角色。

副连长家是地道的农民。他家里很穷，他的一个家人（可能是弟弟）是神经病，我听上士说，他常常借钱，寄给家里，买粮食吃。如今，我想，他那威严的外表背后，一定隐藏着许多的苦楚。

副连长在我离开白房子不久，退役了。他是河南人，姓陈。他回到乡下，在他家乡的那个公社当武装专干。这个专干我想将一直会当到退休的那一天。余下的晚年，他大约就是跂蹴在家门口，一边晒太阳，一边摸着老寒腿，回忆自己的白房子岁月了。

连　　长

连长这个位子，原来空着，空了很久。连长到职以后，边防站连续生了几件事。一位河南籍兵，在一号口（界河与额尔齐斯河交汇处）抽烟，引起大火。火势越过界河，蔓延到苏方，一直烧到额尔齐斯河下游几十公里处。一位陕西籍兵，打马草时横渡额尔齐斯河，被水淹死，尸体冲到下游一百多公里处。苏方出动直升机，将这个叫韦玉良的士兵的尸体，从斋桑泊运到阿勒泰城。

这两件事都造成了涉外事件。记得，指导员说："新官上任三把火，这第三把，不知道又是什么乱子呀！"这话说得连长大窘。

连长的老婆在哈巴河县城。每月，连长要回一次家探亲。回家前，他要把自己关在房子里，待几天，我们说这叫"养精蓄锐"。回站后，他又要在房子里关两天，我们说这叫"恢复元气"。

哈巴河是营部所在地，随军家属都在这里。一月一探是营部的规定。

最初，是半年一探。有个家属耐不住寂寞，发生过一起"胶水瓶事件"，她罗圈着腿，找营部莫医生。这事一时间成为笑谈。营长在军人大会上骂道"尽出洋相"。以后，"一月一探"这个规定出台。

连长给人留下的印象很浅。

副 政 指

副政指也是河南人，一口乡音始终未改。他说话喜欢用歇后语和土语。遇到不顺心的事，他会信口说出："我操，真日毛！""真"字咬得很重，"毛"字扬起来十分好听。遇到谁提了个好的建议，他会立即兴高采烈地说："两个老婆对屁股，四（是）个门！"

他爱听豫剧。边防站的起床、吃饭、午休、就寝，是靠有线喇叭指挥，他永远在那里边放着豫剧《朝阳沟》。尤其是早起床和午休起床，那豫剧，简直就是催命咒语。至今，我一听到豫剧，就紧张得心惊肉跳。

副政指又小又瘦又黑，不过他骑着全站最漂亮高大的一匹马。这马全身雪白，他叫它"大青马"，他解释说，马刚入伍那阵全身是青的。巡逻的时候，他骑在马上，全身戎装，面色严峻，像一只凶猛的黑鸟，敛落在白马上。

新兵到站的第一次紧急集合，就是他指挥的。他挥舞着手枪，叫道："老修一个加强连，穿过一号口，正向白房子方向迂回。命令……"这一幕令我终生难忘，因为我当时以为真的有敌情。

副政指当兵十五年头上，从河南农村将他的老婆接来，住在哈巴河。我当时正好到哈巴河开阑尾（俗言：新疆当兵三年，要吃掉一个毡筒的羊毛），就帮助他搬家。他的老婆，头上两条辫子以外，脑把上还有根扎着红头绳的小辫子。我们叫她"马小辫"。据说，副政指的家乡在很闭塞的豫西农村，当年接副政指那一茬兵时，当地老乡还管接兵的叫"老总"。

副政指在我离开白房子后，又到与我们毗邻的克孜乌营科（红柳）边防站当了一任指导员，然后转业。我曾收到他转业后寄来的一封信，他在一个叫"义马"的煤矿继续搞政工。

储　医　生

储医生有个毛病。他看见你打菜过来了，就凑到你跟前，鼻孔搁在你碟子上，然后用一根指头，按住鼻孔，嘴里"哝儿，哝儿"两声。你说："脏死了，我不吃了！"他说："倒给我！"

他和副连长都能放屁，从连部到饭堂，五十米距离，他俩能一步一屁，从这边台檐放到那边台檐。他说放屁是胃功能良好的表现！

他是医科大学毕业生，在十六医院恋了个伊犁军分区司令员的女儿，交女朋友，三天两头通信。有一次，他太激动，信没有封口，就寄走了，过了几天，他收到了一封没有封口的信，信中说："事无不可对人言，我的信，以后也不封口了！"

他和这女朋友后来吹了，女朋友嫌他不争气，迟迟没有入党。女朋友的最后一封信，写得漂亮极了，记得有"中国如此之大，人口如此之多，你会找到称心如意的爱人的"这些话。储医生捧着信，哭呀哭。

储医生是浙江宁波人，后来打报告，退役了。

那是一个悲哀的日子，下着漫天大雪。全连列队欢送储医生。一匹马拉爬犁，将他送到别尔克乌军民联防指挥部，那里的"斯大林100号拖拉机"牵引的大爬犁，再将他送到哈巴河县城。

孟 群 立

我到班上时，孟群立是四〇火箭筒射手，我是副射手，后来，他当了副班长，我晋升为射手。

他是河南伏牛山区人。据说，家里有十三个孩子，他排行老大。父亲每一次上集，都要买碗，可是，碗老是被孩子们打碎，父亲一气之下，就从山上砍了一棵树，树上掏了十三个窝窝。父亲将这树放在台檐上，吃饭时，母亲像喂猪一样，端着盆子，给每个树窝里盛一勺饭。

这是他的老乡们经常揶揄他的话。是真的？是假的？我不清楚。

孟群立放过马，放过牛，放过羊，放过猪，他对每一行都很投入，能迅速地成为其中的专家。他还有一手绝活，就是钉马掌。马没掌，冬天走冰打滑，夏天走沙子烫脚。孟群立说："我来钉，我在家里打过铁！"

他钉马掌，可苦了我。我给他当下手。我发表在《解放军文艺》上的《装蹄员的心》，就是写这钉马掌的事。

他是我最好的朋友，我的大哥，我的榜样，他告诉了我一个普通的边防军战士，应该怎么做。

他是我入伍的第三年复员的，走时，他将他腰间的那根马镫革，送给我。二十年过去了，这根马镫革，现在还拴在我的腰里。他走后的第二年，边防站的马掌，是我钉的。我硬着头皮，把所有马的蹄子齐齐抱了一遍。

阿同拜

阿同拜是哈萨克族人。他说他的名字应译作"阿依同拜依"，就是"三个巴依"的意思。"巴依"是达官贵人的意思。生他的那一天，三个巴依从他家门前走过，父亲给他取了这名字。

阿同拜有高挑的身材，深邃的、鹰一样的黄眼仁，挺阔的鼻梁，尖下巴。再加上比我们要白许多的皮肤，他真是个漂亮的小伙子。

我们同时下连，分在同一个班。第一次紧急集合，雪地里十公里强行军，他身上背了两个弹盒，肩上扛了一匣子弹，还趁我不注意的时候，把我背上的火箭弹筒抢去，背在背上。他是班里的机枪副射手。后来总结时，阿同拜受到了表扬，我心里别提多难受了。

有一天，阿同拜把我拉到内务室，神秘地关上门，然后问我：愿意不愿意学雷锋？原来，他叫我给他理发。我说："连队有理发员，他理得好！"

阿同拜坚持要我理。阿同拜的头顶上，有一块铜钱大的亮斑，不长头发。他说，这是小时候害癫疮留下的。我答应为他保守这个秘密，并且，真的，一直到他离开白房子，我都守口如瓶。有些好事的人，发现阿同拜睡觉时也戴着帽子，在大河里打鱼时也戴着，猜着他头上一定有什么名堂。他们要找那个为阿同拜理发的人，结果找到了我。我说，他只是喜欢戴帽子而已。

阿同拜有一张他姐姐的照片。照片上的女子很漂亮，有点像那时来中国访问的尼泊尔国王的王后。阿同拜动员大家找他的姐姐当老婆，大家都应承着，只是复员命令一宣布，一个个屁股一拍，都回内地去了。

阿同拜自己也想找一个汉族姑娘。他还在上学的时候，有两个女知青在他们团场插队，他看上了一个。午休的时候，他羞羞答答地去找人家。那女知青见他来了，"唰"地一下把内衣揭开，露出两个大奶头："小哈萨，你想吃奶？"阿同拜见了，捂了眼睛，跑了出来。

阿同拜骑马的姿势美极了。身子斜着，半个屁股搭在马鞍上，一手策马，一手扶住鞍轿。那一年，我的一个作品要拍电影，我写信给指导员，要他寻找阿同拜。我说，就为这骑马的姿势，也要请他扮演一个角色。指导员后来来信说，新疆这么大，哪里去找？

我的许多关于哈萨克民族的知识，就是从他那儿请教来的，例如格言"马背上摔下来的是胆小的""不要同骑走马的打交道"，等等。

他曾一度担任边防站的马车夫，驾着三驾马车，像那个传奇人物夏伯阳一样，在戈壁滩上横冲直撞。车厢是一块平整的木板，靠近车辕的地方，两根木桩交叉着竖起来。他就站在木板上，手拄着木桩，高叫着，挥舞着鞭子。

阿同拜早我一年复员。他走时，将自己用马尾编的一把蝇刷送我，我把自己刚发的一顶单军帽送他。

我记忆中的白房子人物，每个人都有他们自己的故事。由于篇幅的原因只能略写，只能挑他们中的几位来写。我想说的是，如果有战争爆发，这些人物（包括我），都会是最勇敢的军官和士兵；正是这些人，在中苏边界那个充满恐怖和险恶气氛的时期，组成了一个小小的集体，筑成了一个小小的要塞。

1993年12月8日

一只羊的一生

一

　　我这双手，除了会写文章以外，还会干许多事。

　　比如说会杀羊。我杀羊的速度可以和任何一个职业的屠夫媲美。我杀羊取的是哈萨克式的杀羊方法。用两只手抓住羊的脊梁上的毛，提起来，掼倒。然后用左腿压住羊的两条后腿，右腿压住羊的两条前腿，身子半虚半实地压住羊身。腾出的两只手，左手按住羊头，右手则在羊的脖子上摸索着寻找下刀的部位。那地方找着了，于是右手提起刀来，从那地方扎进去。

　　这一刀会将羊的脖子横穿。穿进去以后，旋转两下，刀刃顺着脖子下腭的地方连切带削地割出。刀子出来的时候，羊的半个头已经与身子分了家。但这时候羊还没有死，还在动，如果放开，它还会站起来奔跑一阵——因为神经中枢还没有被切断。而此时，血已经像喷泉一样从切口处向外喷涌了。伴随着喷涌，切断的喉管有时会发出"咕咕"的怪叫声，有点像鸭子的叫声。血在喷涌的时候，刀口位置会生出许多血色的气泡。

　　这时候，你站起来，一脚在地上踩实，一脚踩住羊身，刀子噙在嘴里，腾出的两只手，一只掰住羊的下巴，一只掰住羊角，使劲地向后一掰。只见"咔叽"一声响，羊的颈脊骨断了，而在断裂的部位，一根白白的中枢神经露了出来。你这时候重新操起刀子，将中枢神经割断，只见羊抽搐两下，就完全地死了。这就是杀死一只羊的过程。

这个过程对我来说，通常用三分钟左右。羊只杀死后，通常的屠宰过程并没有完成，还需要扒皮，破肚，掏出五脏，如果这活做得细一点，还需要剔肉，即把肉大致地剔下来，让骨肉分家，仅仅留下一副骨头架子。剥皮剔肉的过程是这样的：从四只羊蹄的四个方向，用刀子向中心点一路割去。那中心点的交汇位置，通常是羊的肚脐眼儿。尔后再从头上，细致地剥起。头皮剥下来以后，顺着一刀，从脖子穿过肚皮，越过肚脐，直达羊的肛门位置。这些事做完以后，便将刀子放下，伸出两只手，拽住脖子部分的羊皮，狠劲地往下拽。有力气的人，通常将羊只挂到架子上，然后拽住羊皮，大叫一声，皮肉便分家了。架子上挂着一只整羊雪白的胴体，手中则拽着一张毛茸茸的羊皮。力气小的人，或者细心的人，剥的速度慢一点，通常一手拽着羊皮，一手握成拳状，一边拽着，一边使出拳头在羊只身上乱戳，促使肉和皮分离。

剔羊的过程像一曲音乐。羊只挂在架子上，刀子欢快地跳跃着，从一根肋骨跳向另一根肋骨，从一条腿跳向另一条腿。转眼之间，像耍魔术一样，架子上只剩下了一副羊的骨架，而羊肉软搭搭地落下来，等待冬贮。

这个过程用五分钟。加上前面那个三分钟，屠宰一只羊的时间需要八分钟。这八分钟是不是有点太短了？一支香烟的工夫而已。

这话有理。平常人宰羊是需要比这八分钟多一点的时间，比如我。上面这八分钟所说的，是草原上的宰羊冠军所用的速度，或者说是传说中的"庖丁"所用的速度。

二

我见过各种各样的动物死亡时的表情。动物不会言语，或者说它们的言语人类不懂，所以它们留给世界最后的感情表达就是表情。如果是人，尤其是伟人，那么大约他们会说话，而他们的只言片字也会被好事者记录下来，备录在案。例如鲁迅先生，他在离世前口中吐着雪茄味，叹息说："忘记我！"例如普希金，他咯了最后一口血，叫道："终结了，生命！"例如大仲马，这个浪子望着户外巴黎的夜空，手里攥着两枚铜钱，叫道："巴黎真是个好地方！这钱真经花，我来巴黎时身上带了五枚铜钱，花了半辈子，现在身上还剩两枚！"

这些人的或是真实或是杜撰的话语，成为他们告别这个世界时的最后的表达。但是动物不能或者说动物不会。

羊只在刀子扎进脖子里的那一刻，脸上会出现一种耶稣受难般的表情。它死死地咬紧牙关。它一声不吭。它几乎也从来不做反抗的动作。我们无法理解它为什么不叫。它知道那命定的一刀在等待着它，当它从羊群中被单挑出来那一刻它就知道了，但是它不叫。这事真奇怪。

"叫吧，叫出来会减轻一些痛苦的！"那些蹩脚的电影里，常有这种母亲在劝慰自己受伤孩子的镜头。但是这只羊只不叫，它拼命地忍耐着，忍耐着这族类与生俱来的永恒的无边无涯的苦难。那忍者的表情似乎在说："我要做个好孩子！我不叫！我不让操刀者增加多余的精神负担！我不加重操刀者身上的那种罪恶感！我是羊！"

较之羊只，别的动物的死亡不是这样。例如牛在死亡的时候，眼睛里热泪滚滚，黄豆大的泪珠会打湿这处地面。那眼睛也不像羊只一样是闭着的，而是睁得滚圆，那滚圆的眼睛里饱含着对世界的疑问，对眼前这个直立动物的疑问。这疑问的目光令人想起东郭先生与狼的中国式传说。在这传说的后半段，人和狼在路途中遇到一只走向屠宰场的牛，他和它询问这只老牛：狼应当吃人吗？几千年前那老牛的目光大约就是这疑问的目光。老牛的回答是肯定的，它认为应当吃。在说这话时它饱含着对人类的蔑视和仇视。我辛苦了一生，我的汗水几乎要流成一条河，我创造的财富可以富裕一个家庭。但是当我老而无用的时候，等待我的是脖子上的那一刀。我的肉将会变成美味佳肴，充填人类那贪婪的胃；我的筋将会被抽出，制成鞭子重新抽打我的同类；我的皮会被制成鼓，会被制成各种精美的皮制品。这一切都是在法则和秩序中心安理得地完成的——牛会如是说。

我没有宰过牛，此刻书写者看着自己的手，回忆道。确实没有宰过。我仅仅只看到过宰牛。较之卑微的羊只的死，庞然大物牛的死亡是一件神圣的事。今天世界上有一件重要的事生了！什么事呢？要杀一头牛。我见过一个女巫般的哈萨克老妇人宰牛的情景。先是祈祷，为人类贪婪的胃、为永远也填不满的人类的口腹而乞求胡大（安拉的波斯语称呼）的宽恕，接着是一群人拽住牛的四条腿，向四个方向拉。牛身体失去平衡，轰然一声倒地。顷刻间天地为之失色。牛宰完了，成了一堆肉。这时候仍要祈祷，祈祷的内容是为这只牛超度，让牛的灵魂离开肉体，这样牛肉才可以吃。

比牛更庞大的动物是骆驼。我没有见过杀骆驼。据说，骆驼那时候的反应，和羊的反应一样，它四蹄跪倒，听任人的宰割，咬紧牙关一声不吭。这些庞然大物为什么没有丝毫的反抗呢？据民间的说法，它们的眼睛里有一个放大镜，从而将直立的这个主宰者看成巨人，而将自己看成侏儒。

动物中最悲惨的死亡个例当属鳖。鳖又叫甲鱼或者王八。小时候，我从家乡的小河里摸到一只鳖。怎么杀它呢？人们告诉我，鳖是在泥水里长大的，这扁肚子里装着一肚子的泥水。你需要将它放进锅，添上水，用慢火烧。这样换过几锅水以后，鳖就把泥水吐净了。这办法当然十分残忍。锅里的水咕嘟咕嘟滚着，为防止鳖逃跑，锅上面盖着锅盖，锅盖上面再压一块石头。这时你能听见，鳖在锅里挣扎的声音，它用锋利的爪子挠得锅底沙沙直响，它在锅里翻腾和转悠的声音，它"咕咕"的吐纳声。二十分钟以后，锅里的声音消失了，这时候你打开锅盖，鳖仰头朝天，浮在水面上，露出白白的肚皮。它死了。

三

连队驻扎在一块亘古的荒原上。苍茫的远处是欧罗巴大陆，身后则是栗色的亚细亚。点缀着这一片荒凉的土地的，除了边防站几十个面色忧郁的士兵之外，通常只有一群羊。

雪白的羊只散落在荒原上，早出晚归。放牧着这一群羊的牧工叫赫尼亚提。许多年以前，这里初设边防站，当地牧人给这些远方来客送了几十只羊。公羊一只一只地杀完了，母羊则留了下来，用于繁殖，几十年下来，羊群便滚动成六七百只了。

那已经是将近三十年前的事了。那时我在边防站当兵。春天来了，正当我脱下毡筒脱下毛皮鞋，就要换上胶鞋的那一刻，站长找我谈话。原来，羊产春羔的季节到了，赫尼亚提一个人忙不过来，他要站上为他派一个帮工，这样，站长找到了我。母羊在春天产羔。六七百只羊里大约会有六七十只产羔。羊产春羔的时间不定，或者在晚上，或者在白天。如果是在白天，游牧的羊群中会有一只大肚子的母羊停下来，开始产羔，产完羔以后，健壮的羊羔，会站起来跟着队伍一起走，而孱弱的羊羔，四肢软，走不动。有的母羊，会守在羊羔身边，而有的母羊，便撇下羊羔，自己走了。我的任务，就是跟在羊群的后边，拾羊羔。

以上是我的一篇残稿。

我已经记不起在这篇叫《一只羊的一生》的文章中我要告诉人们什么。是想讲那一年我"拾羊羔"的故事吗？是想说那年春季，我一共接了六十八只羊羔，而那一年冬天冬宰时，边防站依据这个数目，宰了六十八只成年羊的事吗？是想以此来感慨荒原上这一群白色动物的命定的轮回吗？我不知道。

或者是想讲那两个越境羊只的悲惨命运吗？有一次我放羊期间，突然间羊群中多了两个长犄角、长绒毛、耳朵上挂一个铜牌的羊只。它们显然不属于边防站的羊。因为边防站的羊，没有这么高大威猛，边防站的羊的耳朵上，也不会像耳环那样挂一个铜牌，而是用烧红的铁丝，给羊只的耳朵上烙一个"3"字形的记号。比如我的工作之一，就是给这新产的羊羔耳朵上烙记号。

我断定这是两只越境的羊只。

一番外交交涉后，这事得到了苏方的承认，交接仪式是在界河三号口进行的。两只越境者被赶过去以后，苏方军官立即指使士兵，从吉普车油箱里倒出汽油，将这两只可怜的羊活生生地烧死了。那焦煳味一直弥漫在这块草原上久久不能散去。

两只羊就这样完结了它们的一生。

记得我曾经在一篇文章中谈到过这件事。我说，自那以后，我就不吃烤羊肉串了，因为那股焦煳味总令我想起那悲惨的一幕。这文章是前些年写的。而现在，自从我的一位白房子战友成了下岗工人，在西安的街头开了一个烤肉摊以后，我又常常去吃。我一边吃着烤羊肉，一边嗅着焦煳味，于是乎麻木的神经开始兴奋，心中充满着一种嗜血的快乐。

除了这一次羊只越界外，还有另一次。这一次是我接生的一只黑白相间毛色的羊羔越界。两次越境的结果大同小异，因此这里就不多说了。

我努力地将过去的记忆拾起，狗尾续貂，写上后面这一段文字。写完之后我明白了，此次所涉，已非前番之水，我是再也回不到当初写《一只羊的一生》的那种心境中去了。只怪当初没有抓紧将它写完，那么现在最好的办法，就是知趣地就此打住，免得露拙。

2000年4月

第三辑　生活培养出作家

我为什么比别人聪明

　　我很小的时候，就是一个郁郁寡欢的孩子。我贫贱、卑微、弱小、营养不良，世间所有的欢乐都与我无缘。当现在人们考证说，三年困难时期，东边的河南省饿死了三百万人，西边的甘肃省饿死了一百五十万人时，我就想说，陕西省当年也饿死过很多人，只是没有人去做这种考证而已。我自己当年也许会是饿死者之一，只是我侥幸逃脱了。我那时候是七岁。

　　我的母亲是童养媳。过去看杜鹏程的《保卫延安》里提到过"童养媳的目光"这句话，当时像烙铁那样将我的心烫了一下。母亲现在跟我居住。就在昨天晚上，儿子问我：奶奶为什么对外面的世界很惧怕，永远不能释然地面对世界？听了这话，我长叹一声说：你奶奶做过童养媳，这叫"烙印"。

　　我母亲是河南扶沟人，1938年黄河花园口决口，母亲一家，随逃难的人流涌向陕西，最后又跑向陕北的黄龙山这个国民党行政院设的移民区居住。黄龙山流行一种可怕的地方病，叫克山病，人得了这种病，上吐下泻，一会儿就死了。逃难到黄龙山的母亲全家，都死于这种病，只留下了一个六岁的她，给邻居一户高姓人家做了童养媳。

我父亲后来参加革命，后来和我母亲完婚。这户高姓人家同样是逃荒到陕北的，所以解放后，母亲便带着已经出生的姐姐回到渭河平原上的高村。在高村又生下了我。新中国成立初期有个"婚姻法运动"，在反对包办买卖婚姻的浪潮中，父亲给遥远的高村寄来了一纸休书。这样，母亲便带着出生不久的我，又回到河南黄泛区去。

在河南老家，母亲仍是伶仃一人。思来想去，她又抱着我，回到了陕西的高村。我去时还不会走，回来时已经能用手扶着炕沿走了。我去时还不会说话，回来时已经能用河南话咿咿呀呀地吐几个单词了。这是高村的人们对我这个卑微的生命的最早记忆。

母亲还说过这样一件事。从许昌往西安的火车上我喊叫"饿"，母亲于是在火车停站的那一刻，将我托付给一个邻座，自己下车去买饼子。母亲不识字，后来上车后，她怎么也找不到我了，于是她疯似的在车厢里乱窜。"遇见人贩了，他这下完了！"母亲说她当时这样想。后来，母亲突然听到了我的哭声，就循着哭声找到了我，继而紧紧地把我搂在怀里。"咱娘们再也不分开了！"她说。

回到高村以后，乡间秀才的爷爷，这时候终于站出来说话。他动了雷霆之怒，领着我的母亲，北上延安。父亲当时在《延安日报》做记者。爷爷用鞭子将父亲抽了一顿，又罚父亲在地上跪了一夜，然后，把母亲、姐姐和我塞给父亲，自己回乡下去了。这样，这段婚姻又重新续起，并且一直到1992年父亲去世。

平心而论，父亲的婚姻是不幸福的。他那时大约和他的一个女同事有了感情。父亲去世后，在吊唁活动中，我家的门口突然停下一辆黑色的汽车，然后一个哀恸的女人，一身黑丧服，用黑纱巾将脸蒙得只剩下两只眼睛。她在我家的门口哭了半个小时，又在父亲灵前哭了半个小时，而后，像来时那样，又突然消失了。我能感觉到，我的母亲知道她是谁。后来我写了一篇《在我们百年之后，谁是为我们向隅而哭的女人》的文章，感慨这件事。

我母亲虽然不识字，但是极端聪明。我身上的聪明，很大程度上是继承母亲的。当然，"杂交优势"也是一个方面。河南、陕西相隔甚远，我是他们婚姻的产儿。我能记忆的第一件事，是修筑那个著名的延安大桥的情景。那时我们家住在延安万佛洞下面的一个小佛洞里，父亲去编辑部上班，母亲去印刷厂上班，姐姐去上学，他们用一根绳子，将我拴在墙壁上那个女佛的脚腕上。绳子的长度刚可以令我坐在门槛上，又不至于跌下门槛外面的悬崖下去。

下面的延河边上，有一大群人坐在那里，一边叮叮当当地錾石头，一边唱着凄凉的歌曲。这些人，一部分是从陕北各地招募来的民工，一部分是从莲花寺劳改农场拉来的犯人。在那凄凉的歌声中，我的眼睛里流出了泪水。这个狄更斯式的情节一直跟随了我一生。每当我写作的时候，我的耳畔就响起那音节。

拴着我的那一个女佛，是一个漂亮的女佛。用"增之一分则显肥，减之一分则显瘦"来形容她，最恰当。延安的万佛洞石窟建于北魏时期，上距"燕瘦"数百年，下距"环肥"数百年，所以正是不肥不瘦的时期。

在我被拴在石洞里的那些日子，除了看河滩里的那些人以外，剩下的时间，便是与这女佛四目相对了，而在相对的同时，我想念着上班的母亲。后来在我漫长的一生中，我喜欢过几个女人，有一天我思考到这件事的时候，突然有了一个惊人的现。我发现这几个女人脸上都有一种宗教的表情，她们都酷似曾经将我系在她脚腕上的那个女佛。

后来，1958年大炼钢铁期间，动员干部家属下乡，父亲便把母亲和我们姐弟（弟弟在1956年出生）三人，又送回关中平原上的高村老家。

大炼钢铁的一个内容，就是到渭河上游一个叫浠河的支流里去淘沙子。刺骨的河水令母亲生了重病。她差点死去。后来，父亲不得不把她又接回延安。姐姐要上学，弟弟要吃奶，他们得跟母亲一起走。我是多余的，于是我留了下来，和爷爷奶奶在高村居住。

在高村我度过了1961、1962年的困难时期。我曾经写过一篇叫《饥饿平原》的中篇，就是取材于这时候的生活。责任编辑、《十月》的主编王占军先生说他读这篇小说时哭了，他还将许多读者的感想告诉我。

我对他说，吃树皮、吃油渣、吃观音土，那都是我的真实的经历。说到这里，我突然双目潮湿，我说我们宁肯不要作家，也不要那些苦难的经历。

是的，我曾经长久地趴在大地上，与那些卑微的乡亲们共命运。我经历过苦难，我看见过死亡的恐怖。在那个时期，在乡间，你能活下来是你的命大，你死了只是让世界少了一张嘴。

而我比那些农村孩子还不如。有一次吃大锅饭，锅里玉米粥舀完之后，锅底会有一些锅巴，队长的儿子说，他要吃那些锅巴。炊事员看见我在旁边眼馋的样子，于是用铲子铲了一块给我。队长的儿子生气了，抓起一把土扔进锅里。

我既不是农村人，也不是城里人。农村人有农村人的好处。他们即便贫困，但是会有家里人呵护。城里人有了什么事，还有国家管着。我这一生，直到现在，都生活在这两种文化的冲突之中，经常有一种找不着家的感觉。

最难忘的事是这么一件。那时候吃大锅饭。生产队在饲养室门外，支起了一口大锅，熬玉米粥。每个人头每顿饭是一马勺玉米粥。我和奶奶，用一个瓦罐，抬了一罐玉米粥往家里走。抬瓦罐用的是一把锄头。我走在前面，奶奶走在后面。突然，我听到身后"哎哟"一声，锄把便脱了手。扭头一看，见奶奶小脚一歪，栽倒了。瓦罐打在了地上，成了碎片。这时候，从田野上的一个斜路上，走来了吆着牛的爷爷。爷爷见状，走过来，抢起牛鞭，没头没脑地朝奶奶头上抽。"老婆子，你要把全家人都饿死呀！"爷爷叫道。

接着，爷爷扔下鞭子，俯下身子，捧起那些碎片舔起来。舔了一阵，爷爷吆上牛，又走了。

"不要怨恨你爷爷，他是饿疯了！"奶奶说。

奶奶坐在地上，起不来。通常，她是双脚往怀里一蜷，全身缩成一团，继而两手抱住脚，身子闪几闪，一使劲，才能站起来。现在她就是这样闪着，然后要我在背后推她一把。这样，她站起来了。我们婆孙向家里走去。

我们家在渭河边上。我和奶奶在渭河边上站了很久。渭河喧腾着，自遥远而来，又向遥远而去。在这腾烟的河流之上，一只画舫，正缓缓地驶过。那时渭河上，还可以通航。

熬过了三年困难时期以后，我该上学了。爷爷拧着我的耳朵，亦步亦趋，将我送到村头那座土地庙里去。记得小学一年级快要放假了，我的一元钱学费还没有交。上课的时候，老师说："还有人没交学费，大家知道这人是谁吗？"

"黑建！"同学们喊道。

"大家羞他！"老师又喊道。

喊完以后，他率先示范，将指甲在脸上刮了一下，然后，胳膊伸直，手指直通通地指向我，并且嘴里发出"嘘——"的声音。同学们也都效仿他。千夫所指的我，好容易明白是怎么回事了。血往我的脸上涌，眼泪吧嗒嗒地掉在胸前的土台上。我冲出教室，穿过田野，跑回了家里，然后，扑进奶奶的怀里，放开声号啕大哭起来。

"谁欺侮你了，孩子？"等我哭声小了，奶奶问。

我哽咽着，将事的经过告诉奶奶。听我说完，奶奶脸色严峻得可怕。最后她叹息了一声，拖着我出了门，开始挨家挨户地借钱。借了一下午，二分二分地，一毛一毛地，借够了一块。

上小学二年级第十八课的时候，母亲来接我。那是一个初夏的晚上，月光亮堂堂的，我正在场上玩。这时一辆铁轱辘牛车停在了我家门口。"黑建！你妈来接你了！"村里的孩子们喊。

这样我又回到了延安。在那里，我有许多值得记忆的事。不过印象最深的还是最初的两件。

我小的时候，随着爷爷奶奶在乡下居住。老一代的农村人，有一个习惯，就是喝完苞谷粥以后要舔碗。我见奶奶一边伸舌头舔碗，一边咂巴着嘴，一副津津有味的样子，就跟着学。开始学时，将头埋进了碗里，舌头没有到，鼻尖先碰到了碗底了，结果弄了一鼻尖的苞谷粥。后来我跟着奶奶学，慢慢地也就学得老练了。奶奶见我舔碗舔得好，常向邻居夸我，说我懂得珍惜粮食，是个好孩子。我自己也觉得这是一件美德。

回到城里以后，我继续保持这个引以为荣的本事。父亲肯定对这件事面有愠色，但是我由于头是深深地埋进碗里的，所以看不见。终于有一次，我正舔到酣畅处，有邻居来串门，父亲觉得脸上挂不住，于是伸出脚，狠劲地踢了我一脚。这一脚将我踢成了一个哲学家，令我从此明白了在不同的文化背景下，同样的一件事，在这里会是对的，在那里却又会是错的。

另一件事是，我上小学二年级的时候，见家里的炕上有一只打火机，就捡起来玩。那时打火机刚流行，我觉得这玩意真奇妙，一打就有火苗出来了。一天放学后，走在街上，我掏出打火机，一边打一边向同学们炫耀。这时父亲迎面走过来了。"我说打火机怎么不见了，原来是叫你偷去了！"父亲说。

在说的同时，他打了我一耳光，然后夺走了打火机。那一巴掌打得很重，我捂着脸在路边蹲了好一阵，眼前才不再冒金星了。

这事给我的心里造成深深的伤害。从此我拒绝接触一切机械的东西。小时候家里的闹钟我从来不去上发条，就是碰也不去碰它。现在家里有两台电脑，可是我怎么学也学不会打字。那电脑的嗒嗒声，我一听就心惊肉跳。如果没有当年那一巴掌，我也许会成为一个机械师的，是那一巴掌令我永远远离了机械。

这就是我早年所接受的启蒙教育。

正是这一切令我后来成了一个作家。我曾经想把这篇短文叫《作家是生活本身培养的》，但最后还是把它叫成《我为什么比别人聪明》这个标题。实际上这句话是尼采的。

我所以要用这句话作标题，是觉得，我的一部分基因的密码所以能够打开，正是因为苦难这个催化剂的作用。实际上，人都一样聪明，我们的两万多个基因相差无几，问题是有些人将它打开了，有些人则让它一生中都处于一种冬眠状态。

2001年6月9日

渭河平原上的古老村庄

一棵树，上面有几片老叶。

这叶子说落吧，还没有落，说不落吧，它迟早要落。每有一阵风吹来，叶子都会摇摇欲坠，但是风一过，奇迹般的，叶子又会继续逗留在树上。树很痛苦，也很矛盾，它甚至有一种残忍的想法，希望这叶子能早一天落下去，这对它是一种解脱，对叶子也是一种解脱。而对于叶子来说，它也有同样的想法。但是树继续地站立在大地上，叶子则继续在风中唱着最后的歌。直到有一天，双方都麻木了，都被折磨得疲惫不堪了，这时，叶子在不经意之间，轻轻地、瓜熟蒂落式地脱离母体。

这是在接到伯父去世的电话时，我那一刻的想法。

这想法像诗。而我在那一刻也真想把它写成一诗。我在那一刻知道了：我们家族这根斑驳古老的大树，又有一片老叶凋零在2000年冬天的风中了。

我的父辈老弟兄三个，是倒着走的。先是叔父，在十二年前去世；接着是父亲，在八年前去世；接着是伯父，在我接电话的这个时候去世。三个男性去世了，三个女性则还活在人间。她们是我的三妈、我的母亲和我的大妈。她们如今按老百姓的叫法，叫"寡妇"，按文化人的叫法，叫"遗孀"。她们如今虽然还活在人世，但已经如风中老叶了，哪一阵风中说下来，就会下来了。尤其是我的母亲，光今年就住了几次医院，硬是我咬紧牙关，用自己一点菲薄的稿费在支撑着她。

高村是渭河平原上一个古老的村庄。高氏一族是什么时候在这渭河畔上居住，并世代繁衍，最后形成如今这两千多口人丁的大村子的呢？据说很古老了，但古老到什么年代，却无从查考。

我曾经查过《临潼县志》，县志对域内村庄的记述，最早的只记到明末清初，这使我很失望。它对所有的村庄，也只从那时才注意到，才开始记述。因此我也没有办法。不过这倒也好，空白为我提供了想象的空间。当黄河象出没的年代，渭河平原还是一片沼泽。当六千年前半坡人筑穴而居的年代，渭河平原仍是一片沼泽。半坡人手执钓鱼竿，望着这沼泽出神。后来大禹治水，疏通河道，渭水泄入黄河，黄河泄入大海，于是八百里渭河川裸露了出来，成为沃野，于是人类一群一群地携家带口，从山上和塬上下来，在这平原上居住。

高氏一族也许就是从那个时候，在这块冲积平原上定居的。换言之，高村这个同姓村子也许就是从那个时候开始形成的。

渭河平原上几乎所有的村子，也都是这样形成的。它们几乎都是一姓人家组成一个村子。比如高村旁边的是安村，安村的旁边是季村，等等。有时四个村子，像四枚棋子一样地布成一个大村，人们便把它们连起来叫，比如"樊胡刘赵"，等等。有些村子，给姓氏之前加上一些奇怪的称谓，比如"母猪李也""石灰刘也""皂张王也""湾李马也"，等等。这些称谓世世代代口口相传，直到今天，实属难得。想来，这些称谓也许与主人们从事的职业有关，也许与居住地方的地理环境有关。

其实，所有的我们称"村"的这个字眼，在当地土语中都称"也"。比如"高也""安也"，等等。只是在形成书面文字时，"也"字才写成"村"字。这个文字上的变通也不是从今日始，我看县志，县志上清朝年间就这样写了。叫成"高也""安也"等等，给村子平添了一种古老、安详的气息。

说起字来，其实在关中农村，有许多挂在老百姓口头上的古字、雅字。如果哪一个有心人能深入民间，将它们记录下来，加以研究，那将会是一项抢救工程。中国汉字，经过打磨后虽然规范了，但是变得光滑起来，失去了表现细微感的能力。每一次回到高村，和乡党们拉话，他们在表达那些极为困难的话题时的准确性和分寸感，都叫我极为惊讶，感慨他们是名副其实的语言大师。在几千年的岁月更替中，这些同姓村子都表现出了高度的纯粹性和排他性。只此一姓，只此一族，绝不允许杂姓进入。到新中国成立那一年，高村这个大村子，还是人人姓高，绝无杂姓。这些高姓都是一族，以我家而论，在五服之内的，大约有十几户；五服之外的、离得近些的，亦有十几户；其余多数人家，隔朝隔代，离得远了，但是细细算来，还是"五百年前是一家"。村上的"班辈"，细细排列，各安其位，绝不马虎。

第一个进入高村的外姓人家姓王。老王是高村唯一的一户地主家的长工，好像和这地主还沾一点亲戚。土改时，老王分得了地主的几亩地，这样老王也就成了高村的第一户外姓。老王是个木匠，人缘好，记得我爷爷的棺木，就是老王给打的。

第二个进入高村的外姓人家姓赵。老赵是一个从河南来的铁匠。起先，他搭了个铁匠棚，在村外风箱响着，铁锤叮咚，为村上人打割麦的镰刀、做饭的菜刀。其实搭棚暂时居住的时候，老赵已经思谋着怎样正式进入这个村子了。

机会终于来了，老赵的工棚里传来了婴儿哭音，他老婆一胎生下两个女娃。于是老赵将一个女娃送给了当时的生产队长，算是结下一门干亲。而后，生产队长召开社员大会，吵吵闹闹一阵后，终于将赵铁匠这户人家接纳入高村。但是提出下不为例。

　　高村依着渭河。渭河是一条古老的河流。因为渭河，而有了丰饶的八百里关中平原，而有了十三朝帝王之都古长安。高村就趴在这个渭河的南沿上，它距渭河入黄处大约有三十公里。用"趴"这字眼很传神。的确，千百年来，高村就像平原上一种叫"趴地龙"的野草一样，紧紧地趴在渭河老崖上，历经年馑历经战乱，风风雨雨，纹丝不动。

　　有一句老话叫"三十年河东三十年河西"。渭河也是这样，河流以三十年为一个摆动的周期。茫茫渭河滩，宽窄约有八里，号称"十里渭河滩"。河流这一段子，是往南崩，一片又一片的老崖崩进了河里，又在河对面造出平滩。三十年过去了，它停止了往南崩，又开始往北崩，于是南边的滩地就显露出来了。

　　两岸的人们，不知从哪个时代起，通过打官司，定下了"以河为界"这个种地范围。因此，哪边的滩地多一些的时候，哪边的日子就好过一些。滩地没有了水逼到老崖了，这边的人就只好精耕细作老崖上面的一点可怜的土地，然后眼巴巴地等着河再往过崩。

　　我出生的那个年代，河流还在对面"母猪李也"的那个老崖底下，但是已经开始气势汹汹地往过崩了。每遇一场河水，就会往过崩好深的一截子。那时的地还是自己的，爷爷叫了一帮人，火速地将滩里长的榆树伐下来，运回屋里，防止被崩在了河里。这砍下的榆树后来盖了两间安间房。由于我的出生和房的建成在同一个时间，所以我的名字里面有一个"建"字，而"群"字则是我们这个班辈的人后面都挂着的一个字。

在我出生的十年后，河流终于不可遏制地逼到了高村的老崖下。有好些户人家的房子还被崩进了河里，不得不把庄子往后迁。河流从此也再没有往回崩，原因是政府从老火车路上拉来了许多的石头，造起了护堤工程。几十年又过去了，高村的人只好眼巴巴地看着河流永远地在自家门前打转了。

我见过渭河最大的一次水，是在1960年。河水涨得齐了两岸的老崖，十里渭河滩白茫茫一片。河中间漂着从上游漂下来的房屋、牛、树木、古船等等。河水很急，这些漂浮物箭一样地从眼前流过。

有时，在漂浮物上会趴着一个活人。活人大声地喊着"救命的爷哪！""救命的爷哪！"声音凄厉、绝望、令人惊心。但是，就是高村水性最好的人，也不敢下河去救。

每逢渭河涨水，地下水的水位就会上升，高村的井水便变成浑的了。河水涨得越大，井里的水位会越高。而在渭河的老崖上，每逢涨水，岸上便会趴着许多的人，大家侧着脑袋，向河心瞄。如果河心是鼓的，那说明水还在继续涨；如果河心是凹的，那说明水已经在塌了，不必紧张了。

而在不发河水的日子里，渭河则显得平静、衰弱，像一条无名无姓的河流一样容易被人忽视。

高村有一个渡口，这个渡口就叫"高家渡"。一条破船，拴在老崖底下。老崖上修一个斜坡，过往的客官从这里坐船，艄公的篙一点，一阵工夫，船就到对岸了。写下"高家渡"这几个字眼时，我突然明白了，在代代相传的口头语中，"高也"这两个字，并不是指的"高村"，而是指的"高家"。换言之，"也"是"家"的的意思。以此类推，别的张也、王也、李也、赵也的"也"，也都是"家"的意思。例如，李先念将军过渭河时走的是"胡也滩"，这"胡也滩"应当是"胡家滩"。

我家距离渭河渡口，不多不少恰好是一百米。爷爷在家门口的老槐树底下，支了个茶摊，招待过往的人。爷爷的茶摊是免费的，纯属公益性质。茶叶是那种又苦又涩的"老胡叶子"，水是清河里的水，烧水的柴火是叔父从坟地刨下的几个柏树疙瘩。

在我的记忆中，那时的爷爷已经衰老。爷爷此举纯粹是出于一种虚荣心，他希望听到几句赞美他的顺耳话。当然，爷爷此项善举也有一点实惠。那些灌了一肚子茶水的客官，在动身乘船前，都要对着爷爷搁在墙角的那个尿缸，轰隆隆地一阵大尿。这尿水可以壮地，而用它来泼蛰伏期的麦苗最好。从这个意义上讲，爷爷把每个过往客官，都看作一架他的制造尿素的机器。

爷爷不是高村的人，他的老家在渭河上游二十华里的新丰镇。我的老爷（爷爷的父亲）没有儿子，只有一个女儿。类似这种情况，在延续香火这个问题上，通常有两种做法：一种是给女儿招一个上门女婿，一种是从最亲的亲戚那里要一个孩子过来顶门。千百年来，这两种做法都在用着，这就保持了这户人家香火不灭，高村这个村子人丁兴旺，而最重要的是，保持了这个村子永远是一个同姓村落的戒律。

我的老爷选择了后者，他从他舅家要了一个男孩过来顶门。这男孩就是我的爷爷。

新丰镇是个有名的地方。它的另一个名字叫鸿门堡子。这鸿门，就是楚汉相争时，西楚霸王项羽设鸿门宴的地方。它被叫成新丰镇，则缘于那年间的另外一件事。刘邦在长安城里坐了天下以后，将老父亲从老家接来居住。老父亲在皇宫里住不惯，思念乡党。于是，刘邦叫人将老家的村子长途跋涉搬到了鸿门这地方。不但人搬来了，就连村里的鸡呀、羊呀、狗呀、牛呀，也一起搬来。

村子则按照老家村子的布局和邻里关系，一点也不错乱。据说到了晚上，这些鸡、羊、狗、牛竟然能各自寻见自家的门，可见与老家村子的相似度。而后，刘邦便将老父亲送到这里，谎称这里就是老家的村子了，而老父亲竟然深信不疑。

刘邦叫沛公，其实他是丰县人，丰、沛在历史上时分时合，是毗邻的两个县。据说刘邦小时候是个无赖，在丰县站不住脚了，于是到沛县去混。他起事于沛县，所以叫"沛公"。这就是这个迁移的村子叫"新丰镇"的原因。

在我的印象中，顶门过来的爷爷从来没有融入高村，没有融入关中平原这个农业社会。对这个村子，他始终是一个外人，而在我的感觉中，他仿佛从刀光剑影的鸿门宴上走失的一个士兵。

爷爷干过许多事。据说他挑过货郎担，就是担着一副担子，担子里有些日用杂品，手里拿个拨浪鼓，走村串户的那种。据说爷爷还抽过大烟，老爷手里的一副家业，因为爷爷抽大烟，于是便败落了。这个败落因祸得福，这个家在土改时被定为贫农。

爷爷留给我印象最深刻的事有两件。一件事是，1961、1962年困难时期，爷爷吃了油渣以后，屙不下，他蹲在东墙角，痛苦地呻吟着，快要死了。于是，我卷起袖子将手伸进爷爷的屁股里去掏。掏出的屎又干又硬又黑，像是黑色橡胶。正掏着突然听见爷爷的屁股像拉警报器一样，放了个响亮的屁，伴着响屁，水龙头一样的稀屎夺路而出，喷了我一头一脑。

一件事是，有一次爷爷上街去，晌午刚过，便牵回来一只羊。羊是母羊。爷爷对着这只母羊，开始说他的发家梦。那一阵子，不知道怎么回事，羊特别的贵，一只母羊要卖一千多块，一只公羊也卖七八百块，而一只羊羔的价也在几百块以上。爷爷说这只羊是个便宜货，他只花了一百六十五块钱，而且是赊账。正当全家跟着爷爷一起高兴的时候，上会的人回来了，说今天街上羊市大跌，一只羊只卖十多块钱，一只羊羔只卖五毛钱。全家听了，开始声讨爷爷，问这羊到底是不是从街上买的。爷爷这时才坦白说，他还没有走到街上，是从路旁一户人家的圈里买的。这件事将这个贫困的家庭害苦了。

羊债是直到社教那一年，父亲才用他的工资还清的。而那母羊后来虽然产了两只羔，但是一只羊羔五毛钱，也没有什么意思。于是，爷爷拿了一只羊羔，给了那户养公羊的人家，算是配种费；另一只羊羔，则在我的堂姐出嫁的时候，让她牵走，算是陪嫁。

前面说了，高村是一个同姓同族的北方氏族村落，在某一户人家没有子嗣的时候，便用"招亲"和"顶门"这两样形式，来维持种族的不灭和姓氏的纯粹性。但是，它"欺生"，这种"招亲"和"顶门"过来的角色，他在生存斗争中，都要承受比别人更多的艰难。

在很久很久以前，爷爷在老爷去世以后，大约正是不能承受这家族之间的倾轧和欺侮了，于是萌生了带领全家出走的念头。

这时候生了一件事。

行文至此，我发现我正进入这个北方家族的秘史部分。

那一年黄河花园口决口，成千上万的河南人离乡背井，向大西北流浪。当时的国民党行政院在一个叫黄龙山的瘟疫和地方病流行区设了一个垦区，收养这些难民。高家渡这地方，正是难民前往黄龙山的许多道路中的一条。

政府在渭河边的老崖上，支了一长溜大铁锅，锅里熬着能照见人影的玉米粥。每一个难民都可以从这里得到一老碗玉米粥，填一填自己饿瘪了的肚子。

在川流不息、涌涌不退的逃难队伍中，有个五岁的河南女孩。

这饥饿的女孩，突然看见老崖上有一个九岁的高村男孩手里正拿着一块白馍吃。女孩跑过去，一把将这块白馍抢了下来。男孩在后面追，女孩在前面跑，眼看快要追上了。这时路边恰好有一摊牛粪，于是女孩将馍一把塞进了粪里，又用脚在上面踩了踩。男孩跑过来，圪蹴在牛粪跟前，瞅了半天，摇摇头走了。男孩走后，女孩把馍从牛粪里刨出来，吃起来。

这个故事是我苦命的母亲给我讲的。讲这些故事时她眼里饱含着泪水。许多年以后，我才恍然大悟，明白那女孩就是我的母亲顾兰子，而那男孩则是我的父亲。

老崖上发生的那一幕，爷爷看在了眼里。他将那女孩，以及那户逃难的人家，请到自己家里，用最好的吃食招待了他们一顿饭，而后，推起独轮车，带领全家，混杂在这逃荒人群中，渡过渭河，北上黄龙山。

而在黄龙山，河南的这一家人全部死于当地的一种叫"克山病"的地方病，只留下那小女孩。黄龙山托孤，河南人将这小女孩托付给高家收养。这女孩先做童养媳，再做正式的妻子，再后来，成为我的母亲。

那时我的大伯已经婚娶，膝下有一男一女。他留在了高村的家中，看守家院和田产，支撑着这一片支离破碎的天空。大伯先被国民党拉了壮丁。逃跑回来以后，便扛着一支快枪，成为这块地面上有名的刀客。据说他的枪法准极了，渭河里大水对面河滩上，有一只野黄羊探头探脑地在河边饮水，大伯蹲在这边老崖上，瞄上一阵，一扣扳机，那只黄羊应声倒下，老崖边上站着的人，一阵喝彩。

据说，大伯扛着枪，在田里走着，地畔上有个野兔。刀客们拿枪叫"扛"，即像一只扁担一样横担在肩上，两只手则举起来，抓住枪的两头。见了这野兔，大伯将枪仍然横担在肩上，只是将腰身稍微地斜一斜，然后一扣扳机，枪响处，野兔蹦了两蹦，死了。

爷爷是个极好面子的人，对他的这个成了土匪的儿子，自然异常恼怒。后来有一次，大伯去黄龙山见爷爷，爷爷用牛皮缰绳溅着水，将大伯饱打一顿，又罚大伯在地上跪了一夜。临了，大伯说，你们走了，留下我一个人支撑家业，如今，你不欺侮人，你就得被人欺侮。一句话，说得爷爷语塞，也就不再管大伯了。

大伯后来成为共产党。他成了共产党之后干的最辉煌的一件事，是掩护李先念将军过渭河。李先念是从高村上游五里地一个叫"胡也滩"的地方过的渭河。那一刻，威名远播的我的大伯，正抱着一挺轻机枪，趴在清河南沿的芦苇丛里掩护。

李先念是安然地过去了，但这事给大伯一家带来了灾难。

事过去以后，国民党兵来高村抓我的大伯。大伯当时正在家中，听见外边枪响，大伯钻进了炕洞里，然后又从烟囱里爬出，跑了。国民党见抓不着我大伯，就把我大妈吊在家门口那棵歪脖子老槐树下，活活打死。

这棵老槐树我少年时还见过。爷爷就是在这棵槐树的荫凉底下，支个茶摊的。这树后来被三叔伐了，做了大门。而今这槐木的大门，还在我家的门上安着。

大伯则在渭河下游五里的一个村庄，和地主家的一个小老婆好上了。

后来家乡解放，大伯在县上给县长当了一阵保镖以后，嫌麻烦，弃了公职回家当农民。他没有回高村，而是径直去了下游那个村庄。打土豪、分田地，他说，我不要田来不要地，将地主的小老婆分给我吧！这样，他在下游的那个村庄落户，我则有了一个新的大妈。

我不知道我的这个故事里，有多少真实的成分在内。家族里的老人偶尔会不经意地说上几句，于是我东逮几句，西逮几句，便构成这个完整的故事了。

大伯在世的时期，我多次说过，我要到他的家里住一段时间，带一个录音机，听他讲那些家族故事。我说，光把这些故事不加任何修饰地写出来，就是一段世纪史——我的家族的世纪史和渭河平原的世纪史。伯父后来也一直期待我回去，他还捎话说，如果我再不回来，他就将那些一个又一个的家族秘密，带进棺材里去了。

他果然将那些都带进了棺材！我因此而不能原谅自己！

家乡解放后，爷爷便依然推着独轮车，领着全家从黄龙山回到了高村。我的母亲告诉我，回来的时候，路上到处都是土匪，爷爷把独轮车的把手钻空，把家里的所有积蓄塞进把手里，再用木楔子楔紧，这样，才免遭打劫。

父亲从黄龙山径去陕北延安，参加了革命。叔父则随爷爷回到高村，现在由他来支撑高门这一方天空了。他们老弟兄三个，每个人都有着自己的一大堆故事。而由这三个人形成的这户人家的三个分支，我的一大堆的堂兄、堂弟、堂姐、堂妹们，也都有着他们的故事。

如果有一天我动笔写我的家族传奇，上面的叙述会是一个提纲式的东西。如果有一天我因为身体或别的什么原因而没有来得及写就去世了的话，上面的勾画就算我对这个家族的一点交代了。虽然只有短短的几千字，但是聊胜于无吧！

2000年冬天的一个最冷的日子，我出西安城，顺渭河而下，来到距西安八十华里的我的家乡。那片三角洲地面正是一片肃杀景象。我驱车穿过我在前面提到的那些所有的村子，最后来到渭河下游的那个大伯的小村。

"死对死者是一种解脱，死对生者亦也是一种解脱！"我为大伯上香时这样说，并且用这句话希望前来奔丧的人们节哀。作为这个家族中一个重要的男人，我的年龄，我的身份，都要求我这样说。

　　大伯的死亡为近亲们提供了一次聚会的机会。这样，我见到了许多的亲人。老的都像老树叶一样摇摇欲坠，年轻的一代则像韭菜一样一茬一茬地生长起来。我们围着火炉平静地谈着，谈下一个死去的又会是谁。

　　这就是我对渭河平原一个同姓村落的描写。我写了它的起源，它的地理位置，它的生活方式，它几千年来香火延续的办法。为了能更深入地描写，我还带领读者如此深入地走进了一个家族的祠堂。

2000年12月

我的饥饿记忆

　　大年三十那天，奶奶从瓦瓮里，扫了半天，扫出一点瓮底儿，揉成拳头大那么一疙瘩面，做成一个面饼。再变戏法一样，不知道从哪里搜腾出几颗枣，镶嵌在面饼上。面饼蒸熟后，被供在锅台顶上那个窑窝里。面饼前，放一个碗，插上几炷香。这是敬神的，敬鬼的，还是敬列祖列宗的？我不太清楚。

　　这大约是1961年吧，那一年我七岁，在乡下和爷爷奶奶居住。记得从入冬以后，我就没有吃过粮食了。吃树皮，吃渭河畔上的观音土，吃棉花籽油渣。说句难听的话，我拉下的屎，连狗也不吃的。狗看见我拉屎，兴奋地跑过来，蹲在旁边。等我提过裤子后，狗扑过来闻一闻，屎又黑又干，一点臭味都没有。狗抬起头来藐视地看了我一眼，不高兴地走了。

　　因此，面对着这个面饼，我垂涎三尺。那时候讲究"熬夜"。这给了我不去睡觉、死死地守住那个面饼的理由。记得我不停地问奶奶，神神什么时候来吃这个饼呀！奶奶早就知道我的心思，她说，神神不吃的，他只看一眼，看这房户人家有心没心，还记不记得他，然后拔腿走掉，这饼子他留给咱们吃。这样，我一直熬到后半夜，实在熬不住了，就去睡了。第二天早晨我还在被窝时，吃到了奶奶递来的一角饼子。

我们这一代人是在饥饿中长大的，提起"饥饿"这两个字来，每个人也许都有一篓子话题。20世纪60年代初那一场中国地面上的大年馑，那种恐怖的景象，有点年纪的人都还会记得。我之所以想起这个话题，是因为要过年了。要过年了，该怎样过呀？吃些什么呀？这是物质丰富的今天，人们谈起过年时的几句唏嘘。这些话头让我想起自己童年时过年的情景。由于小时候营养不良，我十八岁当兵时的体重是一百〇二斤，刚刚够标准。离开部队时的体重是一百〇八斤。

那时，我十分羡慕那些胖人。记得复员进到一家工厂时，我曾问过一个胖乎乎的老工人怎么才能变胖。老工人说，多喝水、多睡觉就能变胖，于是我拼命在喝水，抓住一切闲余时间睡觉，可是还是没能胖起来。老工人又说，你去开两盒六味地黄丸吃一吃，肯定能胖。我后来开了没有，现在记不起来了。不过我现在是胖了。

当年我当兵时用一根马镫革做裤带，腰太细，眼不够，于是我用火钳给上面又戳了三个眼儿。这些年，随着肚子一天天腆起，眼又从另一个方向不够了，于是我又给这边戳了三个眼儿。此刻，在写这篇文章时，我取下腰间的皮带数了数眼儿，从当年最里边的眼儿到现在最外边的眼儿，一共是十个。眼儿之间的距离以一寸计，也就是说，我的腰围在这些年间增大了一尺，而体重也变成一百七十五斤了。我现在是堂而皇之地胖了，而世界现在又流行以瘦为美，说来也好笑。

20世纪中国人经历了三次大的年馑，一次是1929年的大旱，一次是60年代初的先涝后旱，一次是1998年的中西部大旱。好在这些现在都已经抛在往年那边去了。

而在历史上，我们这个多灾多难的民族，一直是与饥饿为伴的。中国境内每一部县志上都会有"饿殍遍野"这句话。因此在基本上解决了吃饭问题的今天，适逢年关，我以我这段小小的文字，为时代的发展而高兴。我觉得吃饭问题的解决，是中国人最值得额手称庆的事。

2002年1月20日

这是儿子的手

劳碌一生的母亲，终于病倒在了我的家里。这是去年春天的事。

晚上十一点半了，母亲突然心脏病发作。我不在家，于是妻子和儿子，从楼上叫了一位邻居，连背带抬，将母亲送上出租车，继而送进医院急救。我赶到医院的时候，急救室里，医生正在用各种医疗手段抢救。母亲已经处于半休克状态，她脸色发白，嘴唇发紫，气堵在胸口出不来。她的两只手，像溺水者一样，在空中无力地挥舞着，好像在抓什么东西。我一个箭步冲过去，抓住这濒临死亡的手，将她紧紧地攥住。我大声地说："妈，你睁开眼睛，你不要怕，我来了！这是你儿子的手。"

在我的呼喊声中，母亲睁开了眼睛。"我就要死了。不要拦我，让我凉凉地死去吧！"母亲喘着气说。"不，你不能死！这不公平！你辛苦了一辈子，一天福也没享过，怎么能这样突然地就走了呢？为了让儿女们尽尽孝心，你也应当多活几年才对！"我打断母亲的话，坚决地说。

母亲就这样活了下来。

抢救了几个小时后，母亲的出气有些顺了，脸色也平缓了下来。医生说，如果再迟来十分钟，她就没命了。因此我深深地感激我的妻子和儿子，感激那位好心的邻居。母亲在医院里住了两个月。住院期间，她的身体时好时坏。有一阵子身体好时，她就嚷嚷着要出院。"让我为你做两天饭，补补心！"母亲说。有一阵身体不好时，母亲就说："你们为什么要救我？让我凉凉地走了，多好！"

现在的医疗费真贵。平均每个礼拜，我得往医院那个小窗子里，塞进去两千块钱。母亲一辈子省吃俭用，钱攥在手里，攥得出了水，也舍不得花出去。现在，看着这样花我的钱，心里很难受。可以说每交一次钱她就犯一次病。后来我索性交钱时不让母亲知道了，免得她心不好要犯病。我说："钱挣下就是花的，不给你花，给谁花呀！尽管我钱不多，但是看病这件事上我舍得！"

母亲生我们姐弟三个。姐姐在临潼老家，弟弟远在陕北。他俩都是工薪阶层，不管怎么说，我工资之外，还有一些菲薄的稿费。因此我说："我出钱，你们出人，咱们齐心合力，来看母亲的病吧！"

父亲在九年前去世，母亲一直住在延安。她原来和弟弟一起住，后来弟弟单位分下了楼房，搬走了，空空的院子就剩下她一个人了。我说让她搬到西安来和我一起住，她说舍不得那些老邻居。而我家里住着两居室，正在等大一点的房子，想等新房子分了，再接她。去年春天的时候，母亲下来，原意是想等清明节给父亲扫坟。后来在姐姐家住了一个礼拜，又到我家，谁知道在我家刚住几天，就成了这个样子。

住院期间，阳光好些时，我会劝母亲到屋外晒一晒太阳。她寸步不能离人。于是我搬一个高凳子，让她坐上，再搬一个低凳子，坐在她的膝下。有一次，看见她指甲长了，于是我掏出指甲剪来为她剪指甲。剪完手指甲，我说，你把鞋脱了，我给你剪脚指甲。母亲不肯，她的泛黄浮肿的脸，像个小姑娘一样害羞了。我说怕什么，你都成了这样子了还怕人笑话。说完不由分说，就从母亲脚上脱下鞋，剪起来。剪到中途，母亲说她头很晕好像要昏倒了。于是我赶快将她搀到病房，躺到床上。

冠心病据说不能根治。母亲住院两个月后，病好了一点。那一段时间，医院里平均每天晚上都要死一个心脏病人。但是我的母亲终于顽强地活了下来，活到出院回家。

出院后在我家住了几个月后，母亲想到姐姐家去住。这样在临潼又住了几个月。在临潼期间，她又先后住了两次院。第一次，是千年纪、百年纪之交的那一段时间，在母亲的病房中，我握着她的手说："你应当勇敢地活下去，活到2001年。哪怕2001年的早晨去世，这也值得，因为你可以对人说：我是一个活了两个世纪的人！"母亲点点头，她说她争取不让我们失望。

第二次住院，是在立春那一段时间。春天就要来了，万物复苏，一束凄凉的阳光照在母亲的床头上。我对母亲说："如果能活到立春，心脏病人的危险期就会过去。你就这一年都没事了！"母亲点点头，她又勇敢地活过了立春这个节气。

出院后，我将母亲又接回了我家。

家里只有两居室。我实在不知道该怎么住。考虑来考虑去，我对儿子说："我有个困难，你能不能帮助我一下？我想请你奶奶住在咱家。咱家地方太小，能不能你和你母亲住一个房子，我和我母亲住一个房子？"儿子听了，痛快地答应了。

如今，母亲就和我住一个房间。我昼夜守护着她。她的身体已经好了许多，闲不住的她总是抢着做饭和洗衣服。我也明白，她知道自己说没有就没有了，所以总想为儿子和家庭多做一点事。但是，我须臾不能离开。我只要说声出差，母亲就会犯病。

今年4月我去杭州，票都买好了，那天晚上，母亲的左腿突然使劲地打战，腿把床板砸得通通响。我从梦中惊醒，给母亲揉了半天，也不见效果。我明白杭州是去不成了，第二天早上只好退票。然后，领着母亲又到医院吊了一个礼拜的针液。从此，我就守候在家里，哪里也不去了。

坐在家里，我一边写作，一边陪伴母亲。有时写作间隙，我细细地梳理自己的感情。现在自己身上除了那种通常说的母子情以外，还有面对弱小者和无助者时，那种悲天悯人的基督爱心。我想，即使她不是我的母亲，而是一个素不相识的老太太，倒在我家门前，那么，面对那弱小和无助，我也会像一个坚强的男人那样帮助她的。我就要分下大房子了。我对母亲说，到时候我专为你辟出一个房间。吊上农村的花格布门帘，将它装饰得像农村老家一样，让你舒舒服服地住着。这事还得两个月，你一定要坚持住呀！咱们争取再住一回新房。

人到了这个年龄段，负担真重，活得真累。儿子今年高考，我得为他操心；老母亲整天病恹恹的，我的另一半心得操给她。有一首诗说：人民英雄纪念碑，你是一架天平，一头担着历史，一头担着未来。作为我自己来说，常常就有这种纪念碑式的感觉，历史和未来的双重压力，压得我腰都快弯了！但是我感到很幸福，很踏实，很值得。

假如母亲在我不在身边时死了，那么我会负疚一辈子的。现在，呵护着母亲，呵护着儿子，我感到自己在完成一件重要的工作。

2001年6月15日

我的儿子正在成长

　　儿子正在上高三，也就是说，今年黑色七月的高考中，他也将是那需要经历磨难的一分子。因此，现在我们全家三口都处在一种紧张状态中，大家全力以赴，为了一个目标，那就是为了让儿子能考上一个好的大学。

　　我没有上过大学，这是我终生的遗憾。我是"文革"期间高中毕业的，那时大学不招生，我毕业之后就当兵去了。当兵五年回来后，正赶上1977年恢复高考，我说："让我去试试吧！"于是，放下行囊，就走进了考场。

　　语文我不怕，因为我在部队的时候，就发表过一些东西，特别是作文还是有一定的基础的，但是我怕数学，因为在五年的爬冰卧雪中，数学全部忘光了。数学考试中，我面对着试卷，白白地坐了九十分钟，我一道也不会答。即便是中途向旁边的考卷上瞄上几眼，想抄袭一下，也不行，因为我压根儿连那些字母谁是谁都不认识了。

　　那时候的高考有一项规定，不能有一门考卷是0分，如果有一门是0分，那么别的考卷分数再高，也不能录取。此项举措是针对"文革"期间那个大名鼎鼎的"白卷先生"张铁生的。张铁生把教育界折腾苦了，所以复出的教育家们想出了这么一条"报复"措施。

愚者千虑，必有一得。在如坐针毡的九十分钟里，我终于从这张可恶的数学试卷中发现了一个出题人的破绽。有一道大题是判断题，下辖五道小题，那题说：下面诸小题中，如果是对的，请画一个"√"，如果是错的，请画一个"×"，每个小题两分。研究了题后，我一阵窃喜，我明白中国是一个中庸之道的国家，这五道题，不可能全是对，也不可能全部是错，肯定有一部分是对的，而另一部分是错的。于是我毫不犹豫地给五道小题全部画上了"√"，划完以后，立即交卷。

"只要不是0分就行了！"我对自己说。

我后来没有考上大学。既然榜上无名，我也就将高考这件事丢在脑后了，数学到底得了多少分，我也不去管它了。后来，工厂里有个女工，到招生办查自己亲戚的分数，顺便查到了我的分数，回来见人就"宣传"，说我的数学得了六分。这样我便知道了五道判断题，有三道是对的，两道是错的，我的六分就是这样蒙来的。

没有上大学是我终生的遗憾。我不是羡慕那张毕业证书，而是羡慕大学校园里那自由的空气。前年，在北大校园，我对招生办主任说，等我儿子将来考上北大的话，我也自费来上，做个陪读。这主任说，我们请你来做个客座教授，我说不敢，还是让我从学生做起吧！

但是我毕竟没有上过大学。

作为弥补，我要让我的儿子接受最好的教育。这是这个小生命呱呱落地的那一刻，我对他的承诺。他上的是全国重点小学，全国重点中学，我们希望他能在经历今年的黑色七月之后，上一所理想的大学，然后有可能的话，再到国外去深造。

他是儿子，但是在感情上，我们更像兄弟，这是有一次当我教他如何与人握手，我做示范让他伸出手来的那一刻我感觉到的。一只厚厚的、被蘸水笔杆磨得满是老茧的大手，与一只修长、纤细、孱弱的手握在一起时，我的心里突然一阵颤抖，我体会到了一种兄弟般的感情。

儿子是善良的，生活在一个正直的家庭里，他的身上又有一种高尚和真诚的东西，这是饱经沧桑的我们这一代人身上所丧失的东西，仅仅因为这一点，就足以令我对他产生敬意。

记得他七岁那年春节的时候，我从市场上买回几只鸡。我蹲在院子里磨着菜刀，准备杀鸡。旁边站着的儿子突然号啕大哭起来。"鸡真可怜！"他指着蜷缩在一旁的鸡说。那惊天动地的哭声叫人震撼，好像屠刀指向的是他，好像世界末日就要来临似的。

这种基督般的博爱心肠，在我们这种年龄的人的身上已经没有了。生活的法规是弱者肉强者食，是尊者为王胜者通吃。记得部队上的那一年冬宰时，我曾经亲手杀死过二十几只羊。杀第一只羊时，你有些胆怯，羊抿住嘴巴，用一种疑问的眼光看着你，令你握刀的手打战。但是随着第一只羊杀倒，你便意识到了原来自己这么强大，可以主宰生杀。你的眼睛闪烁着喋血的渴望，又扑向第二只。

儿子从小到大，我几乎没有介入过他的生活。他像一棵笔直的杨树一样，是在自由的空气中，在我们浑然不觉的状况下，突然长大的。

记得我介入过的事有三件。

第一件是儿子上幼儿园大班的时候，有一次我从街上走过，看见三个女同学正在欺侮我儿子。她们把儿子的书包扔到公共汽车站的遮雨篷上去了，然后，三个女孩子站在那儿拍掌大笑，儿子则站在一旁哭泣。我走上去，大喝了一声，三个女孩子吓跑了。我对儿子说：男子汉哪，你不会用手去打她们？听了这话，儿子伸出手来，瞅了瞅，不语。见状，我叹了口气，攀上一棵林荫树，为儿子取下了书包。

第二件是儿子上小学二年级时，他滑旱冰摔了一跤，小腿骨折。后来，我为他做了一副拐杖，又到街上为他买了一盘台湾歌手郑智化的磁带，于是有半个学期，儿子拄着拐杖，模仿着郑智化的模样，站在阳台上唱郑智化的歌：他说风雨中这点痛算什么，爬起来不要怕，至少我们还有梦！这支歌伴随着他伤愈，重返学校。

第三件是儿子上初中三年级时的事。班上有两个同学打架，老师匆匆赶到教室时，打架已经结束了。老师问打架的是谁，连续问了几个同学，都没有得到回答。老师后来说：我的这六十多个学生中，难道连一个富有正义感的学生都没有吗？不要让老师提问了，哪个学生如果有正义感，请站起来指证。老师喊了三遍仍然没有学生站起来。年轻漂亮的女老师哭了，她说她把全部的爱和感情都给了这些孩子，想不到培养出来的却是这么一群世俗和冷酷的人。女老师哭着跑出了教室，她发誓从下学期开始再也不当班主任了。

儿子回来将这事告诉了我，我说我坚定地站在老师一边，我谴责了儿子，我说你应当勇敢地站起来，指证这件事。儿子辩解说，他不能，他要保护自己，如果那两个调皮学生串通了黑社会来找他的麻烦，那他就惨了。我说，人有时候是需要傻一点的，需要拍案而起的，需要舍生取义的。我举了个谭嗣同的例子，我说：谭嗣同说，既然变法需要流血，那么这第一滴血就从我流起吧！说罢，年轻的谭嗣同走上了法场。当然，你们班上的那一丁点儿小事与谭嗣同的事，根本不能相提并论，但是你必须从小就学会做一个独立的人，做一个不向恶势力低头的人，绝不能做那"沉默的大多数"，不做灰色大众。儿子听了，低下头去。记得，这是我说儿子说得最重的一次。

我是一天天老了，儿子是一天天大了。光看着儿子成长这一诱人的景致，就足以令我们热爱生活和赞美生活。春节前，儿子的学校评选礼仪先生，儿子被评为他们班上的礼仪先生，儿子回来后要我领他去拍一张大照片，说墙上要贴，我追问了半天，才知道是这么回事。我细细瞅着儿子，突然发现他长大了，成了个"帅哥"。

去年儿子班上分科时，他征求我的意见，我说文科也好，理科也好，你自己决定吧！结果儿子报了理科，准备将来考计算机专业或别的什么专业。分班大半年以后，他突然对文学又有了强烈的兴趣。有一次他谈到贺敬之的《回延安》。于是我拿出我1982年采访贺敬之时拍摄的照片，课本上的人物一下子变成生活中的人物，这叫儿子觉得很奇异。

还有一次，儿子在翻阅李若冰的书时，被书深深地吸引住了。"我的一生注定属于远方那一片草原和戈壁滩的。每个人都有自己的命运，而这就是我的命运。"儿子念着李若冰书中的这些话，觉得这些话说得真好。两个相隔了将近六十年的人的思维竟然能这样相通，这叫我高兴。

还有一次，儿子读了《少年路遥》那篇文章，回来谈起，我告诉他说："路遥你应当还记得吧？他就是经常到咱家来的那个黑胖子，走起路来一个肩膀高，一个肩膀低。"我还说，路遥死之前，我去看他，路遥的第一句话就是：强强该上小学二年级了吧！我说的这事，也叫儿子感到奇异。"路遥知道我！"他微笑着说。

还有许多文学方面的事，只要他提起个头，我便能说上一大串。也许，正是这些勾起了儿子对文学的兴趣。"你后悔报理科了吗？"我问。"不，我不后悔，我还是学理科吧！大学出来后，有兴趣，业余写写文章，也是一件美事！"儿子回答说。

在这2001年春天的日子里，关于儿子，我写下以上的文字。

2001年2月25日

扶路遥上山

引　子

我的手一提起笔来就颤抖，心也窝得难受，几次动笔，都半途而止。我明白我不能很有条理地将这篇悼亡文章写出来了。于是，就涂些阿拉伯字母，断开来写。

1

我和这位亡人在感情上是兄弟，曾经有过一段时间，我们之间像最亲密的兄弟那样心心相印，息息相通。同样的两个孤独的旅行者遇到了一起，我们进行着关于人生和命运问题的谈话，我们都在那一刻体验到生命的幸福。

本该，我们都期待着，又一个推心置腹的时期的到来，但是，这种可能已经没有了。不要问丧钟为谁而鸣。人类中的一分子消失了，这同时是整个人类的损失，丧钟在为他而鸣的同时，也就是为我而鸣，为我们大家而鸣。我在接到噩耗的那一刻，立刻被一种强大的打击力量击倒了，胸膛里填满了悲怆。

我用"物失其类，不胜悲戚"这句话作为我的唁文，发往省作协所在地建国路71号。从那时起直到现在，除了生活中必须说的以外我一句话都说不出来，只感到痛苦。他的年龄和他的事业正在如日中天的时辰，他不该就这么撒手长去的。

路遥的猝死给我以强烈的震撼。我痛切地意识到命运之神的冷酷和残酷，意识到生命力如此虚弱和脆弱，意识到一个活生生的人在我们说话的片刻，就有理由成为一撮烟灰，意识到墓碑上一个时间概念和另一个时间概念之间那一道横杠，是可以随随便便就划上去的。

尽管前人早就告诉我们，既然你活着，你就永远处在死亡的威胁中，而最终的胜利者是死亡而不是你，这是人类有力反抗但无力解决的悲剧，根本意义上的悲剧。但是我的朋友路遥，他是不是死得过早了点，过于急促了点？

记得我小的时候，世界上流行脑膜炎，不时有一个街坊邻居的孩子死去。那时，我整日惶惑羡慕地望着身边那些长寿者和寿终正寝者，我想他们能活到那一把年龄，本身就是一件了不起的业绩，本身就令人眼馋。

这一段日子，当年的那种对命运的不信任感，感觉到自己像一棵风中小草一样的孤独无靠的心理，又重新控制了我。我常想自杀，以此来反抗死亡，改变和蔑视死亡。

2

20世纪60年代初期，人类对空间的征服史上，发生过一件大事，有个叫加加林的苏联少校乘坐宇宙飞船，飞向太空。这天晚上，在荒凉而贫瘠的陕北高原上，在一个县城中学的操场上，站着一个叫王卫国的学生。饥饿的他，卑微的他，泪流满面地望着夜空，望着月亮，他在一瞬间意识到了他和他的父老乡亲们生活的全部悲剧性，他在这一刻产生了走出黄土地，走向大世界的勃勃野心。

许多年后，他在他的引起强烈轰动效应的、被日本评论家称为"青春与激情的悲剧"（路遥认为这是对《人生》中肯的评价）的中篇小说《人生》中，将他的理想人物命名为"高加林"。他在这个人物身上，寄托了自己的梦想，和对这块土地的祝福。

3

他的童年是贫困的，而且这贫苦和屈辱联系在一起。平日过往中，他不大提起他的童年，历练使他把自己包装起来了，以免受伤，以便完成生活摊派给他的这个角色。但是，当他放松自己的时候，当他突然陷入一种善良的感情的时候，他会突然回忆起童年。

他曾经给我谈起父亲将他送到伯父家那件事。他们是要着饭从清涧来到延川的。将他交给伯父后，父亲说，让他在这里待一段时间，然后他再来接他。这位苦难的农家孩子含着眼泪将父亲送到村口，看着父亲佝偻的影子走向山路，然后被一段山崖挡住。

只有这时，含着的那滴泪才掉出来。继而，他号啕大哭起来，因为他已经明白，父亲把他过继给伯父了，只是，他强使自己在送行时，没有将这一点捅破。

4

在这种善良的感情下，路遥时常陷入对他的初恋的回忆。我想那大概是个扎着两根羊角小辫，穿着一件红卫兵衣服，跳跳蹦蹦地爱演文艺节目的北京插队知青。《人生》完成后，他从甘泉回到了延安。我不知从哪里为他弄来了两盒中华烟，接着又弄来了两条。他贪婪地抽起来。

那天晚上，延安城铺满了月光。我们两个像梦游者一样，在大街上反复来反复去地走到半夜。"中国文学界就要生一件大事！"

他说，他指的是那一包《人生》手稿。

突然，他谈到了他的初恋。谈到在一个多雪的冬天，文艺队排练完节目后，他怎么陪着她回她的小屋。"踏着吱吱呀呀的积雪，我的手不经意地碰了一下她的手，我有些胆怯，怕她责怪我，谁知，她反而用手，紧紧地抓住了我的手。"路遥说。

他还说《惊心动魄的一幕》获奖后，在北京，他刚刚回到下榻的房间，突然接到一个陌生女人的电话。"你是谁？你没有事的话，我就挂断电话了！"这时，命运的声音从电话线那头传过来："你真的不记得我了吗？一位熟悉的老朋友！"说话的人穿着一件红风衣，在马路对面的电话厅等他。他扔下电话，疯了一样跑下楼，横穿马路而过。"我奇怪汽车为什么没有压着我！"路遥说。

在他们短暂的接触中，这位女士说，她曾经来过西安，曾经围绕着那座住宅楼盘桓了很久，但是没有勇气去问问他住几号，没有勇气去叩响那个门扉。"哪家阳台上没有花草，哪家就是我。""她后来嫁给了一个海军军官！"路遥对我说。

我不知道路遥所说的这个故事中，真实的成分有多大，尤其是后来的相遇部分。但是，他确实有过这么一次初恋，而且，他怀着一种可怕的令人肃然起敬的恋情，恋着她。

5

1983年，他回到了延安。那是一个秋末冬初的日子，大地一片肃杀。一见到我，他就抓住我的手，他面色铁青，他说，这些天来，他脑子里只回旋着一句话，就是"路遥啊，你的苦难是多么深重呀！"

他在延安待了三天，为了安慰他，我在宾馆里陪他住了三天。我说："作家是永远不会被打败的！充其量是回到延安来吧。我永远是你的朋友。"

三天之后，那个有霜的早晨，我又用自行车将他带到了东关车站，送上长途班车。一些天后，我为他写了一诗，这诗先发表在《星星》，后来收入我的诗集。

你有一位朋友

一个人孤零零地在地球上行走，
有时心中会生出莫名的烦忧。
你想找路人一倾衷肠，
可是，大家都在忙忙碌碌。

呼唤我，呼唤我吧！我会走来，
像一只小鸟落在你的肩头，
我的充满友情的诗歌，
会化作小鸟的鸣啾。
自然，我们的生活无限美好，
歌声总是多于忧愁。
但是，谁能保证说，
我们没有被命运嘲弄的时候。

有一天早晨一觉醒来，
生活突然出现了怪诞的节奏，
你的妻子跟着别人走了，
一瞬间你是多么孤独！
关于工作，关于住房，关于煤气罐，

关于那不唤自来的病疾，
以及一切不惬意的事情，
包括领导对你的毫无理由的掣肘。

有时候你会拔下一根白发，
哀叹生活可悲的短促；
有时候你会望着天边大雁，
渴望它把你一起带走。
相信吧，我会理解你的，
我是你的值得信赖的朋友，
不论你陷进痛苦的深渊，
或者是误入荒丘。

也许你只剩下一个朋友了，
那就是我，我会紧紧握着你的手。
我会给你以慰藉，给你以友情，
给你以忠告，给你以兄弟之助。
我的诗歌就是我的翅膀，
我会彻日彻夜地在你身边漫游，
一旦你呼唤我的时候，
我就踏入你那神秘的国度。
绵绵的人类之爱呀，
就是维系我们的纽带，
真诚的朋友之间，
别担心，谁会欠下谁的人情债。

一个人孤零零地在地球上行走，

有时心中会生出莫名的烦忧。

相信吧，我会走来，

像一只小鸟落在你的肩头。

如今在读这一首诗的时候，我有一种毛骨悚然的感觉。因为路遥的死，路遥不完美的婚姻，我在写这诗时都预感到了。

说起诗歌来，附带说一句。《人生》在杂志上发表后，路遥将杂志拿给我，他有些不自然地说："里面用了你的《我愿你是一只生着翅膀的大雁》的诗，你不会介意吧？"我说，我不会介意的，我感到荣幸。"不过，"路遥接着机智地说，"是书中一个叫黄亚萍的人物，偶尔读到你的诗，抄到笔记本上，送给高加林的！你去追究她吧！"说完，我们都哈哈大笑起来。

6

读者读到这里，也许会认为我们是平等的。我想说读者只判断对了一半。是的，在人格上，我们是平等的，尤其是对我来说，我从娘肚子里带来的那种独立不羁的性格，不愿意让任何东西来制约我。但是，在文学这个技术性问题上，我一直视他为导师，他的"对自己要严酷"的名言，一直成为我鞭策自己的一条警鞭。在陕北这块土地上，他永远是第一小提琴手。有几次回延安，他用嘲笑的口吻对我们这一群人说："你们都在忙些什么呢？为一些不值得的事情苦恼和愤愤不平。你们不如抛开这些，去写自己的作品，一天写两千字，一个月就是一个中篇了，再用一个月时间修改和抄出来。发过几个中篇后，谁也就奈何你们不得了。"他这些话总给我以教益。

7

路遥本身是一个充满矛盾的人物。也许，他的本身，比他小说中的任何人物都更精彩、更复杂和更具有文学的独特性。可惜，他英年早逝，没有可能再去表现这一切了。这是整个人类的损失！人类整体利益的损失！我曾经多次给路遥说过，我说，如果让你经受一次大的打击，脱离现在的生活轨道，而走向内心自省，一定会有比《人生》和《平凡的世界》更为精彩的大作品出现的。这次，命运为他提供的打击是疾病，可惜，他没有能战胜它。且让我在无限的惋惜哀痛之余诅咒命运。

患病期间，我曾三次去看他。两次是在延安，一次是在西安。第一次看他时，我将洛川县委书记送给我的、自己舍不得抽的一条红塔山带给他。妻子说医生肯定不让他抽烟的。我说，只要他是路遥，只要还活着，他就一定要抽烟。果然，他欣喜地接过我的烟，开始抽起来。路遥说的第一句话是，这就是作家的悲剧，我愿意用所有得来换回它（指身体）。他要我一定要珍惜身体，最好去医院全面检查一下。他接着问起我的孩子的情况。他说疾病使他的人生观彻底改变了，他爱天下所有的人，所有的人都是他的朋友，说这话时，他眼里噙着泪水。我坐在床边，紧紧地抓住他的手，他说不要这样，传染。但是我一直固执地抓着，直到离开。看到在床上蜷成一团，瘦得不成人形的他，加上这间充满压抑感的小屋，我想起《红与黑》中的于连·索黑尔在狱中的最后情景。我终于没能抑制住自己的眼泪。"你怎么把自己弄成这个样子了！"我说。第二次，是我陪王巨才同志去看他的。第三次，是在西安，我从北京回来，专门在西安逗留了几天，请远村领路看他。结果没能见到他，医生让留个条子。我在条子上说：路遥兄，所有的朋友都祝你好，你是坚强的人，你一定会迈过这个门槛。我将为你祈祷。

事隔几天，我去省作协开会，前去探望，仍然没能见到他。13号晚上，听到见到他的作协领导说，路遥状况很好，每天能吃四两饭了，大约不会再有什么危险了。后来，观胜来了，说路遥曾谈到我，说"建群是个好人"！这是路遥留给我的最后一句话。谢谢你，亲爱的朋友。我是在15号离开西安的，路经黄陵，在那里讲课，我欣喜地对朋友说，路遥好多了，他终于跨过门槛了。谁知，第三天头上，他竟撒手长去。

1992年3月，我葬埋父亲，路经西安时，曾经见过他。他的小了一圈的蜡黄的脸，他的像灰烬一样贴在头上的头发，很使我吃惊。我问他是不是有病，他摇了摇头，说是创作期完了后，正在恢复。行色匆匆，我留下家里的电话号码给他，就离去了。

这几年，我们接触少了，我一直认为，他大约是头戴金冠、怀抱鲜花，身边拥有一大群崇拜者，在西安生活得很惬意，直到看了一些悼念文章，才知道他那几年的境况那么狼狈，可怜。那么，他为什么掩饰自己呢？为什么不能像十年前那个寒冷的秋天那样，握着我的手，说一声我很苦，我需要帮助，请你再为我长歌一曲呢？如今我感到深深的内疚，如果我能自始至终地守在他的身边，也许他不会那么悲惨和凄凉地死去。然而，现在说这一切又有什么意义呢？

8

路遥在《平凡的世界》接近进入实际创作阶段时，就小说的大体轮廓与我有过几次通宵达旦的长谈。他说这种长谈有好处，可以帮助自己完善作品和人物。记得，那时候，他还将小说的总标题定为《走向大世界》，将三部分的标题分别定位《黄土》《黑金》《大世界》。他后来是怎样灵感突来，选定《平凡的世界》这个既有覆盖性、又有深刻内涵的雍容大度的名称的，我不知道，我现在将这些写出来，也许会给文学提供一点史料吧。后来，我又陪同他到黄陵店头煤矿，到矿井里去采访了几天，收集素材，以求达到准确的描绘。

路遥是新时代文学重要的小说家，我想我的这个评价应当是公正的。路遥作为一个有感召力的形象，将不断地刺激这块黄土地上新生一代的梦想，我想这也是确凿无疑的。

9

陕北，这块焦土，北斗七星照耀下的这块苍凉的北方原野。我始终坚定不移地认为，各种因素，使这里成为产生英雄和史诗的地方。

原因之一，是物质的贫困滋生了人们精神上的丰富想象，一个乞丐的梦最富有：一个小学生在读了普希金的《渔夫与金鱼的故事》后，光着脚丫跑到黄河边，等待着这样的金鱼出现；一个中学生饿着肚子站在夜空底下，想象着那颗运行的星上载着加加林少校。这种想象力，是苦难给予陕北人的补偿。我曾经陪一位地委书记下乡，当招待所征求他对伙食的意见时，他释然说，我是要饭出身，这样的伙食，我还有什么弹嫌的！光为了他这句话，我一直从那时肃然起敬到今天。

原因之二，我认为这是民族交融的缘故，就路遥而论，他的身上明显有少数民族的特征。我曾经望着他耳朵眼里的一撮毛，说他一定有匈奴的血缘（我的另一位朋友，杰出的散文家刘成章，就直言不讳地承认自己有匈奴的血统）。马克思说过，民族交融有时候是历史前进的一种动力。陕北人性格中那种鲜明的优点和缺点，也许只有用这种民族交融的原因才能解释清楚。

第三种原因，我想说是历史对现实生活的影响，可以追溯到光辉十三年的毛泽东，追溯到刘志丹、谢子长，追溯到斯巴达克式的悲剧英雄、横行天下的李自成，甚至一直远溯到民族蛮荒时期的半人半神人物公孙轩辕。

我在长篇小说《最后一个匈奴》中，试图对这种人类类型心理进行分析。小说曾经有一个题记，看过病危的路遥后，我对命运的这种不公正勃然大怒，换了另外一句话作题记，以志我对命运的蔑视和对死亡的抗议。这句话是："让我像白天鹅歌尽而亡！"我节省下来的这原来的题记，我将它献出来，写到这里：

> 在这个地球偏僻的一隅，生活着一些奇特的人们。他们固执，他们天真善良，他们心比天高命比纸薄，他们自命不凡以至目空天下，他们大约有些神经质，他们世世代代做着英雄梦想，并且用自身创造传说。他们是斯巴达克和堂吉诃德性格的奇妙结合，他们是生活在这块高原的最后的骑士，尽管胯下的坐骑已经在两千年前走失。他们把死亡叫作"上山"，把出生叫作"落草"，把生存过程本身叫作"受苦"。

10

写到这里，我不能不遗憾地认为，在一切金子般闪闪发光的优点之外，路遥有一个最大的不足，这就是欲望太多。他不明白该放松时要坚决放松。他不明白人生只能干成一件事情。他不明白不要同时去追两只兔子这个道理，结果，兔子没追到，自己倒先病倒了。这样，他很难与周围的环境达到和谐相处。我想，苦难的童年除了带给他许多优良品质之外，也是带给他缺点。陕北是块"圣人布道此处偏遗漏"的土地，这带给了这一群人类生机勃勃的创造精神和斯巴达克式、堂吉诃德式的两种激情。同时，它让我们少了点中庸之道。大得而小失，如此而已。

11

我的尊敬的朋友路遥，活着的时候，有一天，他对着这世界说："谁能够评论我呢？"我说："有一天，让我评论吧！"他说："也许，你能够评论的！"那么，现在，我怀着无限的爱心和兄弟之情，怀着一种历史唯物主义的严肃态度，用我的形式评论你和总结你，你能够接受吗？"我为什么不在你活着的时候为你说这些话呢？不管你当时高兴不高兴！"我此刻想。

让我们哭泣吧。如果不会哭泣，那么因为路遥之死，让我们学习哭泣，以哭泣作为武器来应付这个苍凉世界。乌讷木诺说："我们必须学会哭泣。也许，这是人类最高智慧。"我们的哭泣当然主要是为了死者，但是，也许有一半是为了尚且混迹于尘世，被种种琐碎的人生俗务纠缠我们。我们将在哭泣中暂时忘却了痛苦，继续行走。至于我，我希望这篇短文完成以后，我的手捉起笔来不再颤抖。

"先走为神"，这句话是我从街头那些晒太阳的老汉那里逮来的，这句饱含大智大慧的话令我惊讶不已。陕北人那种知生死的达观态度，通过这句话用平静的口吻说出来了。这句话令我的哀痛减弱了许多。那么，这样说，先走的路遥是幸福的，让我们节哀，并请所有为路遥之死而痛苦的朋友们节哀。

路遥兄，你的灵魂愿意栖身在这块黄土高原的哪一个山头呢？请唢呐吹奏起来吧，请引魂幡高张起来吧，且让我们扶你上山。

1992年11月25日

长安第一风流才子张探花传奇

张作家叫张敏，又叫张探花。他是西安电影制片厂编剧。有个屡次获得国际大奖的电影叫《错位》，张作家就是这个电影的编剧。导演黄建新拍完《黑炮事件》，想继续往下拍，找到厂长吴天明。吴天明叫来张敏，要他一个礼拜之内，为黄建新写个本子。三天后，早晨上班时，吴厂长在西影厂大门口见到蓬头垢面、不修边幅的张探花。吴厂长怒道："我给你说的事，你当要要哩！"话音未落，只见张探花笑嘻嘻地从怀里掏出个三万字的本子。这就是新时期的一部经典电影《错位》剧本产生的经过。为写这个本子，张探花三天三夜掏尽了身子。

张敏有着惊人的才华。有的人成为作家，是经过后天学习得来的，有的人则天生就是作家，造物主打发他来世上走一遭，就是让他的这支辣笔为尘世添一份喧嚣，加一份热闹。张敏就属于后者。

我二十年前读过张敏的《天池泪》《感君情意重》《黑色无字碑》，我惊叹于这些小说的精彩篇章，惊叹于通篇所洋溢的那种激情和才情。记得我当时对人说，这小说从第一个字到最后一个字，好像是一口气写成的。

张探花祖籍山东，一生流离颠沛，现定居在西安。用他的话说，就是"受孕在黄河故道，长成在大漠边关"。前一句话，是说他落地生根在中原，后一句话，是说他九岁前在新疆哈密。前两年山东老家来人续家谱，写上"编剧"二字后，后面要加个括号，填上相当于什么级别。怎么填？来人说，交三百块钱，括号里填一个"探花"吧。古代考官，头名曰状元，二名曰榜眼，三名曰探花。张作家觉得封他一个"探花"是高抬他了，又尤其喜欢"探花"这两个花花哨哨的字，于是乎，从此张口闭口要大家叫他"张探花"了。

张探花平日行为乖张，放浪形骸，脚下常穿一双拖鞋，满世界乱转。一个裤腿长，一个裤腿短，吧嗒吧嗒一路和熟人点头，自号"无聊文人"，又将家中凭稿费堆砌起的一座歪七扭八的三层楼房号称"文牢"。这"文牢"中每日呼朋引类，酒气冲天。中国新时期的文化人，从王蒙，到张贤亮，再到初学写作者，来人即是客，秉帚以迎之。大文化人贾平凹，二十年前在这东倒西歪的屋里客居过三年。平凹说："嫂子每次做饭时，往锅里给我多添一瓢水，就有我吃的了。"这是旧话，不提。

说起张探花的传奇，这里单表一件。有一年，中国神秘学会在西安开年会，各路气功大师、预测专家云集西安。爱热闹的张探花，也跑去瞧稀罕。他是著名的长安闲人，走到哪里，大家都认。会议设在省体育场的一个宾馆里。席间吃饭时，言语过往之间，他和一位山东来的气功大师斗起嘴来。他说特异功能是骗人的，他这一生，不敬神鬼，只信自己的一双眼睛。大师说他是孤陋寡闻，见识短浅。说话间，张探花从腰间掏出了个风油精瓶子，再掏出个一分钱硬币，说："在座的各位，谁能将这一分硬币在众目睽睽之下装进风油精瓶子里去，那我就算服了，从此世界观改变，逢人专说气功的好处，并且免费为各位写出大块文章，让各位名播天下。"

张探花连说三遍，满座无人敢应。末了，山东来的大师拦住话头，说张探花所谈的这等破事乃小儿科，是市井地摊上的弄法，大师不屑为之。大师说，他要当众表演一道乾坤手，让张作家长长见识。

啥叫乾坤手？大师说，张作家你摸摸你的身子，看哪一处长了个瘤子，或起了个疙瘩，或有一个冷瘊子，你说给我，我一伸手，疾如闪电，快如旋风，这疙瘩就被抓走了，抓走后，你这肌肤光光堂堂的，不留一丝痕迹。

张探花见大师这样说，回话道："爹妈生我，通身像个浪里白条，并无疙疙瘩瘩的东西。不过论起疙瘩来，裤裆里倒有两个睾丸。这样吧，大师你伸出手来，取它一个，试试你的本事。也让大伙开开眼界，我立个生死文书给你。就是一命休了，也不找你的麻烦。"话撵话，撵到这里，大师摆摆手道，睾丸乃生命之根，要他取这东西，太残忍，太不人道，他不敢取。张探花答道："一个愿舍，一个愿取，周瑜打黄盖的买卖，合理而又合法，况且我如今已有一儿一女在堂，这睾丸于我，已成无用之物，大师你成全我，将这赘物除去了吧！"大师摆摆手，说这叫"抬杠"。

饭局结束时，双方议定了另一个赌博项目。大师说了，挑一副农舍的那种木门，隔三步远，他一发功，双掌一推能叫这木门自然闭上。张探花不信。张探花说，气功大师能掌心发力，将桌上的餐巾纸吹得微微颤抖，已属不易了，如今要推动这两扇门，谈何容易？双方又抬起杠来，最后说定，赌一万块钱，找一户有木门的人家，当场试验，并请在座的世界射击冠军李忠奇先生当保人。敲定以后，众人分乘几辆出租车，直奔西安南郊草场坡而去。

张探花在草场坡当过九年工人，环境熟悉。大师一只手提箱，里面硬挣挣是一万块大票。张探花也东拼西凑，凑够这一万块。张探花心想：老百姓有一句话，叫作"眼见稀奇物，寿增一季"。今天我就是输了，一万块钱买一个稀罕瞧，却也值得。

在草场坡，陪着大师走了几家，终于找到一家大师认为是合适的木门。于是便开始。大师先将木门开成半掩状态，然后向后倒退三步。众人递上凳子，大师坐了。只见大师闭目敛气，运动筋骨，半晌，突然两掌向前发力，怪叫一声道："合！"叫声过后，众人看那木门，还是纹丝不动，仍是半掩状态。大师见了，只好又运动真气，再做两次。那门还是纹丝不动。

张探花见了，眼里倒有些怜悯这大师了，于是说："这陈年老门，门轴子有些死了，我给你抹些油，或者浇上一泡尿上去，让它滑溜滑溜。"这些做过以后，大师再推，门仍然不动。事已至此，大师也就满脸羞愧，说一声："今天气场有异！"说罢丢下一万块钱，兀自先一步走了。

一万块钱在手，张探花说，这钱是白捡来的，不花白不花，于是乎吆朋呼友，叫上一大帮子闲人，再加上他的全家，到当时西安最好的宾馆金花饭店消费。餐厅经理问上什么菜，点什么酒水，张探花说什么好上什么。这一干人从下午一直折腾到深夜两点。后来买单时，张探花将一万块往桌上一扔，问够不够。服务小姐将钱一数，说一共消费是一万三千八百八十八元，这一万块收过，还差三千八百八十八元。张探花一听，傻眼了。饭店留下张探花的大弟作人质，让他回去取钱，三千八百八十八块钱取来，这事才算了结。

还有一件事，是张探花在深圳吃"龙虎斗"的事，也算一奇。

1995年，张探花在深圳筹拍一个广告片。他心想深圳的朋友请他吃了几次饭了，临走时，他得回请一下。一拨人来到一家门面非常讲究的饭馆，门前像开了个动物园，下边是水产，上面是飞禽，中间几个笼子里全是走兽。有一小笼中间，卧着一只白猫。这白猫全身雪白，只在两耳尖上，有一圈黑毛。也许是前世里有一段未了之情，白猫冲着张探花"喵喵"叫个不停。张探花一时动了恻隐之心，走上前来，对那白猫好生爱惜了一番。又手骚，扯住白猫胡子说道："此猫若成盘中之餐，必将是天上人间！"大台经理见了，遂使个眼色，让服务员将这只猫抱到后边去了。

张探花并不觉得有什么蹊跷，走上台阶，又手骚了一回。右手门童小姐，水色可人，左耳旁长了个"拴马桩"，乃是一个小肉柱。张探花伸根指头，动了一下小姐的肉柱，拍了拍小姐的肩膀，又来了第二声惊呼：哇，好漂亮！

入座不长时间，只见招待生将一只血淋淋的猫皮用托盘端了上来，耳边有黑毛的白猫皮搭在盘子边上，招待生让张探花验货："先生，你点的这道菜是我店的名菜，我们将派国家一级厨师为您掌瓢！"再一问，这道菜叫"龙虎斗"，一只猫配一条五步蛇，乃是这家酒店的镇店大菜，每道三千八百元。

张探花一听，傻眼了。那天他身上一共揣了五千块钱，心想花二千块钱吃一顿饭，大约能抵挡得住，谁知道这一道菜就三千多块。张探花咽了咽唾沫，心中有些被人宰了一刀的感觉，于是问道，他何曾要吃这只猫来？前台经理说，你明明是点了这只猫，你指了指猫，拽了拽猫胡子，还高叫了一声漂亮好吃。张探花说，我赞美它漂亮，并不是要吃它，我是作家，赞美生活是我的职责。经理说，这个我们不管，反正这只猫是你点了，你得付钱！

张探花见状，眉头也没皱，就计上心来。说道，我承认，这道菜我点了，不过我点了两道，还有一道，你们没有端来，请把那一道菜也端上来，我一块付钱。经理一听大喜，忙问还有哪一道。张探花这一时卖起关子，直夸"龙虎斗"如何好吃，如何让人大开眼界。弄得满席朋友都一头雾水。其实张探花心中暗自琢磨：这道菜还是要吃，只是不能出这个价钱，不能让人宰了。再者，要以智取人，不能让深圳朋友面子上不好看。一番心思过去，好一个张探花，让把那右手的门童小姐也剥了皮端上来。还要骚一骚那个"拴马桩"。张探花掏出牡丹卡来说，多少钱都不在乎，二道菜今天吃定了。

张探花这一招，让席间朋友大开眼界，纷纷证明，张探花赞美了猫，也赞美了门童小姐，应该把两道菜都端上来。牡丹卡上的钱如果不够，大家来凑，千万元都不在话下。

酒店用此法曾宰过不少客人，挨宰的人顾了脸面，心中不悦，钱也得掏。今天碰到长安才子张探花，才知道原来钉子是用铁打成的，一时竟傻了眼。无奈之下，搬来了总经理。总经理漂洋过海，自然老到，知道今日碰上高人了，一番问答之后，大赞《错位》拍得好，今天他做东，砍去前边那个三，以八百元结账，并送一瓶好酒助兴。

酒足饭饱之后，深圳朋友便劝他留在深圳发展，说这等高人，回西北糟蹋了。张探花微微一笑说，西北有老婆孩子，一刻也离不开他们。

张探花夫人的名字叫方方方，三个"方"叠在一起，叫起来怪绕口的，于是张作家擅自做主，让老婆将这"方"字去掉一个，叫成"方方"。叫成"方方"以后，好听是好听了，可是后来，湖北出了个女作家，也叫"方方"。张作家听了，于是征求老婆的意见，向中国人传统文化靠拢，叫成"张方氏"了。这一次改名，算是定名，老两口商量好，从此就是再有重名，也不改了。

张方氏是西安市北郊方新村人氏。方新村在大明宫西侧，那是当年李太白醉草吓蛮书和杨贵妃与唐明皇调情的地方。当年叫舍下省，如今叫方新村。当年这里是城乡接合部，再后来则被裹在西安城的中心，成为都市里的村庄。张方氏家世代是农民，她的身上也保留了关中农家妇女所有的优良品质：善良、大气、宽容，典型的中国式的贤妻良母。张作家家里之所以整日高朋满座，门庭若市，张作家的好客是一个原因，嫂夫人的贤惠是更主要的一个原因。

张敏曾在青海当兵八年，回来后又来咸阳一个国防厂子当工人，眼见得成了一个大龄青年，心里不免着急。猛抬头，看见邻家这个叫"方方方"的小女孩，已经出脱成了一个漂亮的大姑娘了。张敏于是动起心思，看怎么和这个姑娘接近。恰好，方家养了几株玫瑰花招人喜爱。张敏于是有了借口，瞅瞅屋子里只有方姑娘在家，于是壮着胆子走进门，先赞这花艳，再赞这花香，完了说能不能剪上一枝，回去插在他家花瓶里。一个有心，一个有意，事情就这样成了。出得门来，张敏高叫一声："有花堪折直须折，莫待无花空折枝。"话音未落，方新村吵成一团，大家都说这方姑娘平日老老实实的，高中毕业回家，也不见和生人说话，怎么就让一个"客客子"（外地人）猫叼鸟了？方姑娘听了这话，不为所动，一个月后，自行车一推，进了张家门。

方姑娘进门以后，从方新村带了三分宅基地过来。不要小看这三分地，在西安城里，这三分地就是一件宝物。从此以后，张敏便在这三分地上折腾，来一笔稿费，够买一袋水泥，就买一袋水泥，够买一架子车砖，就买一架子车砖。水泥和砖头买回来了，就往这三分地上堆。先盖座平房，再盖个地下室，再堆个二层，二层上面再堆三层。新时期文学二十年，张敏这二十年，用稿费给这三分地上堆了一座歪七扭八的三层楼房。楼房四百多平方米，在中国作家中，他的住宅面积大约是独一无二的。

方新村的地后来全部卖完，因此，对张家来说，这几年的基本生活来源，就是靠张敏的稿费。西影厂不景气，张敏于是早早地办了个内退手续，在家专门写稿，当起名副其实的自由撰稿人。哪一个月稿费来得少了，全家就一片惊慌；哪一个月稿费来得多了，张敏就捧着一堆钱发愁：房子已经盖好了，不知道这钱又该往哪里花。于是乎往四处打电话，吆喝人来打麻将、吃饭。他说在他这儿打麻将是"五个一工程"：打一场麻将，输一千块钱，抽一条烟，管一顿饭，喝一瓶好酒。走后地上只留下一堆垃圾。有一年国庆节早晨，八点多钟，张敏听见大门外有人要退两张西去的卧铺票，裤子一穿，拉着老婆九点多钟就上了火车。这时才发现，两人所带的银两不足，有进程就没有退程了。好个张敏，喊一声拿笔来，就在火车上写起来，到银川写一篇《调侃银川》，到兰州写一篇《黄河之水兰州来》。他朋友多，路子又野，文章送到报社，当时就能拿到稿费。于是，玩了敦煌，又玩了哈密和乌鲁木齐。虽说是受了些罪，一路写着玩着，回来一算，走时带在身上的钱竟然没用完，还让张方氏美美地坐了一趟飞机，落下了十几个胶卷。

张敏的稿费成了家里的主要经济来源，他便有些骄傲。那一次，在他的地下室里，他买了一大堆颜料学画画。画得确实不怎么样，可是旁边的画家们都不好意思说。这时，张方氏进来叫大家吃饭，对着地下画好的小鸡，"哼"了一声。这一"哼"，张敏大怒，他说："你敢嘲笑我！我平时进步得慢，就是因为你不支持我，你看看人家贾平凹、高建群的老婆，那毛笔字写得再臭，人家老婆在旁边也一个劲说好。"嫂子听了，笑着争辩说："我哪里敢嘲笑，我是感冒了，鼻子有些不通，哼几下。"张敏听了，仍是不依不饶。

还有一次，张敏喝高了，叹息曰："我空有一身才华，至今还成不了大名，这原因就是没有离婚。你看那谁谁谁……"嫂子听了，立刻把大门开圆，说："你走，你现在就走。我现在有儿有孙子的。看你走了以后，你这个干老汉怎么过？"张敏听了，长叹一声说："不走了，我老了！"说完用秦腔唱了一句："老了老了实老了，十八年老了王宝钏！"

张敏和张方氏膝下，有一儿一女。正应了中国老百姓"一儿一女活神仙"这句老话，儿子聪明，女儿伶俐，遗憾的是张敏前些年把钱都用到堆砌楼房上了，没有用更多的钱作为对孩子们的智力投资，让儿女上大学。好在女儿争气，前几年走读西安交通大学计算机系，毕业考试考了全系第一名，成了硕士研究生。如今，张敏的儿子、女儿都已经成家，但是，这个大家庭基本上还生活在一起。

说起张作家的儿子来，我这里又记起一个故事。前几年有个台湾同胞在西安办了工厂，他儿子便应聘进去当电工。这事很令张作家恼火，台湾同胞先富了一步，眼睛都长在脑袋顶上，常忘了自己姓什么。为资本家干活，太多憋气。后有一日，张作家的儿子在梯子上查线，一个台湾监工竟嫌梯子挡道，踢了梯子一脚，差点把人掉下来，还出言不逊。陕西愣娃挥动拳头，将台湾监工打了一顿。儿子回来向父亲汇报，张探花听了，高叫一声"打得好"。儿子说，恐怕在这个厂子干不成了。张探花说，干不成了不要紧，以后你待在家里，老爸给你开工资！

这后来有一个意外的结局。张作家的儿子一直惴惴不安，等过了几天才知道，自己不但没有被炒鱿鱼，还被提拔当了组长。倒是那个台湾监工，被解职回台去了。其中原委，我们不得而知。很可能，台湾老板对这个监工早有看法，踢电工的梯子，在台湾也是不允许的，便将他炒了。

张敏年轻的时候恃才傲物，是个天不收地不管的角色。他常挂在嘴边的口头禅是："管我的人还没有出世哩！"而今，老境渐来时，管他的人终于出世了，这就是他的孙女张少阳。有一年秋天在太湖参加笔会，阳阳一个电话"爷爷，我好想你"，张敏立刻买飞机票，半天之内赶回家。第二年在广州巨星公司改电影剧本，亦是阳阳一个电话，张敏忙不迭地叫人把他往飞机场送。后来又一年秋天在罗布泊，刚一回到连木沁镇，可以通电话了，电话那头阳阳一哭，张敏立刻买火车票回家。看着生活在阳光中的阳阳，我感慨地说：张敏七岁的时候，正在新疆的哈密看着溃兵烧城；我七岁的时候，正在延安的万佛洞里，父母去上班，用一根绳子将我拴在佛脚上；如今这阳阳七岁了，她多么幸福呀！

2002年，张敏完成了两件大事。那一年，他酝酿多年的两部长篇小说《死巷》和《悬念乾陵》，双双脱稿，并于9月5号在北京连续上市。为写那两部长篇小说，他的头发眉毛全部成了雪白的。好听话叫童颜鹤发，不好听地说他就活像一个老怪物了。那两部长篇小说也许奠定了他在中国文坛的位置。

西安是文化古都。文化古都应该出张探花此类文化人物。我常想，张探花此类庄谐并出、令人喷饭的传奇，一些年之后，也许会像我们今天说徐文长的故事、唐伯虎的故事、纪晓岚的故事一样，成为文化人的市井传奇。张探花此类故事颇多，今天这话有些长了，就此打住则个。

2002年12月

人类进程中一段浮躁的时光

　　该怎样评价眼前这个时期的文学现象呢？这个问题我几天前在互联网上和网友们对话时，就有好几个网友提出来了。他们说作为严肃文学作家来说，你不感到有压力吗？你不感到自己已经老了吗？你不想到该歇歇了吗？他们要我评价一下当前的文学现状，要我谈一谈对这些时日突然火爆的上海"惠惠""棉棉"诸人的看法。

　　关于对"惠惠""棉棉"这些所谓新新人类的看法，我取一种宽容的态度。在网上，我说，每一朵鲜花都有开放的权利，至于这花开得大与小、艳与素，那是另外的问题。我还说，新时期的中国小说，20世纪90年代走向虚浮，走向作秀，读者终于对这种虚假失去了耐性，于是将阅读兴趣投向还能找到一点真实影子的纪实文学。这时这些所谓的新新人类的创作应运而生，她们毫不遮拦地将自己的生活经验书写出来，取悦读者，并且自娱。因此，从积极的意义上讲，她们的创作实践为气息奄奄的中国小说提供了活力。

　　这是一个宽容的年代。而且之所以我在网上这样说，是由前一个问题的思考延伸出来的。前一个问题是如何评价当前的文学现象。对此我说，这是人类进程中一段浮躁的时光，不管你承认与否，不管你是睁着眼睛愿意看还是闭着眼睛不愿意看，这段时光都得经历。我们不说它对，我们不说它错，我们只说这是人类在千年纪之交行走到这个份上，一定要经历的一个阶段。

现在我较之网上时间充裕一点了，因此我想把这个话题再深入地谈一谈。

这是一个夸张的年代。夸张感情，夸张行为，夸张男人女人们的肢体。今天的人们懂得什么叫苦难呀！然而，涉世不深的青年男女们刚刚在家门前的池塘里扑腾两下水，上得岸来，便玩起深沉，整日高叫着"曾经沧海"。

这是一个作秀的年代。电视的普及为我们营造了一批在电视屏幕上弄姿搔首的作秀专家。这些人中有那些所谓的作家、学者们，他们的出镜率之高，令人误认为是节目主持人。

这是一个表演的年代。吴亮站在他的学府里，冷冷地看着世界说：除了演员不会表演外，每一个国人都几乎是一个表演艺术家。有趣的是，我们的表演大家庭里最近又添了一位新的大师级人物，他就是国家男足最近新聘的教练米卢。看见米卢先生在电视机前的忸怩作态，我就想笑。

这是一个堕落的年代。这个堕落是从毕加索描绘海滩上奔跑的丰乳肥臀的女人开始的，还是从性感明星麦当娜半露性器、高唱着《麦当娜与你同眠》开始的，还有待考查。不过，他们确实是嗅到了人类那种堕落的渴望和堕落的气息。如今这种令人昏昏欲睡的气息弥漫在许多的空间。

这是一个贫富悬殊越来越大的年代。富者富可敌国，贫者夜无隔宿之粮。可怕的是这种差距还在增大。这是一个人类强烈地表现个性的年代。尼采在一百年前说"上帝死了"，从此以后，每个人都是上帝。基辛格在中国人民的伟大领袖毛主席去世之后说"人类的最后一位领袖去世了"，自此之后，个性将代替领袖。

这是一个变革的时代，一个新事物和旧事物交织在一起的时代，一个新思想和旧思想交织在一起的时代。一个"找不着北"的时代。

然而，这是一个进步的时代，一个人类在行进中必须经历的时代。从这一段走过去后会是什么样子呢？我们暂时还不知道。但是我们得走，硬着头皮走，像鲁迅先生笔下的"过客"，像屠格涅夫笔下的"女郎"那样一直向前走。

这就是我们四周的环境。在这样的大背景下观照文学的现状，你就会明白，在人类进程中的这一段浮躁里，一切发生的都是应该发生的。你就会宽容地接受这一切。当然，你有责任、有理由信守自己的看法。

在泡沫艺术和快餐文学的冲击之下，古典精神正在丧失，崇高感正在丧失，这是不言而喻的事。且让我们耐着性子，等浮躁的人们有一天能安宁下来。

记得在网上，当网友问我是否会加入网络文学作家的行列时，我回答说"我不会"。我说，一件厚重深刻的作品它是在长久地深深地独立思考中完成的。我还举了评论家李星先生为我讲过的一个例子，强调这一点。

那例子说，某南美作家为了能更沉静地思考世界、思考人类，在地上挖了一个深井，他自己就坐在井里面写作。他的吃饭和拉屎，都是妻子用一个小篮吊上吊下。我说作为一个中国作家，我们做不到这一点，但是，我们至少应当做到从容地思考才对。

2002年1月

读朱珩青的《路翎传》

这不是一本闲适的书。这里面充满苦难与呻吟，挣扎与无奈，然而又自有它精神的辉煌和崇高存在。你要读它，先得调节一下自己的情绪，做好穿越一座炼狱的心情准备，然后才敢去读。要不，你受不了。

我是在一个中午，读朱珩青女士的《路翎传》的。我一直读到黄昏，是坐在阳台上读的。掩卷，我长久地坐在暮色中，心中填满了悲怆。我感到自己仿佛在完成一场世纪穿越。

继而我坐在台灯前，给朱珩青女士写信。我说，这是一部民族的精神受难史，这一本薄薄的叫《路翎传》的书，每一所大学都有理由将它列入学生的必修课来读。我还对朱女士说，你做了一件堪称伟大的工作，即把一个天才的毁灭过程挖掘出来了，把我们民族的一段精神历程挖掘出来了，于民族做了一件好事。

"没有天才的民族是愚昧的生物之群，有了天才而不知道爱惜的民族是不可救药的奴隶之邦！"当我从悲怆中抬起头来时，我想起郁达夫说给鲁迅先生的这句话。

路翎是一位毁灭了的天才，二十几岁的他，即写出《财主的儿女们》这样的鸿篇巨著。世人以"才华盖世"誉他。新中国成立之初，由于受到胡风问题的牵连路翎下狱。这是三十二岁时的事。等到出狱时，他已成垂垂老者，且思维进入一种半疯狂状态。文学界痛惜路翎为"未完成的天才"。

说起路翎，我这时还想起一个叫阿垅的诗人。前些年，我主编过一本《新诗观止》，里面收录了阿垅的两首诗。阿垅的诗引起我一阵大惊异，拜伦诗的雄辩、才气和一泻千里的激情，在中国原来也有传人，这传人便是阿垅。后来查找资料，方知道这位诗人正是胡风、路翎一拨。

我祝贺《路翎传》的出版。在这本书面前，在传主的惨烈的人生大悲剧面前，我意识到了我们的一些创作的苍白（包括我的一些书），和我们人生的平庸。我有一种不寒而栗的感觉。

朱珩青是我的老师。这称呼是由一件事决定的，这事就是：她是我的《最后一个匈奴》的责任编辑。以前，我只知道她是一位资深的、充满敬业精神的编辑家，间或有评论文章发表；通过这本书，我知道了，她还是一位深刻的、独到的作家。

以前，她编选过一本《路翎小说选》。据我所知，为了编选一事，她曾许多次向路翎先生求教。在路翎孤寂的晚年，假如说曾有一丝新时期文学的阳光照亮他那浑沌状态的心灵的话，这件事是通过朱女士去完成的。如今路翎先生已经作古，社会有责任向这位女士献上敬意。

我这时想起《圣经》中的一段故事：耶稣受难时唯一没有跑开的是女人们，所以她们有幸看到了耶稣复活的情景。

我在电话中对朱珩青老师说，《路翎传》有些薄了，且学者气太重，您是国内的路翎研究的权威者之一，你应当再写一本厚些、通俗一些的《路翎传》来，让这个"未完成的天才"为更多的人所认识，并为我们民族未来的世纪赐予更多的祝福。朱老师同意了我的话。但愿我们不久会看到通俗本。

　　这篇短文刚刚搁笔，便接到北京朋友打来的电话，说朱珩青女士的《路翎传》之一章，在10月25日的《文艺报》上登了一版。这是一件好消息，于是补记于上。

1997年10月27日于西安

龙云和他的《点击文学》

　　跛足与天才，其间大约并没有必然的联系。榆林的作家、学者龙云先生就是一个跛足。十几年前，当他微微跛着一只脚，来我舍下寒暄时，面对他的纵论天下，我暗暗惊异。我那一刻正迷恋拜伦。拜伦也是一个跛足。人们在谈论拜伦时，常以这样的口吻说："《唐横》的作者拜伦，这个跛足的天才！"因此，当时面对龙云的跛足，面对他那张被激情和才华炙烤得发青的脸，我的惊异你是可以想见的。那时我曾想：他们是因天才而跛足的呢，还是因跛足而天才的呢？或者说这是造物主有意而为之的呢？

　　以上是笑谈，与文章的主旨无关。龙云出了一本书，这本书叫《点击文学》，先前他在电话中给我说了。我的第一感觉是书名真好。接电话时我曾想，这位谈锋犀利、口无遮拦的隐者，该拿出当年指点江山的风采，为中国文坛来一声棒喝了。他是隐者，不像我们这些人说起话来有太多的顾忌。况且他在后来，又曾在北京和西安深造，成为文学硕士，所以他是有这个说话实力的。

　　但是接到书之后，我有一些小小的失望。书是平和的、理智的和充满建设性的。对文学的规律、文学在现阶段的实践和发展以及一些知名作家的点评诸方面，构成这本书的框架。我在那一刻想到，他已经是一所专科大学的副校长了，所以应当出言谨慎些才对。这也是中国国情，不是？！

虽然如此，这仍然是一本重要的书。不是说因为这是我的一位老朋友写的，所以我才说它重要，而是书中的许多真知灼见，是独到的、是天才的，是对文坛具有醒世作用的，是对文学发展到现阶段如何继续往前行走进行过独立思考的。本书作者是一个旁观者，一个隐士，一个和所谓的主流及所谓的非主流都没有丝毫相干的人，一个从文学这个行当没有得到过任何实际的好处，只是得到痛苦和劳顿的人，所以他的意见更值得重视。

《点击文学》共分三辑。第一辑叫"形而上描述"，第二辑叫"域外解谈"，第三辑叫"本土追踪"。我最喜欢的是第一辑，即"形而上描述"。前面我说到龙云的书中有许多的真知灼见，而大部分的真知灼见，则是在这一辑中说出来的。关于小说创作，关于散文创作，关于诗歌创作，其间有许多纯技术的东西，正是由于有了这些东西，生活经创作者的魔杖一点，幻化成艺术。

胡采老人在他的《从生活到艺术》一书中，早就告诫我们应当这样来寻找从生活到艺术的规律。我记得已故老诗人玉杲，生前也给我说过，他说现在的评论家往往忽视了创作者完成的这个从猿到人的过程，而一味地在业已既成的作品中去挖掘什么主题和命意。现在，龙云先生可贵地做到了和正在做这一点，因此我想文坛应当感谢他。本来我还想就他书中谈到的那些技术方面再多说一说，限于篇幅，这里就不多说了。

第二辑是谈人物的。是对那些业已享有盛誉的作家、评论家的分析。这一辑当然也有很多好的东西，但是我不喜欢。溢美之词太多了，我们应该来点批评才对。我们没有为他们唱赞美诗的义务，我们贫乏的声音大约也不太会引起人家的注意。我们应该把主要的精力放在经管自己那块自留地上才好。

第三辑是写陕北本土作家的。对陕北，我一直怀着一种很深的感情。陕北可以说是我的真正意义上的故乡。这些陕北本土作家许多是我的老朋友。龙云先生的文章，一半是介绍，一半是呵护，他向我们展现了这些生活在高原上的歌者们的风采。我也借这个机会，向这些朋友们问好，希望他们努力。陕北青年搞文学，较之别处的人来，要更为艰难一些。光生存斗争本身，就够他承担的了，他还要抽出余力，从事那也许永远看不到前途的愚人的事业，这些人是应该得到尊敬的。

在西安这个暮春的日子，我站在阳台上，望着远处苍茫的陕北大地，写下我对一本书和一位陕北作家的感觉。陕北曾经为这个民族奉献出了很多，以至因失血而苍白，但是我还是真诚地祈祷，希望它有新的成长和新的奉献。

此刻，在这一段文字就要结束时，我想起拜伦站在西班牙苍凉高原上的吟唱："可爱的西班牙！风流的胜地！贝拉乔高举过的大旗在哪里？"我因此而心中突然生出一股英雄情结，并由此而想到我的陕北，想起用白羊肚手巾蒙在头顶、额前扎着英雄结的我的陕北父老。

1996年12月

为苦难而歌

这是为米生富的《枕山而眠》写的序文。

米生富长胳膊长腿，长腮帮长下巴，高高的颧骨，乱糟糟的一头卷曲的头发，串脸胡。他的形象让我想起一幅19世纪西欧名画。那画画的是一个农民在经过一上午的劳动之后，在地头长长地伸展身子，仰面朝天假寐的情景。他全身的每一个筋骨此刻好像都在疲惫地呻吟，旁边是山，是新耕地，是停歇的牛犋，他的脸上有一种农民式的表情。

由这幅油画，我又想起普希金的一句诗。普希金站在大海边，惆怅地唱道："在那儿，他长眠在苦难中。"普希金这诗，是写给拿破仑和拜伦的。

米生富出生在陕北高原腹心地带，那个最贫困和闭塞的三岔地区。在那里，拥拥挤挤的土黄色山头像牛头一样，一条叫走马水的小河呜咽着流过。他是喝着苦难的乳汁长大的，他是在守门的缪斯打瞌睡的那一阵，意外地闯入文学殿堂的一位作家。

回乡知青的他，在田野上犁地，一个人走过来说：要成立一所学校，你来当民办教师吧！他说：我学都上不好，还能教书？虽然这样说，他还是停了牛犋，跟上那人走了。后来教书期间，他上了中师，成了公家人，接着又上了大学，大学毕业后又来到一家地方报社。据说，这是从他们那偏僻村子靠上学走出来的第一个人。

米生富经历过太多的苦难。"苦难"这个词儿在陕北，它也许意味着明天就要全家起营拔寨，将门窗埋了，走上走西口或者下南路的行乞道路，随时倒毙在路途中；意味着身披一件烂棉袄，躺在延安东关大桥旁，出卖人力。

苦难的陕北啊！——现在的那些华衣锦食的作家也在那里煞有介事地侈谈苦难，他们懂得苦难吗？

俄罗斯文坛有一件掌故。列夫·托尔斯泰在听了一个叫高尔基的文学青年叙述完自己的苦难经历后，他哭了，他老泪纵横地说："有了这些经历之后，你完全有理由成为一个坏人！"

作家大约就是这样培养出来的。这也许是造化的有意而为之。从这个意义上来讲，阅历是一种财富。但是——但是——此刻我想热泪涟涟地又一次说：滚开吧，我们宁肯不成为作家，也不要这些苦难！

"圣母画好了，你是一只杯子——无底的杯子，从此要承受世人辛酸而诚挚的眼泪！"此一刻，我的耳畔响起高尔基那撕人肺腑的呼喊声。

米生富是我的朋友，我在报社工作时的同事，我的一位老部下。我十分喜欢这个有着山民式的谦恭和疾恶如仇性格的人。他是我对陕北的怀念的一部分。这大约是他的第三本或第四本作品集了。我已经说过我不再为人写序了，但这次我还是提起了笔。我用我的笔献上我对他的文学成就的祝贺，和对这位作家本人的祝福。是为序。

1996年11月

浪漫派最后的骑士

"愁容骑士"是西班牙苍凉高原上那个叫堂吉诃德的人的别称。不过我的《愁容骑士》这本书，完全是中国式的，即中国人的故事，中国式的风格，东方民族的精神痛苦，等等。或者叫它"浪漫派最后的骑士"也可以。

当广州出版社将它作为丛书之一而推出的时候，在这个西安美丽的早晨，我站在阳台上叼着烟，口里念叨着书名，突然想起前不久与来访的西班牙作家团的那次对话。我们对西班牙的文学了解很多，西班牙作家则对中国的文学知之甚少。双方在对话中都感觉到了这一点。我说，这是欧洲中心论的影响。

作协主席先生是一位老头，瘦骨嶙峋的，很有风度。他的胸前别有四支笔。我做仰慕状，问这位老者，为什么别四支笔，这四支笔是做什么用的。老者回答：一支是钢笔，写作用的；一支是签字笔，签名用的；一支是圆珠笔，记录用的；一支是铅笔，打草稿用的，云云。

这话说完以后，我们的组联部小陈说：让我讲个侯宝林的笑话吧。侯宝林是中国的幽默大师，他说过一个四支钢笔的相声。相声说：在中国，那别一支钢笔的通常是小学生，他开始学文化了；

那别两支钢笔的通常是中学生，他已经有相当的文化了；那别三支钢笔的通常是大学生，他已经文化很高了；那别四支钢笔的——小陈说到这里停顿了一下以加强效果——在我们中国，那别四支钢笔的，通常是修钢笔的人。小陈的话博得中国和西班牙作家的齐声鼓掌，作协主席开始有点脸上挂不住，后来也鼓起掌来。他说这是东方幽默。他还自我解嘲说，在西班牙修理钢笔这个职业已经绝迹了。

　　精彩的话题还有一个。一个西班牙剧作家问：在你们中国，是如何培养作家的？他问话的意思我明白，他是想问文联、作协这样的机构的情况。但是我避实就虚，说了这么几句话。我说："我们中国有个老作家叫孙犁，他说过作家是生活本身培养出来的！"翻译刚将这话翻译过去，西班牙作家齐声鼓掌，那位剧作家觉得自己的问话有点愚蠢，从此再不言语了。

　　那次谈话还有一件事我印象很深。他们在个人介绍中一般不提获奖的事。当我们如数家珍，介绍我们中某某某获过什么奖时，他们解释说，他们每个人都获得过几千个奖。或者原话是，在西班牙，大大小小的奖项一共有几千个。我记忆不清说的是前者还是后者了。他们说在西班牙，随随便便个什么人，只要有钱，有想法，就能设一个什么奖，给乱糟糟的文坛再添一份热闹。他们说，衡量一个作家的重要性或影响力，一般来说是看他的书的印数。

　　那次对话还谈到中国目前的"宝贝"系列文学。西班牙作家说，在西班牙这类文学也很风行，销量也很大，政府对此既不支持也不禁止，让其自生自灭。他们说，在西班牙他们叫这一类文学为"潮湿文学"，说看这一类书时，只能用一只手捧书读，另一手按捺不住要干别的事。

　　当然，那次谈话中，对我印象最深的是，当我试图恭维一下西班牙人，说我最喜欢的女性形象是一个叫梅里美的法国作家塑造的"卡门"时，这时随团的一个穿红T恤的女性，猛地站起来说："我就是卡门，我就是卡尔曼！"然后过来拥抱我。我吓坏了，赶快躲开。她也是作家，名字似乎也叫卡门。印象中，她是作协主席的妻子。不知道我这记忆对不对。

在《愁容骑士》付梓之际，写上以上的话。它们和这本沉重的书没有一点关系。只是由愁容骑士到堂吉诃德，从堂吉诃德到西班牙人，从而信笔由之，为这本沉重的书增加一个花哨的领结而已。

2001年6月6日于西安

一颗牙齿值多少钱

这其实是两个故事。一个叫《中国人的一颗牙齿值多少钱》，一个叫《日本人的一颗牙齿值多少钱》。两个故事生在同一个城市，牙齿价格的判定是由同一个法庭作出的。将两个故事放在一起说，才有幽默味道。

先说第一个故事。某市东郊有一座五星级大厦，这大厦在许多方面都是该市第一。例如，当初本市最高的大厦，当初本市第一个五星级，当初本市第一个由外资全资修建起来的，当初本市第一个雇佣菲律宾、马来西亚女服务生的，等等。

饭店的年平均客住量只有四成，但是老板说他并不赔。他说，这座大楼蹲在这里就是钱，因为地皮在年年飞涨。原来，二十年前建这幢大楼时，该市为了招商引资，地皮是免费的。老板的话果然应验了，这座大楼在不久前已经转手给一家国际连锁饭店，据说老板狠狠地捞了一笔。

我们是工薪阶层，每天只能骑着自行车或坐公共汽车从街道上仰视这银光闪闪的玻璃建筑物，却没有踏进去的份儿。三年前的那个夏天，天气真热，适逢奥运会举办。同事中一个人提议说，咱们出四百块钱，去包半天房间，那房间可以游泳，可以看电视，还可以打麻将。这样，我们大家凑了四百块钱，第一次登堂入室，进了这个建筑。

事情发生在一个烟头上。不知我们中谁丢弃了一个烟头，将地毡烧了一个小洞。中国人打麻将，可谓全神贯注，因此这烟头是常丢。平日要将它丢弃，是丢在冰凉的地板上，今天这里却是地毡。我的同事于是赶快将烟头拣起，又用脚将那小洞搓了一搓，想蒙混过去。羊毛地毡上其实还有许多小洞，但是这个小洞是最新鲜的。交房间时，这个小洞还是被女服务生发现了。于是双方为这个小洞是新的还是旧的这件事发生口角。

口角中，冲进来了几个保安。这些保安十分藐视这些唐突的闯入者，一番推推搡搡之后，一个保安挥动拳头，按照电视上正在举办的奥运会拳击比赛的招式，朝我同事的面部就是一拳。这一拳打落了我同事的一颗大门牙。

牙齿落地，就像一篇叫《尘埃落定》的小说一样，保安愣住了，我们大家也都愣住了，刚才的喧嚣声戛然而止。只有我的这位同事，现在嘴里向外喷血，手掌上放着那颗带血的牙齿，叫着"父精母血，安能弃也！"

我们将这事告上了就近的法院，于是，这颗牙齿在法院的公文袋里待了一段时间，又在法庭的大堂上展览了一段时间，又在各式各样人的嘴巴里谈论了一段时间，最后裁定下来了，由该饭店赔偿该顾客五百元人民币。

五百元钱——这就是中国人口中一颗牙齿的价钱。

那么日本人的一颗牙齿值多少钱呢？这几乎是一个相同的故事。只是故事发生的地点稍有不同，前者是某市的一家涉外饭店，后者则是某市的一家最大的百货商厦。

再就是故事的主角不同。前者是一个中国人，后者是一个日本人。这是最重要的。日本人为什么要到这商厦里来呢？这可是平头老百姓时常去的地方。比如我，每年都要光顾那里几次，我的鞋子，我儿子的鞋子——我是说他现在脚下穿的那双鞋子，是现在时，就是在那商厦买的。

日本人为什么到这西北内陆的城市来，这并不重要。也许是来投资抢滩，也许是来旅游观光，也许是来征婚，也许什么都不是，只是想来转一转，十四年抗战，日本人的足迹始终没能跨过黄河，因此这黄河彼岸对他们有一种神秘感。

重要的是他到这商厦来了，重要的是在和商厦的保安发生口角以后，被保安打掉了一颗牙齿。这可是日本人的牙齿呀！发生口角的原因是售货员小姐。据售货员小姐说，这个日本人似乎对她有性骚扰之嫌，他在对着悬挂的服饰指指点点的同时，手指摸了摸小姐的下巴。

日本人辩解说，小姐实在是太漂亮了，他把这个会说话、有实在肉体的售货员小姐当成了衣架旁站着的模特。他这里说的模特是指那种没有生命的、用塑料或是什么做成的衣服架子。摸这样的衣服架子当然是可以的，怎么摸都可以，摸什么地方都可以。但是，这个日本人确实是摸错了，这确实是一个冒热气的人儿。

虽说现在人被高度的物质化，人有成为非人的趋向，但这总是个人呀！于是售货员小姐叫来了保安。商厦的保安以护花使者自居，他二话没说，就用训练过的拳头冲这个日本人的脸上打了一拳。这样，这个日本人的一颗门牙掉下来了。

虽然是"尊贵"的日本人的牙齿，但也是会掉下来的。在拳头面前人人平等。但是在法庭面前似乎并不能做到人人平等了。

你以为这是谁的牙齿？这是日本人的牙齿呀！

日本人手握着这颗牙齿，将这家商厦告上了法庭。牙齿被装进公文袋里，用红绸将袋子扎住。牙齿又被在大堂过了一回。牙齿又被各种身份的人，在口中蹚了许多遍，最后，判决下来了。

这一次的程序和上一次完全一样，这也是两个故事构成喜剧效果的原因。

但是判决结果不一样。这家商厦要赔给这个日本顾客五万元。或者换言之，日本人的这颗牙齿的价钱是五万元。

或者再换言之，中国人的一颗牙齿五百元，日本人的一颗牙齿五万元。日本人的牙齿是中国人牙齿一百倍。

这是一个真实的故事，它本身就如此丰富和具有幽默情景。因此，作者在这里也就免去了虚构的必要。

1999年8月

为农民兄弟进城喝彩

二十年前，也就是改革开放之初，我遇见一个叫朱小羊的年轻经济学家。他告诉我说，我们生活中虽然有许多不平等，但是，最大的不平等是户口制度，正是由于有这么一个叫"户口"的东西，将农民永远地限制在土地上，并且维护着城市人相对较高的生活水平。

他说：城市人，尤其是大都市人的生活水准，是以牺牲中小城市、牺牲农村人的利益为基础的。农村中、中小城市中有才华的人受到扼制和扼杀，不能平等地进入竞争机制，从而造成人力资源的极大浪费。这对他们是不公平的，这对社会的发展亦是有害的。

鉴于此，他概而括之地说：什么时候，农村人、中小城市的人、省会城市的人、大都市的人，都站在同一个起跑线上竞争了，那就标志着中国的改革开放有了实质性进展。

二十年过去了，这位年轻经济学家当初憧憬的那种景象已经出现。农村中各种有才华的青年已经不断地进城，并且顽强地在城市中寻找自己的位置。户口这东西已经越来越成为淡漠的东西，有本事的人只要身揣一个身份证，便可以走遍天下。

尽管城里人阶层的一些特权还存在，但是已经日渐一日地缩小。举例说吧，北京每年的高考分数线较其他省市要低一百分以上，也就是说，你只要拥有北京市户口，中等水平的高考成绩就相当于其他省市前几名的成绩，这对其他省市的考生显然是不公平的。可喜的是，这种情形正在改变，今年的距离已经缩小了一些。

另如，北京市人事局最近出了一个新规定，北京市内所有招聘单位，在招聘人才的时候，取消必须有北京市户口"这个愚蠢的规定"。尽管这个政策颁布得晚了一点，亦是由于大势所趋而不得不为之的一项举措，但总是一件让人高兴的事。"王侯将相，宁有种乎？"不是！

我这里所说的"大势所趋"，是说很多中央部门和外资企业，早就先于"规定"这样做了。今年5月，我到中央电视台参与筹划10频道即科学教育频道的开播。这个需要几百号人的频道，是如何广选人才的呢？他们先办个主持人大赛，从而在全国范围内选出了几位优秀主持人，继而又出一个启事，应征者两千人，然后从这两千人中选出一百人，加上原有社教中心的老班底，组成了一个年轻的、有才华的10频道阵容。

这招聘的一百个人，来自全国各地，他们的户口进不了北京，就暂寄在中央电视台的一个开发公司里。这些招聘来的人确实有才华，这是最主要的。"我劝天公重抖擞，不拘一格降人才。"这是先贤的话。其实人才遍地都是，问题是要"不拘一格"。

前些年作家路遥《人生》中的高加林，正是一个怀着梦想要走向大世界，又被城市冰冷的城墙反弹回来的悲剧形象。路遥的《人生》现在还十分畅销，尤其是在大学校园里和军营里，有许多农民出身的孩子，他们在路遥塑造的这些人物身上，看到了自己的影子。

路遥当年曾经向我谈起，他说一个日本的批评家，在看了《人生》以后，对构成高加林人生悲剧的背景百思不得其解，他说，

"主人公想来城里发展，他来发展就是了，为什么要那么艰难？这个地方不行，换个地方不就得了？"

路遥告诉他说，中国有一个户口制度，又有一个农业人口与非农业人口之分。这户口制度是限制农业人口进城的。这个日本人听了摇摇头，表示不可理喻。

生活真好！它让我们随时随地都感受到一种活力。我的老家在西安郊区。老家的青年农民，每年春天正月十五一过，便成群结队地进西安城干活。他们干的多是泥瓦工之类的活。但即便这样，打工挣来的钱据说要超过土地的收入。因为种地现在不但不挣钱，反而要赔本了。而在西安的大街小巷里跑着许多的三轮车，那些三轮车工人大多是商洛山里下来的人。城市很宽容地接纳了这些人。当然城市有时也欺侮他们。但是能够在城里插一只脚，他们已经很是满足了。

行文至此，我还记起去年我们家中请过的那个小保姆。她是甘肃礼县人，这个礼县，从前就是秦的发祥地。小姑娘背一个包袱，只身来到西安，在省妇联办的那个保姆中心登了个记。我恰好因为母亲有病，于是到保姆中心去找人。这样，一个陌生的农家小姑娘便进了我家。

第一个月，姑娘的脸特别黑，黑得发亮。第二个月，脸蛋便变成红的了，两颊便变成白的了。三个月过后，因为我母亲的病已经好了，便辞退了保姆。据说，小姑娘背着包袱，由陕西省妇联介绍，又到北京市妇联报到。现在听说在北京的一个什么教授家做保姆。

世界上人是第一个可宝贵的。人的解放既是人自身的精神需求，也是生产力解放和发展的先决条件。从这个意义上说，让我为农民兄弟进城喝一声彩。

1999年10月

我见过的几副好楹联

　　秦岭面向关中平原的这一面，每隔一节有一个峪口。这些峪口都有清流吐出。其中有一个峪口，叫楼观台，就是老子李耳当年讲《道德经》的地方。楼观台后来成为道家第一名观。楼观台的现任道长叫任法融，是个白发长髯的老者，全国政协委员。那一年五一节，我到楼观台游玩，这任道长为我写了一幅字。字是一副楹联，上联叫"天地容我静"，下联叫"名利使人忙"。书法不怎么样，却意味深长。

　　我久居城里，每有浮躁之心，每遇到功名之事，便拿出这句话来抵挡喧嚣尘世，为自己求得一个心境安宁。如有朋友索字，我有时候也会将这十个字一路写出，写完以后，底下乱石铺街，再加一行小注。那小注则曰："楼观台道长任法融先生以此楹联赠我，余又以此赠天下君子也"云云。

　　清静无为的道家思想中，确实有一些好东西。他们把自己销形于山水，在大自然中得其所哉。陕西的陇县有个地方，叫龙王洞，是道人丘处机当年苦心修学十三年的地方。这丘处机也是一个名人，金庸的小说中，他屡屡出现。我身子懒，龙王洞虽然心仪已久，但至今还没有去过。

但是山不转水转，去年，龙王洞的道长，托人叫我为龙王洞写一幅字，他们要做成牌匾。他提供了一本龙王洞的资料的小册子，供我选字。小册子里有一副楹联，叫人惊讶。上联曰"青山不墨千秋画"，下联曰"绿水无弦万古琴"。以屋后青山为画，而且是千秋之画；以门前绿水为琴，而且是万古之琴。况且这画不用墨做，这琴无须弦弹。我是一个俗到骨头里的俗人，楹联中这一股仙气，差点将我击倒。我二话没说，就将这楹联写了，我听说现在这楹联正挂在龙王洞的山门上。

那年我去杭州。杭州是人人都说好的地方，不过对我这种北方性格的人来说，却觉得不合脾胃。西湖的水太浅，远不如北方大漠浩瀚；灵隐山太低，不要说比昆仑山，就是比我家门前的华山，也实在没法比。不过杭州还是给我留下了一丝深刻印象，那就是千古英雄岳飞墓前的一副楹联。那上联叫"人自宋后少名桧"，下联叫"我到坟前愧姓秦"。据说，这是一位姓秦的后人写的。这楹联真好，许多复杂的感情，这位秦家的后人仅用十四个字，便将它概括而出。站在墓前，我能想象出这位秦家后人当时的那种感觉。他也许是灵感突来，顺口吟出来的；也许是苦思冥想，捻断了几根胡须，才苦吟而得的。我想后者的可能性大一些。在这副楹联面前我能感觉到文化的力量，人格的力量。我不由得对这位秦家的后人产生敬意。岳家后来都出了些什么人呢？我不知道，秦家却至少出了这么一个人。

那年我去浙江的绍兴。中国近现代的许多文化名人，都出自这个小城及其左近地面，这叫我惊讶。当地人说是由于先出了绍兴人蔡元培，在北大当校长，才拉拉扯扯，于是有许多的绍兴人出去了。在绍兴城一个僻静的小巷里，有一个青藤书屋，是落魄天才徐渭当年的居处。那青藤书屋的屋门两边，歪歪扭扭地，写了这么一副楹联，上联曰："几间东倒西歪屋"，下联曰"一个南腔北调人"。徐文长的孤傲、洒脱、落拓不羁，从这副楹联的字义上，从那一横一竖一撇一捺的运笔上，呼啸而出。当时，我在这副楹联面前站了很久，泪水湿了我的眼睛，我想起历代天才人物的命运，想起徐文长蓬头垢面，如世界的弃儿一样在绍兴街头行走的情景。我还十分喜欢那字，不知道那是不是徐渭的真迹。字浑然天成，较之郑板桥的乱石铺街，更多了几分灵性。板桥体虽拼命挣扎，但终归还是没有脱了腐儒、酸儒、穷措大的那个书生气，这徐渭的字，则一副玩心跃然纸上，统治者用四书五经约束人，却不料"刘项原来不读书"呀！

陕北的北沿靠近内蒙古鄂尔多斯，有个塞上古城神木。神木人一直固执地认为，范仲淹的"长烟落日孤城闭"，说的就是他们这一块。神木城中有一条窟野河，是一条散漫无度的河流，自沙漠深处流来。一座奇石堆砌、顺河边拉了五华里的二郎山，就在河的南岸。二郎山有许多洞、许多庙，我的感想是：但为尊者，但为恶者，一律香火奉之，以求一个心境平安。二郎山的山川左右，有一副楹联。右联曰"海到无边天作岸"，左联曰"山登绝顶我为峰"。这副楹联气派之大，令人咋舌。楹联下面一行小小的落款，是"林则徐题"。

这副楹联当时是那样地震撼了年轻时候的我。我不知道这楹联是林则徐曾到过这二郎山，专为这里撰题的呢；还是这神木地面的文化人像我一样也喜欢这楹联，于是从别处借来，装点二郎山，抒自己的寂寞无奈的。随着阅历渐多，后来我知道了这楹联的出处。广东人林则徐七岁的时候，入私塾发蒙，私塾先生的第一堂课，就是对对子。私塾先生先出了个"海到无边天作岸"的句子，一声未了，只见林则徐昂然站起，应声对道："山登绝顶我为峰。"据说，老师当时一听，惊得呆了，说："此人日后必定国之栋梁也。"现在我给朋友写字，有时也写这副楹联，兴趣来了，旁边再落上这个典故。

世间的好楹联还很多，我这小小的臭皮囊远不能将它尽纳囊中。我只是足迹到处，信手采撷了一些而已。而且限于篇幅，有些我还不能核桃枣儿一般都尽数道出。例如大画家王有政先生的黑漆大门的两侧，就有于右任先生的一副"深宅藏灵根，高怀养浩气"的楹联。例如延安万佛洞旁边有个大肚弥勒佛，那洞口就有"大肚能容容天下难容之事；开口便笑笑世上可笑之人"一副。这对联自然每个弥勒佛佛洞的洞口都有，但是延安的这个弥勒佛享受过一次特殊待遇，当年蒋介石到延安以后，匆匆忙忙地到洞里去为他这乡党烧过一炉香。

还例如济南城大名湖有一副好楹联，叫"四面荷花三面柳，一城山色半城湖"。名城济南，只这十四个字便概括而出，如诗如画。还记得那一年我到太湖边见太湖一块勒石上面有这么一副楹联："大云出山，润及万物；明月在水，了无点尘"，也是上好的句子。据说这字是刘墉（刘罗锅）的字，不知道是不是。

话说到太湖，我这时候想起那一年我在太湖之滨的南浔小莲庄居住时，曾经为那里撰过一联，上联曰："一女倾天下，西子玉体横陈夜，吴越从此共一湖"，下联曰："二霸争东南，勾践卧薪尝胆处，于今只有鹧鸪飞"。他们说要刻到石柱上去，不知道后来刻了没有。较之那些古今名联，我这只是东施效颦而已。李太白说："丑女来效颦，还家惊四邻。"我的这楹联大约也会是这个效果。

今天早晨，西安小雨，我待在家中无事。眼望阳台外唐大明宫旧址一片雨雾，心中遂生出一股遗老遗少的感觉，于是口中念叨着这些楹联，并将它们落到纸上。

2001年6月10日

你身上有多少个口袋

出一个问题给你。这问题就是：你身上有多少个口袋？尽管我们须臾离不开口袋，我们的手经常做的一件事就是囊中取物。但是，你身上有多少口袋呢？相信这很多人都不太清楚。当然，也许我们不屑于知道，也许我们没必要知道，我们只用就对了，何必那么认真呢？这是我的第一个问题。

第二个问题则是，请你统计一下，看哪个口袋用得多一些，哪个相对用得少一些，哪个几乎没有使用过或根本没有使用过。

第三个问题则是一个悲哀的问题，这问题是：你身上还有没发现的口袋吗？

要知道，这第三种况是常常有的。比如你的裤衩里，有时会有一个暗兜，供给你远行时装钱用的。比如，你的时尚裤子的膝盖上，有一块皱褶，但是那可能不是皱褶，而是一个口袋。这样隐蔽的口袋有时还会出现在半袖的袖管上，裤子的裤脚上，上衣的衣襟角上，等等。当然，最常见的暗兜，是在皮衣或西装的胸前，第二颗纽扣位置，衭襟上有一个缝隙。

作为主人，你对这些口袋是不公平的。你非但没有使用它们，你连它们的存在甚至都残忍地不曾知道。

这是今天早上我从口袋里给儿子掏零花钱，当手塞到口袋里时产生的想法。

其实这个关于口袋的想法，不完全是我的，而是一个叫索洛乌欣的苏联诗人的。索洛乌欣说：我从保加利亚买了一套上等的西装回来。开始我是出席宴会时穿，后来就经常穿，再后来，就不经常穿了，最后，当我整理旧物，准备将这套西服扔掉的时候，才发现西服上有许多兜。尽管，在过去的日子里，没有用过这些兜我也过来了，但是此刻想来，总觉得是一种深深的遗憾。

第一次接触索氏的这段话时，我只觉得很有趣，只觉得"我也过来了"这句话，里面有某种东西刺痛了我。后来这几十年中，在我的平庸的、死气沉沉的人生中，这段话又时时地蹿出来，骚扰我。

而它也不单单是口袋问题了，它令人想起了我们每个人身上的潜能。按照不久前六国科学家对人体基因DNA结构图的研究，我们每个人，无论智商高低，他的身上都存在着许多潜能，而在他的漫长的一生当中，这些潜能只用过百分之一，千分之一，甚至万分之一，而将更多的潜能带到了坟墓。这情形，宛如将我们衣服上的口袋，没有用过，甚至连知道也不知道，就让它结束使用寿命一样。

"尽管，在过去的日子里，没有用这些兜，我也过来了，但是此刻想来，总觉得是一种深深的遗憾。"这是一句过而知之的痛苦的、无奈的话，这也就是我们平庸的原因。如果，试设想一下，这些"口袋"都物尽其用了，我们人人也许都会成为爱因斯坦，成为毕加索，成为人类中这些半人半神的人。

拿我来说吧，如果我小时候能有一个好的足球环境，我也许会成为马拉多纳的，因为我绝对有一种运动的激情和才华；如果能有人教我唱歌，我会成为一个好的歌唱家的；又如果没有父亲当年那一耳光，我也许会成为一个机械专家的。

尽管没有动用这些口袋，我也过来了。但是，走过生命大半程的我，此刻面对自己，心中也不能不像索洛乌欣那样发出一声长叹："真遗憾哪！明李贽说过'天生一人，自有一人之用'，而我，并没有能更好地使用自己！"

2001年4月8日

我 与 长 春

我与长春无缘。我的徐缓的脚步至今还没有能叩访那座北国名城，这令我遗憾。

其实有两次，我都差点去了。两次都和长影有关。一次，是长影厂一位叫黄海岗的编剧，约我去改稿。那时正是冰天雪地，我说等天暖和些再去吧。另一次是个女导演，说有台湾商人出资，要把我的书拍拍成一个电影，要我去签合同。这次又是冰天雪地，于是她说她到西安来。后来她也没有来，这事我就忘了。

虽然没有去过，不过对祖国那遥远的一隅，我是时时关注着的。晚上看电视，从天气预报上知道，那是中国最冷的地方之一。在温柔富贵的南方，女人已经穿裙子，男人已经穿短裤了，而悲哀的北方，气温还在零下十几度。记得一位诗人的诗说：我的故乡啊，每晚看天气预报，我就想起你们。至于我，虽然不是长春人，不是东北人，但是他们是我的兄弟，因此那严寒的气候也总令我揪心。不过也许正是这严寒造就了长春人、吉林人乃至东北人的大气和豪爽吧！

我喜欢看吉林敖东队的足球比赛。每逢赛事，我的心都会偏向敖东。这原因是敖东是弱者。这个弱，不是弱在技术上，而是弱在经济实力上。要知道，在弱肉强食的赛场上，想有一块立锥之地有多难呀！有多少因素在场内场外起作用，要剥夺你这"玩"的权利呀！敖东队好像降级了，好兄弟高仲勋，盼望你能带领敖东兄弟重返甲A。

我还爱看篮球比赛。孙军是我最喜欢的篮球运动员之一。吉林队今年爆了几个冷门，孙军又成单场得分王，这些都叫人高兴。须知，这不是吉林队和孙军个人的事，这是这个偏僻的北方省份在顽强地显示自己的存在。这情形，正如陕西国力这次冲上甲A，我在接受西安电视台采访时说的那样。其实在我当兵那年月，我接触过几个东北人，甚至可能就是长春人。新疆和平解放后，从东北调了一批干部充实西北边防。我所在的新疆阿勒泰军分区，就有这么几位。我当兵晚，我到边防站的时候，他们都已经是四十开外的人了。记得，分区有个作战参谋，是小说《林海雪原》中的一个原型人物。他到边防站时，常对我们讲起林海雪原的故事。部队有一句话，叫"参谋不带长，放屁都不响"！不过，这个参谋却是一个重要人物，连司令员也让他三分。其一正如上面所说，他是《林海雪原》中的一个角色；其二哩，则是他对西北边界熟悉到如数家珍的地步。我的《白房子》小说中那个争议地区的故事，就是听他讲的，是他在做战备动员时讲的。

说到写作，我还记起一件事。记得我的《最后一个匈奴》的上卷，是在中国青年出版社的半地下室招待所最后结稿的。那些日子里，我的房间对面，住了几位长春板纸厂的人，其中有个女的。有一天，这女同胞走过来，满怀同情地说："我们早上走时，你就坐在这里写，我们晚上回来时，你还在写。你能不能歇一歇呀！"这句话现在想起来还叫我感动。现在国企工人纷纷下岗，这位女同胞还好吗？

松花江虽不是在吉林，但在东北。著名歌曲《松花江上》的作者张寒晖，1947年死于延安，葬于延安的文化山上。1982年，张夫人带了一群老战友，吟诵着柯仲平的"文化山上葬寒晖，一把土来一把泪"，来这文化山寻找张寒晖的荒坟，那时我是一个报社记者，是他们确定墓地的见证者之一。张寒晖的遗骨找到了，后来被迁到延安"四八"烈士陵园里去了。

　　长春虽然我没有去过，但我想我会去的。老百姓有一句话叫作"漏网的是大鱼"！也许，在我走过许多的城市之后，欣赏了许多平庸的风景之后，才有缘去叩访北方天宇下那座城市，那一片雄伟的风景。

2001年11月

冬天的心情

　　冬天的时候，门窗都关得很严，但是仍有许多恼人的事，从门里窗里进来。这些事叫人好生气恼。

　　气恼归气恼吧，我却并不发火，官场上有一句行话，叫"冷处理"，好在现在是冬天，有气候助我。前些日子新疆的周涛来西安，平凹和《美文》的朋友们请他，我和刘成章老师作陪。席间，周涛说我长了一脸的佛相。这话叫我好高兴了一阵。我想，我既为"佛"，该历经许多的劫难，才能修成正果的。因此，且把我这门里窗里进来的各种事，当作佐我修身养性、打熬筋骨的汤药吧。

　　《古兰经》里有一句话："原谅他们吧，他们自己不知道！"厚厚的一本《古兰经》，越过遥远的时空，送到我耳边的这句话，让我惊心和省悟。我把这看作先贤留给20世纪的我的一份遗嘱。我想，有这一句话作底，见怪不怪，世界上所有叫人气恼的事，便可以释然相对了。是的，他们不知道他们是在害人，那么，你和他们计较什么呢？原谅吧，原谅一切！

　　昨天去了一趟临潼。临潼的女县长请我去吃饭，并且送了一部厚厚的《临潼县志》给我。我在县志里找到了渭河南岸我那小小的村庄的村名，我在那一阵子很感慨。这个小小的高村，它存在于这个世界上，那么久远了。在我之前，它有过许多过客；在我之后，它还将有许多的过客，我只是连续家族链条的渺小的一位。这样感慨的我，请另一位陈县长，在县志的扉页上写下了"美不美，乡中水；亲不亲，故乡人"这句话。

西安是一座庸俗的城市，这句话两年半前，我听平凹先生说过，几天以前又听忠实先生说过。现在原谅我第三次将这话说出。周秦汉唐古风给了我们许多灿烂辉煌的东西，但是也给了我们更多的民族劣根性。鲁迅先生说他一生都在和无所不至的庸俗作斗争，屠格涅夫说他想到自己将要度过长长的平庸的一生时不寒而栗，这些先贤们的话，我想我应当置于书桌的左首才对。

心情是一种自我感觉。我此刻的自我感觉很好，那么是不是说我的心很好。至少，我此刻的心是好的，有一种安泰的感觉，有一种"鸿雁于飞，肃肃其羽"的感觉。当我捉笔写这篇文字的时候，有阳光自百叶窗外照来，伴着阳光，还有歌声。这歌声很美，我屏气细听，逮了一句，信笔抄录于下：不到最后的关头绝不轻言战斗！

2000年12月

火车上的故事

　　我喜欢一个人旅行。一个人旅行，你可以完全地丢开原来的你，混迹在一群陌生人中间。你可以把自己装扮成一个严肃的绅士，西装革履——不，让四周感到莫测高深；你可以成为一个饶舌的旅客，以一支烟作为诱饵，和左邻右舍一路大侃；你可以把自己想象成一个流浪汉，不拘小节，出言粗鲁；你可以把自己想象成一个轻薄儿，主动地，不顾面子地和周围的女士搭讪。这一切都视你当时的心境而定。

　　1991年暮春我去北京，火车马上就要开了，我的右手，靠窗户的那个位子还空着。我有些担心，怕这会是个满身雪茄味的粗鲁的男人，或是一个有着琐碎的自尊、处处要些小聪明的世故女人，我希望会遇到一个聪明的、年纪轻一点的、个头小一点（这一点完全是为着我的利益着想，火车上的凳子本身就够窄）的女孩。

　　我的呼唤应验了。突然闯进来了几个高声说话的男人，将行李往我的头顶放。我正有些沮丧，男人们后边，一个身材单薄的，穿一身牛仔服，留一个男孩子那样的短发的女孩，坐在了我旁边。男人们叮咛了一阵，下车了，我本来希望，他们会给我叮咛两句，让我照顾我的芳邻，但是没有。他们下车了。

已经忘记了，我是怎样找到借口，和她说第一句话的。在漫长的、无所事事的行旅中，这种借口大约并不难找。在拉话中，她叫我叫她"电台小王"，她说她是一名地质队员，基地在西安，经常是野外作业，西藏、青海、新疆是常去的地方。考虑到她的年龄，我很怀疑她这话的真实性，但是她说这话是真的。她还说，她的男朋友在北京进修，她这次去，就是看他。

　　我责无旁贷地承担起了照顾这个女孩的义务。我对同车的人解释说，这是一位离家出走的中学生，我在西安街头发现了她，学一回雷锋，我现在把她送回北京去。同车的大爷大娘听了，在惊叹过后，都开始教导这个女孩。女孩听着，并不争辩，只一个劲地抿着嘴笑，脸上不时地做出个鬼脸。

　　夜深了，在火车的有节奏的响声中，女孩枕着我的肩头，睡着了。我有腰疼的毛病，但是，我努力支撑着，不打搅她的睡眠。后来，我实在支撑不住了，就取下一个包来，让她头靠窗户，枕在包上，她的腿不妨伸直，放在我的腿上。

　　她睡着以后，脸上还不时露出丰富的表情，这是在做梦。我这时候想起了两句诗，是戴望舒的："守护你的梦，守护你的醒。"

　　清晨，她从梦中醒来，不好意思地对我笑了笑，然后穿上鞋，拿了一个大毛巾，去洗脸。这个大毛巾，让我肯定了，她确实是地质队员。

　　当火车在北京站还没有停稳时，她对着窗户，像一个孩子那样突然尖叫起来。我往窗外一看，见一个毛毛躁躁的小伙子，也在窗外一边挥手，一边尖叫，想来，这是她的那个"他"了。

　　女孩和我迅速地打了声招呼，就背着一个小包，下了车。当我迟缓地背起行囊，下了车时，女孩和她的男朋友，站在外边等我。女孩说："就是这个人照顾我的！"于是，那个小伙子走过来和我握手，说些客气的话。

当走出检票口，来到广场上以后，我看见，女孩紧紧地搂着男朋友的脖子，一边笑得弯了腰，一边走着。当他们从我面前走过时，他们已经不认识我了。

站在灰蒙蒙的车站广场，看见女孩的头发一撩一撩地，没入人流中，我突然有些痛苦。好像自己小心侍着的一盆花，现在被人抢走了似的。但是接着，我就为自己的痛苦可笑了。已经下了火车，各人又回到了自己的位置上，你没有必要痛苦。火车上的故事已经结束。

1992年初夏，在西安开往延安的火车上，我的对面，坐着一个女孩。这趟车很空，整节车厢里，只有寥寥无几的几个人，而这一处的位子，只有我们两个。女孩仍然是一身牛仔，旅游鞋，短发。但这个不是"电台小王"，她是一位女记者。

我们的第一句拉话是在售票处。我刚买完票，离开车还有二十分钟，后边，一个人匆匆地赶来了。"这里是买延安那趟车的车票吗？"听到她的话，我回答说"是的"。"还能跟上吗？"我说"可以"。买完票，她又问怎么走，我说："你跟我来！"

气喘吁吁地上了车以后，对号入座，她坐在了我的对面。火车开动以后，她从背着的小包里，拿出一堆报纸来，摊在小桌上看。见我看她，她又拨给我几份。她说办报纸的人，却经常没时间看报纸。

这话告诉我了，她的工作和报纸有关。于是我说："我也办了十多年的报纸，在一家地方报！咱们这里，把办报纸的叫'喉舌'，北京人不这么叫，他们叫'口条'。"

"口条"这个词，把女孩逗乐了。她递上她的名片，我也递上我的名片，看到她的名片后，我说我认识他们报社许多人，于是，我扳着指头数起来。这样，我们亲近了许多。

她很漂亮，浑身上下，充盈着一种文化韵味。我说，我最初认为她可能是个大学生。她说我猜对了，她西大毕业，还不到一年。看着她那南方人的鼻子和嘴唇，我又说她大约是江浙一带的人。她说这回是猜错了，她是北方人。不过，她确实长得像南方人，同事们都说："北人南相，必有大福！"

我们开始热烈地交谈起来。拉的最多的话题是文化上的种种现象。我们把这次相遇看作一种缘分。双方都很激动，都有些神经质，都发现原来世界上还有个和自己旨趣这么相同的人。后来上车的人，都用有些诡异的目光看着这两位热烈的、迫不及待地倾诉的交谈者。

火车到蒲城停下时，我们才从梦中惊醒。女记者的目的地是蒲城。她匆匆地下车了，我无意识地跟着她，也下了车，走了大约有五十米，直到她转回身来，伸出两只手在空中，向我摆了一阵，我才清醒过来，又上了车，回到自己的座位上。

这位苏小姐自那以后，一直将她主版的报纸寄给我。我们还见过一面，是在西安的一次会议上，只是火车上的那种气氛、那种心绪，那种属于两个旅行者的世界已经很难再找到了。可遇而不可求，不是？

类似的事还有第三次，那是今年深秋，在天津开往北京的火车上。这是一列市郊车，我坐在二层，窗外是渤海湾。萧瑟的秋日黄昏，一轮红的太阳正缓慢地西沉。我的对面，一位年龄不详的女士正捧着一本红皮书看着，那情景极为诱人。女士在看书的途中，还不时地抬起头，看我一眼，似乎有交谈的欲望，但当我看她时，她又迅速地将头埋进书里了。

我手里也拿着一本杂志，是临上火车时，《小说家》的朋友塞到我手里的。火车上的乘务员在送点心，她要了两杯牛奶，我则效仿着要了两杯咖啡。我一边喝咖啡，一边打量她，琢磨着她的职业、身份。我甚至想到一些不好的事上去了。她粗看起来穿着有些随意，但是细细观察，你会发现，她十分讲究。她的脸肯定是美容过的，她的头发经专门的理发师做过，她穿了一双很新颖的皮鞋，肯定是名牌。她的年龄，也让人无法判断。

僵局是这样打破的。她有些疲劳了，于是将书合上，放在了小桌上。这时，我勇敢地将手伸过去。"这是本什么书？让我看看！"我说。作为对等原则，我将《小说家》递了过去。

"你一定看不起我，因为我看这样的书！"女士说。

接着她又解释道，这是上火车时，为了打发路途的寂寞，匆匆在地摊上买到的。这本书的书名叫《如何窥测对方的心理》，看着书名，听着女士的话，我笑了。原来她一直瞅我，就是为的这个缘故。

我们通报了姓名。她是个女老板，某某国际贸易公司的总经理，大学毕业，电视台干了两年，又下海四年，今年，该是三十岁了吧。她也读过我的《最后一个匈奴》，并且读过我最近在一家杂志上的《女人是巫》的调侃文字。这样，我们的距离缩短了许多。

从黄昏到傍晚，我们开始热烈地交谈起来。她说她的公司、她的先生和家庭，我则谈我的一部小说中的女主人公。那本《如何窥测对方的心理》和那本《小说家》，静静地被冷落在了小桌上了。

她住在东直门，我客居在东四，本来，下火车以后，各奔东西，留一份温馨的记忆，最好。可是，下火车以后，我们商量了一下，同坐一辆出租车，先送我到东四，再送她到东直门。

过华灯初上、熙熙攘攘的长安街时，出于习惯心理，我将手揽在了她的腰际，上到出租车以后，我的这只该死的手，还没有放下来。出租车开动了，她突然意识到了什么，她叫车子停下来。她说，方向不对，她得另搭一辆车。我的手赶紧缩了回来，脑子也从浪漫情调中回到现实。

我叫她不要另搭车，可以先送她，然后再送我。她并没有理我，匆匆地下了车，又匆匆地向我招了一下手，暮色苍茫中，就搭另一辆出租车走了。

这以后的第二天，我的思想，长久地处在一种忧郁中，我将这个火车上的故事，讲给我的朋友杨志广先生听。他说：这种事他也遇到过，"你可以写封信，解释一下，至少让她知道，你不是一个坏人，如果她还不谅解，那么就由它去了"。

这样，我按照名片上的地址，给这位苗小姐去了一封信，我信中谴责自己自作多情、自讨没趣，我说空间那么大，我的该死的手为什么要揽在她腰上，我说她完全有理由蔑视我。我祈盼能得到她的原谅。信寄去后，没有回音。

当我羞愧地写出这些的时候，而今我明白了，错不在自己的手，错在自己的心。离开火车以后，火车上的故事就应当结束，不要把它留到下火车。当然，最好的办法，就是在火车上，也把自己包装得严严的，不让它有故事发生。或者，干脆不要有火车，干脆不要有旅行，那就彻底地省心了。

2001年10月

活着并创作着是一件幸福的事情

2001年底我出了两本书，一本是由湖南文艺出版社出版的《穿越绝地》，一本是由四川文艺出版社出版的《我在北方收割思想》。

《穿越绝地》是我的一本罗布泊亲历记。二十万字和一百五十幅图片。写了罗布泊的沧海桑田史，写了一个人在这块死亡之海十三天的行为和思考。那年大家把这叫"行走文学"。

《我在北方收割思想》是我这几年来大西北之行的一份思想总结。三十万字。大西北的贫困和荒凉、生存斗争的艰难、空旷和辽阔、历史的负重感和历史的辉煌，我在行走中用笔记下这些。

2002年，也就是今年，我出了两本书。一本是群众出版社出版的《惊鸿一瞥——作家高建群眼中的中国西部》。三十万字。已经于1月8日北京书市后在全国各地上市。一本是陕西师大出版社出版的《白房子》。3月底上市。

《惊鸿一瞥》这本书是我为央视《中国大西北》担任总撰稿时的一件副产品。它最初的书名叫《中国西部在想什么》，后来改成《西部真相》。印刷前出版社又将它改成现在这个名字。我在接受新华社记者采访时说，这本书是我对当前西部现状的真实摹写，和对西部大开发的积极思考。

《白房子》是一本有些奇怪的书，像长篇小说，又像大散文。出版社给它命名叫"作家地理丛书"。这是我的2000年白房子之行的产物，由《重返白房子》《白房子争议地区源流考》《在白房子》三篇构成。十五万字和五十幅图片。其中，《白房子争议地区源流考》以中篇小说的形式，在《解放军文艺》发表后，被《中篇小说选刊》《小说选刊》《小说月报》《新华文摘》转载。

目下，我正在应上海人民出版社之约，写一部叫《刺客行》的长篇，预计写三四十万字，6月底完稿。

这是一部有关汉王朝、楼兰、匈奴和丝绸之路的小说。汉昭帝令大刺客傅介子，率二十勇士，扮作客商，从未央宫出发，前往楼兰，刺杀曾做过匈奴质子的楼兰王，而辅佐曾做过汉室质子的楼兰王子登上王位的故事。

这是西域史上的一个真实的故事。

陕西人在开拓西域、繁荣丝绸之路上做出过了定性的贡献。汉中人张骞首次走通西域、兴平人班超率三十六人在楼兰火烧匈奴使团。韩城人司马迁为降将李陵辩护而受宫刑。傅介子是陕西与甘肃交界处的人，也是秦人。秦人是从甘肃陇东山上下到八百里秦川地面的。如果有可能，在《刺客行》作为长篇出版的同时，再将它改成二十集电视连续剧。中亚细亚地面，驼铃叮咚不绝于耳，英雄美人列队走过，那一定是一幅极为诱人的情景。

另外，在写作《刺客行》的同时，捎带着写了一本散文集叫《西地平线》。已经写了一大半了。其中三篇《西地平线上的三次落日》《额尔齐斯河流域的坟墓》《阿拉干的胡杨》，分别在今年三、四、五期的《散文》杂志上头条发表。

以上就是我近期的创作情况。

这一切创作都是和西部有关的，或者说是西部题材。记得在网上，一位网友问我：是不是由于西部大开发，你才写出这么多西部题材的作品？我回答说既"是"又"不是"。说"是"是因为我本身就是西部人，我的根深深地楔在西部，所以说对西部正在发生的这场伟大变革我不能不身陷其中，全身心地关注，这是一个写作者起码的公民良心。说"不是"是因为即便没有西部大开发，我照样也要写作，西部人照样也要一天天、一年年活着。而既然我要写作，我只会写我熟悉的这块地域。

　　活着并创作着是一件幸福的事。

　　我在《我在北方收割思想》一书的前言中说，未来的年代里，当我们的后人在偶尔翻及我们的作品的时候，他们会看到我们这一代人是如何艰难地思考和艰难地前行的，他们因此而不敢小觑这个时代，不敢小觑这一茬人！

2002年3月13日于西安

感 谢 编 辑

对于这个世界，我们有感谢它的一千条理由。而作为一个写作者来说，他先应该感谢的是他的编辑们。正是因了编辑们的劳动，才将他的作品和读者联系起来，和社会联系起来。

我首先应该感谢的是一位将军。他叫那狄。1975年冬，他来边防站视察，夜半更深之际，走进我们班里查夜，看见下哨归来的我正在一个小本子上写诗。那主任带走了那个小本，并把它推荐给《解放军文艺》诗歌组的李瑛、纪鹏、韩瑞亭、雷抒雁诸位，这样，署名"战士高建群"的处女作，得以发表。

朱小羊是一位永恒的流浪者。他从云南流浪到新疆，从新疆流浪到北京，从北京又流浪到澳大利亚。那一年小羊来到延安，从我的抽屉里拿走一篇小说，回去后交给《中国作家》的杨志广、陈卡。这就是《遥远的白房子》发表的经过。

我的中篇《伊犁马》是风度翩翩的资深女编辑叶梅珂老师拿去在《开拓文学》最后一期发表的。我的第一本书是陈绪万先生约稿，赵常安先生担任编辑的。赵老师已经作古，愿他安息。我的第二本书是田和平先生担任编辑的。我的中篇《雕像》《骑驴婆姨赶驴汉》《老兵的母亲》，是杨志广先生担任编辑的。

我的长篇小说《最后一个匈奴》是作家出版社朱珩青老师担任编辑的。她看了我的一些中篇后，寄来合同，约我写长篇小说。信中说，她相信我能写出最好的长篇小说的。写作途中，她还专门到延安来督促我。朱老师已经退休，愿她有个快乐的晚年。

我的中篇《大顺店》和《马镫革》，约稿者是《小说家》的闻树国先生，责编则分别是董令生和康伟杰。闻先生是一个好人，很能干。董令生年长我几岁，我该叫她大姐或老师。康伟杰那时还是刚分来的大学生，一身的文化感觉。

长篇《六六镇》、长篇《愁容骑士》的操作者都是书商。我买房子急用钱，所以交给了他们。对于书商，我如同对国家出版社一样怀着敬意。二渠道是对国营主渠道最好的补充。只要不偷税漏税、不盗版，他们就有存在的理由。

长篇《古道天机》的编辑是中国文联出版公司的常涛大姐。她已退休，听说到美国去了。她是一个严谨的人，一个字把握不准，也要通个电话问一问。小说出版前那几个月，我的电话费一直居高不下。

中篇《一个梦的三种诠释方式》是《绿洲》杂志社的主编孟丁山先生约的稿。晚上都一点半了，他打来电话，将我从梦中唤醒。他的声音像中亚的阳光一样灼热而粗犷。我曾经写过一个创作谈，谈过这件事。去年我重回新疆，见到他，老孟已经退休了。

中篇《饥饿平原》的编辑是《十月》的主编王占军先生。他说，他读这篇描写饥饿的小说时哭了，这叫我很感动。后来，他还屡次打电话，将小说反馈回来的消息告诉我。

中篇《大杀戮》的编辑是《北京文学》的社长章德宁女士。那也许是国内最好的文学期刊之一。我和德宁是在《中篇小说选刊》十周年座谈会上认识的，她大气、深刻、雍容。我对她很有好感，但是我惧怕这种感情，前一段到北京，我待了一个礼拜，将她的电话在案头摆了一个礼拜，却临走时也没有打。她是北京赴北大荒的插队知青。

中篇《惊厥》的编辑是《昆仑》的余戈。小说发表在《昆仑》停刊的那一期上。据说，发表小说颇让小余为难了一阵。后来，他写了个意见，让编辑部传阅。意见说：我们平日口口声声要好作品，现在，好作品来了，我们却不敢。我们的行为是不是很可笑？！这些话震动了大家，《惊厥》得以发表。

我的散文集《我在北方收割思想》的编辑是四川文艺社的林文询和陈红。我和老林是在大连开会时认识的。那次开会让人感到文坛成了名利场。我和老林在会上都是那种作壁上观、不屑于与世俗为伍的人，这样我们气味相投，成了朋友。陈红也是一个好姑娘，我在去年的南京书市上见到了她。

描写罗布泊之行的书《穿越绝地》，编辑是湖南文艺社的龚湘海。这是一个年轻人，十分能干。他坐在西安，等我将书写完，然后带走。湖南人既有头脑又能干，这是我的体会。

《最后一个匈奴》目下正在再版，我把它交给了中青社。编辑和策划是一个叫刘乾坤的大学生。他是四川成都人，思想又活跃，人又十分踏实。

新创作的两本书一本是写西部的，由群众出版社出版。编辑是一个刚出校门的大学生，叫王志桢。我和他至今还没有见面，但是几乎每礼拜都通电话。另一本《白房子》则由陕西师大出版社出版，已经面市。编辑是姚鸿文和白晓群。这是我的一本重要的书。我在这本书的扉页上甚至这样说："也许，我就是为写这本书，才到这个世界上来的！"

我的《白房子争议地区源流考》的编辑是《解放军文艺》的殷

实。《刺客行》的编辑是《江南》的副主编金学种。《文艺报》的李廷、冯秋子，《双塔文学周刊》的林红、唐晋、王巍，等等，他们都为我发过好多散文和随笔，如果在这里不提到他们，我将会不安。

还有许多许多的编辑，都为我发过东西，我理应在这里向他们表示敬意。例如叶延滨、汪炎、闻频、潘万提、高叶梅、钱明辉、金小凤、张倩、陈泽顺、子心、李星、田长山、刘亚莉、陈旭、李正武、翟永存等等。只是限于篇幅，我不能一一提到他们了。尤其是我这几年写了大量的随笔，它们几乎覆盖到中国的所有报刊上去了，因此为我发过稿的编辑，大约有数千之众吧。且让我在这里真诚地说一声"谢谢"。

《中篇小说选刊》选过我的一些东西，并且我还有幸参加了他们的一次颁奖会。我对他们的公正和敬业精神表示敬意。健行大姐据说曾是一名军人，她很漂亮，年轻时候大约更出众。世添先生则南人北相，是个大富大贵的命，他工作能力极强，性烈如火，又不失精细。

末了，我谈一谈《西地平线》这本书的编辑陈莉莉。去年她和社长陈昕来西安组稿，席间说起来，原来我们两个的老家离得很近，只隔一条渭河。她年长我两岁，我说，也许我们两个小的时候，曾隔着渭河相望。她的敬业精神叫我感动，有一次她电话中说："我五十出头了，再抓几本好书，就该退休了！"

这话叫我明白自己得把最好的书交给她出版。原来订的合同是长篇小说《刺客行》，谁知《刺客行》尚未完成，倒先有了这本《西地平线》。

2002年5月28日

西安

高建群小传

　　高建群，男，汉族，1953年12月出生，祖籍陕西省西安市临潼区。国家一级作家，著名小说家、散文家、画家、文化学者，"陕军东征"现象代表人物，被誉为当代文坛难得的具有崇高感和理想主义的写作者，浪漫派文学"最后的骑士"。历任陕西省文联第四届、第五届副主席，陕西省作家协会第四届、第五届、第六届副主席，陕西文化交流协会名誉会长，西安交通大学、西北大学客座教授，西安航空学院人文学院院长，大秦印社名誉社长等。享受国务院政府特殊津贴。被《中国作家》杂志社授予当代最具影响力的作家，陕西省委省政府授予终身艺术成就奖等。

　　其代表作有《最后一个匈奴》《大平原》《统万城》《遥远的白房子》《伊犁马》《我的菩提树》《大刈镰》等。长篇小说《最后一个匈奴》在北京研讨会上引发中国文坛"陕军东征"现象。据此改编的35集电视连续剧《盘龙卧虎高山顶》在央视播出。《大平原》获中宣部"五个一工程奖"，名列长篇小说榜首；《统万城》获新闻出版广电总署优秀图书奖，名列长篇小说榜首，其英文版获加拿大"大雅风"文学奖。高建群也是第一个在凤凰卫视"世纪大讲堂"演讲的内地作家。

高建群履历

1976年，以组诗《边防线上》踏入文坛。

1987年，以中篇小说《遥远的白房子》引起文坛强烈轰动。

1989年，担任延安地区文联（代）主席兼《延安文学》主编。

1993年，当选为陕西省作家协会副主席。

1993年，长篇小说《最后一个匈奴》出版，被誉为中国式的《百年孤独》，陕北高原史诗。

1993年至1995年，挂职黄陵县委副书记，专职创作，其代表作《最后一个匈奴》即为挂职期间所作。

1997年，参与央视十频道开播策划，并与周涛、毕淑敏共同担纲央视纪录片《中国大西北》总撰稿。该片荣获中宣部"五个一工程奖"。

2002年，当选为陕西省文联副主席。

2005年至2007年，挂职西安高新区党工委委员、管委会副主任。长篇小说《大平原》即在此期间酝酿成型。

2013年7月，被聘为西安航空学院文学院首任院长。

2017年9月，被聘为西北大学丝绸之路研究院研究员。

2020年5月，被聘为大秦印社名誉社长。

2020年7月，西安高新区文联成立，当选为第一届主席。

高建群创作年表

　　《边防线上》（组诗）：发表于《解放军文艺》1976年8月号，责任编辑：李瑛、纪鹏、韩瑞亭、雷抒雁。

　　《0.01——血液与红泥》（诗歌）：发表于《延河》1979年2月号，责任编辑：汪炎。

　　《将军山》（诗歌）：发表于《延河》1979年8月号，责任编辑：闻频。

　　《杜梨花》（短篇小说）：发表于《延河》1980年2月号，责任编辑：杨明春。

　　《很久以前的一堆篝火》（散文）：发表于《延安日报》1984秋，责任编辑：杨葆铭。

　　《人生百味》（诗歌）：发表于《星星》诗刊1985年，责任编辑：叶延滨。

　　《五月的哀歌》（叙事诗）：发表于《叙事诗丛刊》1985年，责任编辑：潘万提。

　　《现代生活启示录》（系列散文）：发表于《文学家》1985年，责任编辑：陈泽顺。

　　《新千字散文》（散文集）：1987年，陕西人民教育出版社出版，约稿编辑：陈续万，责任编辑：赵常安。

《遥远的白房子》（中篇小说）：发表于《中国作家》1987年第5期，约稿编辑：朱小羊，责任编辑：陈卡。《中篇小说选刊》《小说选刊》《小说月报》《新华文摘》《解放军文艺》等进行了转载。2013年，台湾风云时代公司出版繁体单行本。2014年，陕西师范大学出版总社出版简体单行本。

《给妈妈》（诗歌）：发表于日本《福井新闻》1988年3月17日，责任编辑：前川幸雄。

《骑驴婆姨赶驴汉》（中篇小说）：发表于《中国作家》1988年第6期，责任编辑：杨志广。

《伊犁马》（中篇小说）：发表于《开拓文学》1989年第3、4期合刊，责任编辑：叶梅珂。2007年，四川文艺出版社出版单行本。

《老兵的母亲》（中篇小说）：发表于《中国作家》1989年第5期，责任编辑：杨志广。

《雕像》（中篇小说）：发表于《中国作家》1991年第4期，责任编辑：杨志广。

《为了第一个猴子开始的事业》（创作谈）：发表于《解放军文艺》1991年第8期，约稿编辑：周政保，责任编辑：丁临一。

《东方金蔷薇》（散文集）：1991年，陕西人民教育出版社出版，责任编辑：田和平。

《陕北论》（散文）：发表于《人民文学》1991年，责任编辑：韩作荣，《散文选刊》转载。

《你们与延安杨家岭同在》（散文）：发表于《人民文学》1992年第6期，约稿编辑：崔道怡。

《史诗与二十世纪》（创作谈）：发表于《文学报》1992年5月，责任编辑：李俊玉。

《达摩克利斯之剑》（短篇小说）：发表于《青年文学》1992年第10期，责任编辑：康洪伟。

《最后一个匈奴》（长篇小说）：1992年，作家出版社出版，责任编辑：朱珩青。

1994年，香港天地图书公司、台湾汉湘文化发展公司分别于香港、台湾出版繁体版。2001年，中国青年出版社出版。2006年，北京十月文艺出版社出版，2016年再版。2012年，长江文艺出版社出版，2014年再版。2012年，台湾风云时代公司再版繁体版。2013年，太白文艺出版社出版。2014年，陕西师范大学出版总社出版《最后一个匈奴》（手稿版）。2014年，陕西人民出版社出版《高建群图画最后一个匈奴》。

《我从白房子走来》（文学自传）：发表于《陕西日报》1993年6月，责任编辑：刘春生。

《出国的诱惑》（中篇小说）：发表于《延安文学》1993年第2期。

《我如何个死法》（散文）：发表于《美文》1993年第7期，责任编辑：刘亚丽。

《一个梦的三种诠释形式》（中篇小说）：发表于《飞天》1993年第5期，约稿编辑：孟丁山，责任编辑：刘岸。

《家族故事》（中篇小说）：发表于《漓江》1993年，约稿编辑：王蓬。

《祭奠美丽瞬间》（散文）：发表于《文友》1993年，责任编辑：王琪玖。

《茶摊》（中篇小说）：发表于《延河》1993年第7期，约稿编辑：陈忠实，责任编辑：张艳茜。

《白房子人物》（系列散文）：发表于《西北军事文学》1994年第2期，约稿编辑：王久辛，责任编辑：张春燕。

《匈奴与匈奴以外》（创作谈）：1994年，陕西人民教育出版社出版，策划编辑：张继华，责任编辑：刘孟泽。

《张家山幽默》（短篇小说系列）：发表于《延河》1994年第4期、第9期，责任编辑：张艳茜。

《陕北剪纸女》（散文）：发表于《美文》1994年第9期，责任编辑：刘亚丽。

《女人是巫》（散文）：发表于《女友》1994年第8期，责任编辑：孙珙。

《大顺店》（中篇小说）：1994年，陕西人民出版社出版。1995年，发表于《小说家》第1期，约稿编辑：闻树国。1995年，改编为同名电影，北京电影制片厂出品。

《六六镇》（长篇小说）：1994年，陕西人民出版社出版。2007年重新修订，易名《最后的民间》由文汇出版社出版。

《丹华的故事》（系列散文）：发表于《深圳风采》1994年第10、11期，约稿编辑：吴重龙。

《马镫革》（中篇小说）：发表于《小说家》1995年第2期，约稿编辑：闻树国。

《女人的要塞》（散文）：发表于《女友》1995年第2期，责任编辑：孙珙。

《古道天机》（长篇小说）：1998年，中国文联出版社出版，责任编辑：叶梅珂。2007年重新修订，易名《最后的远行》由华龄出版社出版。2011年，陕西人民出版社再版。

《愁容骑士》（长篇小说）：1998年，中国文联出版公司出版。2000年，广州出版社再版。2000年，台湾逗点公司出版繁体版。

《我在北方收割思想》（散文集）：2000年，四川文艺出版社出版，责任编辑：林文询。

《穿越绝地——罗布泊腹地神秘探险之旅》（散文集）：2000年，湖南文艺出版社出版，责任编辑：龚湘海。2014年，修订后易名《罗布泊档案：罗布泊腹地探险之旅揭秘》由陕西师范大学出版总社再版。

《白房子》（小说集）：2002年，陕西师范大学出版社出版。

《西地平线》（散文集）：2002年，上海人民出版社出版。

《惊鸿一瞥》（散文集）：2002年，群众出版社出版。

《胡马北风大漠传》（散文集）：2003年，上海东方出版社出版。2008年，在台湾地区发行繁体版。

《刺客行》（小说集）：2004年，太白文艺出版社出版，责任编辑：韩霁虹。

《狼之独步：高建群散文选粹》（散文集）：2008年，东方出版中心出版。

《大平原》（长篇小说）：2009年，北京十月文艺出版社出版。2016年该出版社再版。2012年，台湾风云时代公司出版《大平原》（繁体版）。2014年，陕西师范大学出版总社出版《大平原》（手稿版）。

《统万城》（长篇小说）：2013年，太白文艺出版社出版，责任编辑：韩霁虹，2016年该社再版。2013年，台湾风云时代公司出版《统万城》（繁体版），责任编辑：陈晓琳。2014年，陕西师范大学出版总社出版《统万城》（手稿版）。

《独步天下》（书画集）：2013年，陕西人民出版社出版。

《生我之门》（散文集）：2016年，未来出版社出版。

《我的菩提树》（长篇小说）：2016年，北京十月文艺出版社出版。

《相忘于江湖》（散文集）：2017年，北京时代华文书局出版。

《大刈镰》（长篇小说）：2018年，三秦出版社出版。

《我的黑走马——游牧者简史》（长篇小说）：2019年，陕西师范大学出版总社出版。

《来自东方的船》（散文集）：2020年，陕西旅游出版社出版。

《丝绸之路千问千答》（文化读本）：2021年，西北大学出版社出版。

《最后一个匈奴（30周年纪念版）》：2022年，陕西师范大学出版总社出版。

社会评价

我劝大家注意，高建群是一个很大的谜，一个很大的未知数。

———著名作家　路遥

我一直想找机会请教一下高先生，匈奴这个强悍的骁勇的游牧民族，怎么说消失就从人类历史进程中消失得无影无踪了。

———著名作家　金庸

大家说高建群骄傲、自负、目空天下。我这里想说的是，中国这么大，有这么多人口，如果没有几个像高建群这样自信心极强的作家，那才是不正常的。

———中国社会科学院文学研究所研究员　蔡葵

春秋多佳日，西北有高楼。

———著名作家　张贤亮

高建群是一位从陕北高原向我们走来的略带忧郁色彩的行吟诗人，一位周旋于历史与现实两大空间且从容自如的舞者，一个善于讲庄严"谎话"的人。

——中国作家协会副主席　高洪波

　　高建群的创作，具有古典精神和史诗风格，是中国文坛罕见的一位具有崇高感和理想主义色彩的写作者。《大平原》把家族史兜个底掉，看后让我很感动，也很心痛，唤起我对故乡、对农村的情感，唤起我强烈的根的意识。我没想到高建群在"潜伏"多年之后突然拿出如此有分量的作品。

——中国作家协会副主席　高洪波

　　《大平原》有内在的惊心动魄，写家族的尊严、生存的繁衍史，实际上是写我们民族强韧的生命力。这部长篇淋漓尽致地发挥了书写"命运"的优势，不是写一个人的命运，而是写了三代人的命运，厚重感非常强。

——著名评论家　胡平

　　高建群对《大平原》中的女性人物都满怀敬意和温情。为了家族立足，高安氏骂街骂了半年，成为一道风景。用这种方式起到的威慑作用，来捍卫高家人生存的权利。顾兰子是书中的灵魂式人物，也是这部书苍凉的体现。

——著名评论家　雷达

　　《大平原》基于高安氏、顾兰子等乡村女人的坚韧形象，这部新"乡土女性小说"中女人比男人强，乡土文明决定了女性在乡土生活里面所具有的支配性。

——著名评论家　孟繁华

《最后一个匈奴》进京的盛况如在目前。27年了，它远远跳过速朽期！27年了，它的风采依旧！27年了，人们——特别是陕西读者没有忘记它，了不起啊！

——著名文艺评论家　阎纲

作为延安的一位文艺战线上的老战士，听到介绍，《最后一个匈奴》这部长篇小说写了大革命时期以来的三代人的命运，直到现在的改革开放时期，这还是过去没有人写过的重要题材，我很高兴！我祝贺这部作品出版，并获得成功！

——原文化部副部长、中国文联党组副书记　陈荒煤

27年前，《最后一个匈奴》在北京引发轰动一时的"陕军东征"，至今在文学界仍是一个历史性的重要话题，一段难忘的记忆。

——《人民文学》杂志原常务副主编　周明

高建群的《遥远的白房子》，给我们许多启示，它也许预兆了小说艺术未来发展的某些趋势——难道，小说艺术在经过了几百年的艰难探索，它又回到讲故事这个始发点上了吗？

——北京师范大学教授、中国当代文学研究会理事　蒋原伦

如果不把《最后一个匈奴》这部中国当代文学的红色经典，变成一部电视剧，那是我们影视人的羞愧。

——央视著名制片人　李功达

《大平原》能拍一部大电影。我把中国的导演，脑子里过了一遍，最合适的这个导演叫吴天明。《大平原》中描写的那些事情，我全经历过。我父亲是解放后第一任三原县委书记，我自小就是在那一片土地上长大的。

——著名导演　吴天明